“

यदि मेरी कहानियों में, मेरे उपन्यासों में कुमायूं के प्रति मेरे मोह का स्वर रह-रहकर मुखर हो उठता है, तो मुझे आश्चर्य नहीं होता किन्तु मेरे आलोचकों की दृष्टि में मेरा यही सबसे बड़ा दोष है। क्यों मेरी प्रत्येक रचना कुमाऊं के ही सूर्योदय एवं सूर्यास्त तक सीमित रहती है? क्यों मेरी प्रत्येक नायिका अपरूप सुन्दरी होती है? क्यों उसके उठे कपोलों पर पिघले सुवर्ण की पीताभा निरन्तर चमकती चली जाती है?

”

# मेरी प्रिय कहानियाँ

शिवानी

ISBN : 9789350641064

संस्करण : 2013 © शिवानी

MERI PRIYA KAHANIYAN (Stories)
by Shivani

**राजपाल एण्ड सन्ज़**

1590, मदरसा रोड, कश्मीरी गेट, दिल्ली-110006
फोन : 011-23869812, 23865483, 23867791
website : www.rajpalpublishing.com
e-mail : sales@rajpalpublishing.com
www.facebook.com/rajpalandsons

# भूमिका

कुमाउनी होने पर भी, विधाता ने मुझे कुमायूँ में जन्म लेने के सौभाग्य से वंचित रक्खा। मेरा जन्म हुआ सौराष्ट्र में और उसी स्नेही मातृवत् धाय माँ की छत्रछाया मेरे शैशव पर बनी रही, किन्तु कैशोर्य में मुझे एक बार अपनी बिछुड़ी जन्मभूमि मिल गई। यह प्रायः ही देखा गया है कि जननी की किसी आकस्मिक लम्बी बीमारी के कारण, प्रसूतावस्था में उससे विलग किया गया शिशु, जब एक बार फिर उसकी गोद में लौटता है, तो जननी एवं शिशु, दोनों का एक-दूसरे के प्रति मोह द्विगुणित हो जाता है। सहमी जननी, अपनी एक बार की बिछुड़ी सन्तान को, किसी शंकालु शाखामृगी की ही भाँति दिन-रात छाती से चिपकाए फिरती है। उस भयत्रस्त जननी की श्वास-प्रश्वास छाती से चिपके शिशु की ही श्वास-प्रश्वास बन उठती है।

ऐसा ही शायद मेरे साथ भी हुआ है और इसी से यदि मेरा कहानियों में, मेरे उपन्यासों में कुमायूँ के प्रति मेरे मोह का स्वर रह-रहकर मुखर हो उठता है, तो मुझे आश्चर्य नहीं होता। किन्तु, मेरे आलोचकों की दृष्टि में मेरा यही सबसे बड़ा दोष है। क्यों मेरी प्रत्येक रचना कुमायूँ के ही सूर्योदय एवं सूर्यास्त तक सीमित रहती है? क्यों मेरी प्रत्येक नायिका अपरूप सुन्दरी होती है? क्यों उसके उठे कपोलों पर पिघले सुवर्ण की पीताभा निरन्तर चमकती चली जाती है? क्या यह दुहराव नहीं है? मैं नहीं कह सकती कि मेरे पाठकों को भी यह दुहराव लगता है या नहीं! मेरे लिए तो कुमायूँ के प्रत्येक सूर्योदय एवं सूर्यास्त की निजी मौलिकता है। जिस परिवेश में मैं रही हूँ, जहाँ मैंने सिर पर घास के अशक्य बोझ की गरिमा वहन करती सुन्दरी ग्राम्या के अलस पद-विन्यास को दिन-रात देखा है, वहाँ क्या मुझे एक बार भी बासीपन की गंध आई है?

कभी पढ़ा था कि वह भी क्या कविता और वह भी क्या वनिता, जो 'पदविन्यासमात्रेण' देखनेवाले का हृदय न हर ले। ऐसा ही तो होता है, पहाड़ी

घस्यारी का पदविन्यास! उसके काले इटैलीन के जीर्ण लहंगे की, मक्खीबेल की अलौकिक झलक की आभा अपने पाठकों तक पहुँचाने में मेरी लेखनी को प्रयास नहीं करना पड़ता। अलकापुरी की वह उर्वशी, बकरियों के साथ-साथ उनका भी मन हाँकती चली जाए, यह मैं प्राणपण से चेष्टा करती रही हूँ। मेरे लिए तो अतीत के गर्भ से झाँकते वे सुन्दर चेहरे अब और भी अमूल्य बन उठे हैं। सच पूछिए, तो सूम के मूलधन की भाँति मैं उसे यत्न से सेंतती रहती हूँ, क्योंकि सुन्दर चेहरा अब बड़े भाग्य से देखने को मिलता है। कभी-कभी सोचती हूँ कि क्या विधाता ने अब सुन्दर चेहरे गढ़ने ही छोड़ दिए हैं? सिनेमा से निकल रही भीड़ में, बस में, ट्रेन में, शादी-ब्याह के जलसे में, क्यों ढूँढ़ने पर भी एक-आध ऐसा चेहरा नहीं जुटता, जिसे देखकर आँखें ठंडा सकें?

लगता है, वह विराट प्रकृत-शिल्पी भी रवि वर्मा के-से चित्र नहीं आँकता। उसकी आधुनिक रुचि भी अब ऐब्स्ट्रैक्ट आर्ट की ओर ढलने लगी है।

त्रिपुरसुन्दरी के मन्दिर शीर्ष को चूमती, उत्तराखंड की सूर्यरश्मि, यदि जाने-अनजाने मेरी लेखनी को भी चूमती चली गई है, तो दोष मेरा नहीं, प्रकृति का है। कुमायूँ का प्रत्येक शिलाखंड, प्रत्येक द्रुम-विद्रुम, प्रत्येक गिरिश्रृंग, जिस अलौकिक आभा से आलिप्त है, उसमें कहीं भी मुझे कोई कदर्यता या ग्लानि नहीं दिखती।

जब भी कहानी लिखने बैठती हूँ, स्मृतियों के जलप्रपात पर यत्न से धरी गरीयसी शिला कोई अदृश्य शक्ति उठाकर दूर पटक देती है, और वह तीव्र फुहार मेरे कागज़-पत्र, मेरी लेखनी और स्वयं मुझे आपादमस्तक सराबोर कर छोड़ जाती है। मेरी अधिकांश कहानियों और उपन्यासों के पात्रों की सृष्टि इसी पावन जलधार से अभिषिक्त हुई है। आज से कोई सत्रह वर्ष पूर्व मैं अल्मोड़ा में थी और हमारे बंगले से कुछ ही दूर पर था, कुष्ठाश्रम। पास ही में एक बहुत बड़ा गिरजाघर था, जिसके पत्थर-पटे, ठेठ पहाड़ी ढंग से बने प्रांगण में मेरे कैशोर्य की कुछ सुखद स्मृतियाँ भी पटकर दबी थीं। उसी गिरजे से लगी कंकरवाली कोठी में दो वर्षों तक, प्रत्येक ग्रीष्मावकाश व्यतीत करने गुरुदेव शांतिनिकेतन से चले आते थे। साथ में रहती बोठान (प्रतिमा देवी ठाकुर), उनकी दोनों पौत्रियाँ, नन्दिता और नन्दिनी। हमारा सारा दिन उन दिनों वहीं बीतता था। नन्दिनी के साथ उसी गिरजे की सीढ़ियों पर हमने न जाने कितनी पिकनिक कीं, कितना होमवर्क एकसाथ निबटाया और कितने गाने गाए। रवीन्द्र-संगीत से गूँजनेवाला वह संभवतः संसार का एकमात्र गिरजाघर था। पास ही में एक चाय की दूकान थी, जहाँ से एक

बार मूँगफली लेकर खाने में नंदिनी की नेपाली आया ने हमें बुरी तरह फटकारा था :

"खबरदार, जो उस दूकान से कुछ लेकर खाया! देखती नहीं, कितने कोढ़ी वहाँ बैठे चाय पी रहे हैं? कोढ़ियों की दूकान है वह..."

कितने वर्षों पश्चात् भाग्य मुझे एक बार फिर उसी दूकान पर खींच लाया। प्रायः ही मैं उस सड़क पर टहलने निकल जाती। एक तीखा उतार अब भी उसी ढलान में मुक्तेश्वर की ओर उतर गया था और सामने गागर, मुक्तेश्वर वानरी की उत्तुंग श्रेणियाँ वैसे ही गुलदस्ते-सी बँधी थीं। बाईं ओर था वही चिरपरिचित गिरजाघर और नीचे घाटी में बिखरे कुष्ठाश्रम की टीन की बैरक अब भी वैसी ही थी। दूकान पर कालिख लगी केतली में उबलती चाय की प्रतीक्षा में ठूँठ-से हाथों में मग थामे भाग्यहीन ग्राहकों को पहचानने में भी मुझे विलंब नहीं हुआ।

उसी कुष्ठाश्रम में दाड़िम तरु तले एक सोलह-सत्रह वर्ष की अपरूप सुन्दरी किशोरी को मैं प्रायः एक ही भंगिमा में खड़ी नित्य देखती। दोनों हाथ पीछे बाँधे, वह तन्वंगी पेड़ से पीठ टिकाए अपनी पिंगलवर्णी चमकती आँखों में अपार कौतूहल का अर्ध्य संजोए घड़ी के काँटे के साथ मेरी प्रतीक्षा में खड़ी रहती। मेरा कौतूहल भी उससे कुछ कम नहीं था। वह कौन होगी? क्या इस कच्ची वयस में ही इस महारोग ने इसके जीवन में विष घोल दिया था, या वह किसी कर्मचारी की पुत्री थी? कई बार निकट से देखने पर भी मुझे उसके शरीर में कहीं भी उस रोग का चिह्न नहीं दिखा। आखिर एक दिन मैंने उससे पूछ ही लिया, "क्या तुम यहीं रहती हो?"

मेरा प्रश्न सुनते ही वह मुझे अचरज से देखती रही, भयभीत मृगी-सी उसकी वह विस्फारित दृष्टि मैं आज भी नहीं भूल सकी हूँ। शायद उसने नहीं सोचा था कि मैं पहाड़ी हूँ...कुछ पल तक, मुझे ऐसे ही देखती वह सहसा तेज़ी से भागकर उन्हीं टीन की बैरकों में घुसकर अदृश्य हो गई।

मेरे प्रश्न का उत्तर मिला मुझे तीसरे दिन। किसी दूसरे कुण्ठाश्रम की ही एक विदेशी मिशनरी महिला वहीं बंगला लेकर रहने आई थीं। मेदबहुल शरीर, स्वच्छ-सरल हंसी और महा आनन्दी स्वभाव की उस महिला से मेरे एक दिन का परिचय शीघ्र ही मैत्री में बदल गया। वे स्वयं क्वेकर थीं। इन्हीं भाग्यहीन रोगियों की निःस्वार्थ सेवा ने उन्हें स्वयं इस भयानक रोग का उपहार दे दिया था, किंतु अपनी ही चिकित्सा से वे अब पूर्ण रूप से स्वस्थ थीं। उन्हींने मुझे सुन्दरी किशनुली की करुण कथा सुनाई थी।

उसका श्वसुर एक बार उसकी महीनों से नासूर बन गई पैर की अंगुली दिखाने उसे अल्मोड़ा लाया और डाक्टर ने देखते ही रोग के कुटिल शत्रु को पकड़ इस बंदीगृह में भेज दिया था। उसका बांका जवान पति लाम पर लड़ाई में था। जब लौटा तो सुना—उसकी बालिका वधू को विधि ने ऐसे लौहकपाटों में मूँद दिया है, जहाँ प्रेम का प्रवेश सर्वथा निषिद्ध है। स्वस्थ होकर लौटने पर भी समाज उसे कभी ग्रहण नहीं कर सकता। परिस्थितियों से समझौता कर वह एक बार फिर नौशा बन सेहरे की झिलमिल सम्भालता तिब्बती लद्‌दू, घोड़े पर आईना देखता उसी उतार से गुज़रा, जहाँ बारात की तुतुरी-रणसींगी सुन भोली किशनुली भागकर दाड़िम तले खड़ी हो गई थी। अपने बूढ़े श्वसुर, बाघ-बकरी खेलनेवाले सखा देवर और लाल झुपुरी अयालवाले ससुराल के लद्‌दू घोड़े को पहचानने में उसने भूल नहीं की थी। चीखें मारकर वह बारात के पीछे-पीछे भागती दूर तक चली गई थी। स्वयं इसी दयालु डाक्टरनी ने पकड़कर उसे अपनी विराट छाती में भींच लिया था। यही किशनुली मेरी कहानी 'आमीन' की नायिका है और उस अरण्य में मिली और उसी अरण्य में बिछुड़ गई वह विदेशी डाक्टरनी मेरी 'कृष्णकली' की डाक्टर पैट्रिक है।

'कृष्णकली' की कुछ किस्तों के 'धर्मयुग' में छपते ही पाठकों के रंग-बिरंगे पत्रों के अबीर-गुलाल ने मुझे रंग दिया था। उनमें सचमुच ही फागुनी बयार की-सी मस्ती थी। कृष्णकली कौन है? क्या वह कुँआरी है? क्या वह मेरी कल्पना की ही उपज है? यदि नहीं, तो क्या मैं उसका पता भेज सकती हूँ? कभी-कभी पत्र पढ़कर हँसी भी आती थी, किन्तु एक दिन एक पत्र ऐसा आया, जिसे पढ़कर मैं हँस नहीं पाई। पत्र आया था गोरखपुर कुण्ठाश्रम से। अक्षर ऐसे थे कि जी में आया चुनकर पिरो लूँ। जैसी सुघड़ लिखावट, वैसी ही भाषा। स्वयं अपने अभिशप्त अस्तित्व का परिचय देने में लिखनेवाले की कलम ज़रा भी नहीं झिझकी थी :

"शिवानी जी, इसके पूर्व आपकी 'शिवी' पढ़ी, 'अनाथ' पढ़ी और अब 'कृष्णकली' पढ़ रहे हैं। अब तो दोनों हाथों की कुल जमा सात ही अँगुलियाँ बची हैं और यदि पूरी भी होतीं तो शायद मनचाही प्रशंसा नहीं कर पाता। एक ही प्रश्न पूछना चाहता हूँ, आपको इस रोग का ऐसा विशद अनुभव कैसे है? क्या आप स्वयं इस रोग की रोगिणी हैं, या आपके परिवार में किसी को यह रोग है?"

तब, मैं उसके इस प्रश्न का उत्तर नहीं दे सकी थी; क्योंकि न पत्र में उसका

नाम था न पता। केवल गोरखपुर कुष्ठाश्रम के पते पर मेरा उत्तर कहाँ भटकता? इसीसे आज ही उसका उत्तर दे सकी हूँ। न मुझे यह रोग है, न मेरे परिवार के किसी सदस्य को, किन्तु अचानक मिली उस विदेशी डाक्टरनी की मैत्री ही मुझे इस महारोग के विषय में बहुत कुछ बता गई थी। उसी ने कहा था, "हमारी यह भ्रांत धारणा है कि यह एक भयावह रूप से छुतहा रोग है।"

और फिर, कुछ वर्षों पश्चात् मुझे मिली थी मेरी नायिका। खच्चरों पर पत्थर लादने वाले पठान जनक ने उसकी माँ को छोड़ दिया था। दुखिया पति-परित्यक्ता तीन बच्चों को लेकर अपनी बहन की शरण में चली आई थी। वहीं उस मरी को मारने वह महारोग-ब्याल उससे लिपट गया। तीनों देवदूत-से बच्चे आए दिन कभी चीनी माँगने, कभी आटा माँगने हमारे आँगन में खड़े हो जाते। उनका मौसा पास ही किसी पादरी साहब के सागरपेशे में रहता था। गौरी बुआ (सुमित्रानंदन पंत जी की बड़ी बहन) नित्य ही अपनी भविष्यवाणी दुहराती, "देख लेना, एक न एक दिन यह लड़की राजरानी बनेगी—आहा, कैसा अठ-अँगुलिया कपाल है।"

हमें हँसी आ जाती, "ज़रूर राजरानी बनेगी, बाप पठान है और माँ कोढ़िन! खाने को तो जुटता नहीं बेचारी को..."

किन्तु सचमुच ही उनकी भविष्यवाणी खरी उतरी। वह राजरानी ही बनी। माँ के रोग ने विकट रूप धर लिया, तो बहन ने बच्चों सहित उसे गाँव भेज दिया। वहीं कुछ महीनों बाद उसकी मृत्यु हो गई। कुछ ही दिनों बाद जब उस अभागी की बिरादरी ने उसके कुख्यात रोग के कारण, उसके बच्चों को भी दुत्कार दिया तो मिशन ने उन्हें शरण दी। राजरानी को गोद लिया एक विदेशी महिला ने, जिसका सुरुचिपूर्ण संरक्षण उस यवन-दुहिता के सौन्दर्य में सुहागा बनकर रिस गया।

पठान जनक का ऊँचा कद, कुमाउनी जननी की अपूर्व देहकांति एवं विदेशी उच्च समाज के सहवास ने उस खान के खरे हीरे को अब कितने केरट का बना दिया होगा, यह मैं अनुमान लगा सकती हूँ। यही कोहनूर मेरी कृष्णकली है।

'भैरवी' की प्रेरणा भी मुझे बहुत कुछ अंशों में कुमायूँ से ही मिली। वैसे वहाँ धर्मव्यवस्था की दृष्टि से हिन्दू धर्म ही प्रमुख है। बौद्धधर्म आठवीं शताब्दी तक रहा। इस धर्म के कुछ-कुछ अनुयायी आज भी कूर्मांचल के उत्तरी भाग—जोहार, दारमा—में मिलते हैं। 'गणनाथ', 'पीनाथ' आदि नामों से स्पष्ट है कि कुमायूँ नाथों की तपस्या-भूमि भी रही है। कनफटे जोगी नाथ संप्रदाय की परंपरा का आज भी प्रतिनिधित्व करते हैं।

शिवोपासना के कारण परी, भूत-प्रेत, जादू-टोने आदि का भी प्रचलन है।

कुमायूँ गज़ेटियर में भी 'विचक्रैफ्ट इन कुमायूँ' पर एक अत्यन्त रोचक प्रकरण है। 'ग्वाल्ल', 'ऐड़ी', 'कलविष्ट', 'चौमू' आदि स्थानीय देवताओं की कचहरी में कब किसने पुरश्चरण की अपील की थी और कैसा तत्काल न्याय हुआ था, इसकी कितनी ही कहानियाँ बचपन में सुनी थीं। शायद वही स्मृति 'भैरवी' में भी उभर उठी है।

मेरी आज तक प्रकाशित कहानियों में 'करिए छिमा' मेरी सबसे प्रिय कहानी है। आरंभ से अंत तक, उसकी एक-एक पंक्ति को मैंने कुमायूँ कथांचल में जड़े सलमे-सितारे दुःसाहस से उखाड़-उखाड़कर सँवारा था। मैं जानती थी कि उस आँचल की कारचोबी एकदम असली है, किन्तु इस फरेबी युग में क्या उनकी असलियत की पुष्ट दलील से मैं अपने आपकों का विश्वास जीत पाऊँगी?

कहानी की नायिका पतिता है, किन्तु जैसे तीर्थस्थान में किया गया पाप पाप नहीं होता, ऐसे ही कुमायूँ की पतिता में भी एक अनोखा तेज रहता है, ऐसा मेरा विश्वास है। वह पतिता होकर भी पतिता नहीं लगती। अपने प्रेमी को बचाने में, अपनी अवैध संतान को जलसमाधि देने में वह तिलमात्र भी विचलित नहीं होती। उस पतिता को सतीरूप में प्रतिष्ठित करना मेरे लिए उस कहानी का सबसे बड़ा सिर-दर्द बन गया था।

नायिका, नवजात शिशु की हत्या के अपराध में, कटघरे में बन्दिनी बनी खड़ी है। विदेशी हाकिम उससे पूछता है, "बोल लड़की, इसका पिता कौन है?"

"सरकार", वह मुँहज़ोर हँसकर कहती है, "आप हाकिम हैं, गाँव-गाँव का दौरा करते हैं, कितने ही नौले-झरनों का पानी पीते हैं, और जब कभी आपको ज़ुकाम हो जाता है, तो क्या आप बता सकते हैं कि किस झरने के पानी से आपको ज़ुकाम हुआ?"

अपनी उस नायिका से यह बयान दिलवाने में मैंने कितने ही पृष्ठ लिख-लिखकर फाड़े थे और कितनी ही बार बिगड़ैल घोड़ी-सी मेरी लेखनी बिदककर दो पैरों पर खड़ी हो गई थी। कुमायूँ की किसी पतिता की ऐसी ही दी गई कैफियत बहुत पहले कहीं सुनी थी। प्रेमी को बचाने के लिए एक अपढ़ पतिता की ऐसी प्रत्युत्पन्नमति, ऐसी हाज़िरजवाबी और देवदुर्लभ सौन्दर्य के साथ-साथ ऐसा निष्कपट आत्मनिवेदन क्या कहीं और मिल सकता था?

किन्तु ऐसी कैफियत मैं उससे कैसे दिलवा दूँ? मैं सोचती हूँ, यह उलझन, केवल मेरी उलझन नहीं थी। आज से तीस वर्ष पूर्व वर्जिनिया वुल्फ ने अपनी इसी उलझन के विषय में लिखा है, "मैं कितना कुछ लिखना चाहती हूँ, किन्तु

क्या नारी होकर यह सब लिखना मुझे शोभा देगा? लोग क्या कहेंगे?'' यही आशंका कि लोग क्या कहेंगे, एक लेखिका की कल्पना का गला घोंटकर रख देती है। कलाकार अपने कल्पनालोक में किसी प्रकार का व्याघात नहीं चाहता। किसी आशंका की सामान्य-सी पदचाप ही उसकी कल्पना की मृत्यु का कारण बन सकती है।

अपनी आशंका को दूर पटककर मैं स्वयं अपनी नायिका के साथ कटघरे में खड़ी हो गई, ''श्रीमान, यह पतिता होकर भी पतिता नहीं है'' मैंने उसकी मूक पैरवी की। और मुझे लगा, वह छूट जाएगी। कहानी के छपने के कुछ ही दिनों बाद मुझे जैनेन्द्र जी का पत्र मिला, ''आपकी कहानी 'करिए छिमा' पढ़ी, मन भर आया। इसी से ज़रूरी हो गया कि आपको पत्र लिखूँ।'' उसी क्षण विजयी नायिका का सुख स्वयं मेरा सुख बन गया।

कुमायूँवासी, धर्मपरायण होते हैं और इस धर्मपरायणता ने उनके सरल जीवन को एक अनोखी मृदुलता, लावण्य एवं स्निग्धता प्रदान की है। ओकले के अनुसार ''हिमालय के साहित्य की अपनी मौलिक विशेषता है।'' उन्होंने कुमाउनी साहित्य को उसके जन्मदाता हिमालय की ही भाँति पवित्र और रहस्यपूर्ण माना है। कूर्मांचल की रहस्यमयी पावन मसिधारा में लेखनी डुबोने का लोभ-संवरण करना किसी-भी कुमाउनी के लिए संभव नहीं है। कुमायूँ के प्रसिद्ध गुमानी कवि मेरे परनाना थे। आज उन्हीं की कुछ पंक्तियाँ आँखों के सम्मुख आ जाती हैं :

कुणकुणो खट्ट हो कणिक
    मडुओ को हो साग या लूण हो
घर को घ्यू आंगुलेक हो,
    भुटण सूँ या तेल चोख्यूण हो
ह्यू ना म्हेण प्रभात घाम,
    देलि में या ब्याल को तैल हो
बाड़ो लग कुनको सदा हो
    साग हरिया मेलो भलो गेल हो
निक लुगड़ा, हथकान बिन
    खसम की जो घींण
ज्वेकन नी हो
    यै है लग खुशि नै
सिवाय घर में जो
    ऋण कतुकै नी हो

मडुवे की रोटी हो, साथ साग या केवल नमक की डली हो। रोटी पर धरी घर के घी की चुपड़ और बधारने-भर को तेल हो। हेमन्त मास में प्रातः काल देहली में घाम हो या गुनगुनी सायंकालीन धूप हो। घर की वाटिका में हरा-भरा साग हो। अच्छा पड़ौस हो। अच्छा कपड़ा या गहना न मिलने पर पति से घृणा न करे, ऐसी पत्नी हो, तो फिर और क्या चाहिए?

इस कविता में जैसे कवि ने समस्त कुमायूँ की सरल याचना लिपिबद्ध कर दी है।

न गेहूँ की रोटी, न पूड़ी-कचौड़ी, केवल सबसे सस्ते अनाज मड़ुवे की रोटी। न कोरमा, न कोफ्ता, न दही, न चटनी, केवल नमक की डली। हेमन्तकालीन घाम की मुट्ठी-भर किरनें या विदा लेते उत्तराखंडी सूरज की गुनगुनी धूप! न चमकते कपड़े, न दमकते गहने—केवल अच्छा पड़ौस!

अपने पूर्वज की इन पंक्तियों का मैं हृदय से समर्थन करती हूँ। आज भी मड़ुवे की रोटी मुझे उतनी ही मीठी लगती है। सम्पूर्ण भारत-दर्शन कर लेने पर भी, हेमन्तकालीन घाम और उत्तराखंडी सूरज की विदा लेती किरनों की गुनगुनी धूप के प्रति मेरा मोह वैसा ही बना रहा है, और यह मेरा दृढ़ विश्वास है कि कुमायूँ कथांचल के उदार अर्णव-से मसिपात्र में लेखनी डुबो-डुबोकर निरंतर लिखते रहने पर भी, ब्रह्मा के नाभिकुंड स्थित अमृत की भाँति, उसका अशेष कोष, कभी रिक्त नहीं हो सकता।

**—शिवानी**

# क्रम


*करिए छिमा* 15

*पुष्पहार* 40

*'के'* 56

*चीलगाड़ी* 74

*सती* 86

*ज्येष्ठा* 94

*शपथ* 108

*अपराधी कौन* 120

*तोप* 130

*मधुयामिनी* 142

# करिए छिमा

उस बर्फीले तूफान में हीरावती की विचित्र खोह में बन्दी हुआ श्रीधर भावनाओं के उफान में संयम के बंधन को तोड़कर जैसे आदिम मानव हो उठा और अस्वस्थ मन एवं शरीर, दोनों को वह पूर्ण विश्राम देना चाहता था। एक तो वह सर्वदा अपने प्रत्येक भाषण को बड़े परिश्रम से प्रस्तुत करता था, फिर इस भाषण में तो उसे अपने आगामी चुनाव के प्रतिद्वन्द्वी को धोबी-पछाड़ की पटखनी देनी थी। मेज़ पर धरी दुग्ध-धवल टोपी उसने सिर पर धर ली। जब तक वह अपने इस जादुई यन्त्र को सिर पर धर उसकी तीखी उस्तरे-सी धार पर हाथ न फेरता, वीणावरदंडमंडितकरा देवी सरस्वती उससे रूठी रहती। टोपी सिर पर धर वह दर्पण के सम्मुख खड़ा होकर मुसकराया। प्रभावशाली प्रतिबिम्ब ने और भी अधिक आकर्षक स्मित का प्रत्युत्तर दिया।

प्रशस्त ललाट, तीखी नासिका, विलासी क्यूपिड अधर और चिकना-चुपड़ा चेहरा। श्रीधर को इस स्थिति से सन्तोष नहीं हुआ। इस बार, वह और भी आकर्षक ढंग से मुसकराया। होंठ भींचकर प्रस्तुत किए गए उस संयमित स्मित का आकर्षण वास्तव में अनुपम था।

कौन कहेगा कि वह पचपन वर्ष का है? काले बालों को कौन-सी अमृत-बूटी पिलाता है वह? गत वर्ष यही प्रश्न, विदेश-यात्रा के बीच, उससे कई विदेशी गतयौवनाओं ने घुमा-फिराकर पूछा था।

वह नम्र मिष्टभाषी भारतीय अपने यौवन की मरीचिका की व्याख्या संक्षिप्त शब्दों में देता, ''मेरे चिर यौवन का रहस्य है—स्वस्थ मन एवं स्वस्थ शरीर।'' फिर वह मुसकराकर अपने व्यक्तित्व का द्वार मखमली डिब्बा खोल जगमगाती दाड़िम-सी दन्तपंक्ति की रत्नराशि से भीड़ को मुग्ध कर देता।

''क्षमा कीजिएगा,'' यौवन को सदा गाँठ में बाँध कब्र तक ले जानेवाली विदेशी रमणियाँ उसे फिर घेर लेतीं, ''आपने यह डन्चर कहाँ बनवाया? हमें भी बनवाना है।''

"आपको बड़ी दूर जाना पड़ेगा," कहकर वह हँसकर आकाश की ओर उँगली उठा देता, "सौभाग्य से हम अधिकांश भारतीयों का एकमात्र डैंटिस्ट अभी भी विधाता ही है।"

बड़ी देर तक विदेशी रमणियाँ उसे अविश्वास से घूरती रहतीं।

आज एक बार फिर अपनी उसी स्वच्छ, बहुचर्चित दन्तपंक्ति को गर्व से निहार, वह हाथ बाँधे, दर्पण के सम्मुख अपने दूसरे दिन दिए जाने वाले भाषण की आवृत्ति करने लगा। यह उसका नित्य का नियम था। विधान सभा हो या सार्वजनिक जलसा, बिना दर्पण के सम्मुख किए गए एक पक्के रिहर्सल के वह कभी भी अखाड़े में नहीं कूदता था। इसी से आत्मविश्वास का कभी न छूटने वाला पक्का रंग उसके गोल चेहरे को वार्निश की-सी चमक से चमकाए रखता।

वह अपने उन सहकर्मियों में से नहीं था, जो घर से भाषण का होमवर्क करके नहीं लाते, और ऐन भाषण के बीच विषय में इधर-उधर भटकते बगलें झाँकने लगते हैं। उनकी ओछी हरकतों से कभी-कभी उसका माथा लज्जा से झुककर रह जाता था। सेक्रेटरी ने उल्टा-सीधा, लच्छेदार भाषा में भाषण लिख दिया, और उन्होंने करकराती शेरवानी और कलफ की टोपी पहन, मर्सिया-सा पढ़ दिया। लच्छेदार भाषा ही तो सब कुछ नहीं होती। विषयवस्तु का भी तो कुछ स्थायी महत्त्व होता है, यह नहीं जानती थी उसकी मूर्ख बिरादरी। पर कौन समझाए उन्हें? उनके कानों में तालियों की गड़गड़ाहट और गले में फूलों की माला पड़ गई, तो गंगा नहा ली। पर श्रीधर जनता को पहचानने लगा था। और जो कुछ भी हो, आज की बुद्धिजीवी जनता को छला नहीं जा सकता। इससे वह अपने दिमाग के कोठे को ठसाठस भरकर रखता था। उसके शब्दों के चयन, वाणी के ओज और उतार-चढ़ाव में ध्रुपद-धमार के गायक की सीधी-आड़ी, दुगुन और चौगुन लयकारी रहती। जैसे लच्छेदार बातों के जाल में दर्शकों को उलझा, चतुर बाज़ीगर हाथ के कबूतर को सहसा हवा में फड़फड़ा अदृश्य कर देता है और उसी पल भीड़ को उलझन में डालने को चादर से ढका अपने पैर का अँगूठा ऐसे हिला देता है, जैसे ठीक कबूतर की मूड़ी हिल रही हो।

"वह है, वह है। वहाँ छिपाया है।" दर्शक कहते हैं।

"अरे, यह? यह तो मेरे पैर का अँगूठा है भाई।"

अतुर बाज़ीगर चादर हटा नंगा अँगूठा हिला, अपने को उससे अधिक बुद्धिमान समझनेवाले दर्शक को एक ही लटके से खिसियाकर धर देता है। ऐसे छोटे-मोटे अनेक रसीले लटकों से वह ओजस्वी वक्ता अपनी मीठी वाणी के मोहपाश

में कड़े से कड़े आलोचक को भी बाँधकर रख देता था। फिर भी उसके व्यक्तित्व का आकर्षण विधाता की देन भले ही हो, उसकी प्रतिभा देवदत्त नहीं थी। उसके पीछे अथक परिश्रम का एक लम्बा इतिहास था।

श्रीधर ने एक साधारण गृह में जन्म लिया था। पिता थे एक शिव-मन्दिर के पुजारी और माता को उसके जन्म के मूल नक्षत्र ने उसी दिन डस लिया था। पहाड़ के लाल मोटे चावल को नमक के साथ निगल, वह झीलों के तीखे उतार-चढ़ाव पार कर पढ़ने जाता था। आठ ही वर्ष का था कि पिता का साया भी उठ गया। लोक-लाज के भय से, ताऊ ने उसे अपने पास बुला लिया। ताई के दुर्व्यवहार और पहाड़ी पगडंडियों के उतार-चढ़ाव ने उसे जीवन के उतार-चढ़ाव के दुरूह पाठ को समय से पूर्व ही रटाकर पटु कर दिया था। इसी से उच्च पदारूढ़ होते ही उसने अपनी समग्र शक्ति अपनी पिछड़ी जन्मभूमि के शिक्षा-सुधार की ओर लगा दी थी। यह उसी की अटूट निष्ठा का फल था कि आज उन दुर्गम शैलशिखरों पर, जहाँ पहले चिड़ियाँ भी नहीं चहकती थीं, इतिहास, भूगोल और गणित की व्याख्याएँ गूँजने लगी थीं। कहीं-कहीं पर तो उसने चलते-फिरते स्कूल भी खुलवा दिए थे। हिमपात होते ही खच्चरों पर लदा हेडमास्टर, अध्यापक और विद्यार्थियों सहित पूरे स्कूल का स्कूल घाटी में उतर आता। इसी से एक ही चुनाव ही नहीं अगले कई चुनावों की विजय-पताका एक साथ सिलवा वह मूँछों में ताव देता, निश्चिंत बैठ सकता था। गर्म चूड़ीदार, पट्टू की शेरवानी और नुकीली सफेद टोपीधारी उस सौम्य सन्त के भाषण के बीच जनता जनार्दन को चूँ करने का भी साहस न होता। भाषण के एक-एक चुने वाक्य मोतियों की लड़ियों की तरह स्वयं गुँथते चले आते। यहाँ तक कि उसकी किस उक्ति पर तालियों की गगनभेदी गड़गड़ाहट गूँजेगी, यह भी उसे पहले से ज्ञात हो जाता, और वह स्वयं विराम-अर्धविराम लगाता रहता। श्रोताओं को कब मातृभाषा की फुलझड़ी से गुदगुदाना होगा, कब अपनी अर्जित अन्तर्राष्ट्रीय ख्याति का प्रसंग कैसे छेड़ना होगा कि दर्पोक्ति न लगे, यह सब वह राजनीति का कुटिल खिलाड़ी भली भाँति समझता था। सहसा वह दर्पण के सम्मुख, किसी को कुछ न समझने वाली नेपोलियन की गर्वीली मुद्रा में खड़ा हो गया। उसका गर्व मिथ्या नहीं था। जिन ग्रामों में कभी मिट्टी के तेल की बाती भी नहीं दपदपाई थी, वहीं आज उसके प्रयास से पहाड़ी की वेगवती अलकनन्दा को बाँध विद्युत् प्रवाहिनी उज्ज्वलता बिखेर दी गई थी। पर इस टोपी के ताज ने क्या उसे बिना कुछ किए ही बादशाह बना दिया था? क्या पुलिस की निर्मम लाठियों ने उसकी पसलियों का चूरा बनाकर नहीं धर दिया था? दुर्दांत

गोरे सिपाहियों के बैटनों ने क्या उसकी दोनों कमान-सी घनी भृकुटियों के बीच लम्बा घाव स्वतन्त्रता के विजय-तिलक के रूप में सदा-सदा के लिए सजा कर नहीं रख दिया था? और फिर अल्मोड़ा जेल की चारदीवारी में स्वेच्छा से ही बन्दी बना दिया गया उसका यौवन, नैनी जेल की सड़ी गरमी और लू की अविस्मरणीय लपटों से झुलसा दिया गया जवानी का बांकपन क्या सहज में भुलाया जा सकता था? पर क्या केवल देशप्रेम ने ही उसे सर्वस्व त्यागी बनने का आमन्त्रण दिया था? अचानक श्रीधर के उल्लास की ज्योति स्वयं धीमी पड़ गई। क्यों भाग गया था वह गाँव छोड़कर? जान-बूझकर ही अंग्रेज़ कमिश्नर के बंगले के सम्मुख अनावश्यक धरना देकर क्यों हथकड़ियों को रक्षाबन्धन की भाँति ग्रहण करने को उसने लपककर कलाइयाँ बढ़ा दी थीं?

श्रीधर की सफेद टोपी पसीने से तर हो गई।

कल अपने ग्राम के आकाश पर सर्र-से निकलने अपने वायुयान की खिड़की से उसे अपने विस्मृत ताजमहल का गुम्बद दीख गया, और रात-भर वह सो नहीं पाया।

एक गहरा निःश्वास उसके होंठों को कँपाता निकल गया। सिर की टोपी उतार, पंखा-सा झलता, वह आरामकुर्सी पर लद गया।

इन पच्चीस वर्षों में भी क्या मुँह का कड़वा स्वाद नहीं गया? कुर्सी पर अधलेटा श्रीधर आँखें मूँदे, स्वयं ही स्मृति के घाव को कुरेदने लगा।

तब यौवन का बांकपन उसकी मूँछों पर नवागत अतिथि बनकर उतरा ही उतरा था। ताई के दुर्व्यवहार से ऊबकर, वह अपने ग्राम की सीमांतवासिनी एक मिशनरी मेम के साथ रहने लगा था। लोग कहते थे कि बुढ़िया ने उसे अपने साथ गिरजाघर ले जाकर, पक्का किरिस्तान बना दिया है। किरिस्तान तो नहीं, पर विदेशी संतानहीना मेम के स्नेह और अनुशासन ने उसे आदमी अवश्य बना दिया था। मृत्यु से पूर्व उस निःस्वार्थ वृद्धा ने उसे विश्वविद्यालय की उच्चतम परीक्षा उत्तीर्ण करा दी थी। यह ठीक था कि बेचारी की क्षीण पूँजी श्रीधर की शिक्षा में ही चुककर रह गई थी, किन्तु अपनी अनमोल वसीयत के रूप में वह अपने सुदर्शन दत्तक पुत्र के नाम अपनी नम्रता, मिष्टभाषण, एवं निष्कपट व्यवहार का कभी न शेष होने वाला कुबेर का-सा कोष छोड़ गई थी। इसी वसीयत ने श्रीधर को ग्रामवासियों के हृदय के सर्वोच्च आसन पर बिठा दिया। केवल उसी के नहीं, दूर-दूर तक के ग्रामों में अनोखी सूझ-बूझ के उस न्यायप्रिय युवक की धाक जम गई। जहाँ पहले छोटी-मोटी ज़मीन-जायदाद और ज़र-ज़ेवर की समस्याएँ

लेकर ग्रामवासी अल्मोड़ा की कचहरी-अदालत की धूल फाँकते थे, वहाँ चुटकियों में श्रीधर अपने विलक्षण कानूनी नश्तर से उनके विकट से विकट घाव चीरकर रख देता। सर्वसम्मति से वह ग्राम का नेता चुन लिया गया था। किन्तु चिन्ता एक ही बात की थी। उनका यह लोकप्रिय नेता एक नम्बर का भगोड़ा था। कई बार ग्रामवासियों ने उससे अनुरोध किया था कि वह स्थायी रूप से ग्राम में न्यायाधीश का पद ग्रहण कर ले, किन्तु श्रीधर तो रमता जोगी था!...आज कालीपार अघोरी बाबा के आश्रम में तो कल साबरमती। जब कभी वह ग्राम में आता, विविध प्रकार के मुकदमों की पोटलियाँ उसके प्रांगण में खुलने लगतीं। किसी ने किसी के खेत की तीन-चार सीढ़ियाँ रात ही रात में काटकर अपने खेत में मिला लीं, कोई एक लम्बे अर्से तक फौज में रहा, और उसका सगा भाई उसकी सुन्दर पत्नी को लेकर भाग गया।

प्रत्येक मुकदमे में वह दूध का दूध पानी का पानी कर देता। लोग कहते थे कि शिवालय की कोठरी में एक लम्बे अर्से तक पार्थिव पूजन कर, उसने शिवजी से अनोखा वरदान प्राप्त किया है। उसका अद्वितीय फैसला पक्ष और विपक्ष दोनों दलों को सदा मान्य रहता।

एक बार ऐसे ही एक विचित्र मुकदमे में उसने अपने ग्राम की उस सैडी टाम्सन को पहली बार देखा, जिसके सौन्दर्य और दुश्चरित्रता की दिगंतव्यापी दंतकथाओं को वह कई दिनों से सुनता आ रहा था। ठीक जैसे मॉम की दिगंतव्यापी दंतकथाओं को वह कई दिनों से सुनता आ रहा था। ठीक जैसे मॉम की नायिका धृष्टा सैडी की लहँगा-ओढ़नी पहनकर बैठ गई हो। उसके विरुद्ध मुकदमा दायर करने आई थी स्वयं उसकी जुड़वाँ बहन पिरभावती और पीछे-पीछे थी पूरे ग्राम की भीड़।

"न्याय करो लाल साहब!" विदेशी वृद्धा के दत्तक पुत्र श्रीधर को सब इसी नाम से पुकारते थे। "इसके ससुराल वालों से बैर मोल लेकर मैंने इस नागिन को अपनी आस्तीन में पाला और ठीक महीने-भर में ही इसने मुझे डस लिया।" और झोंटा पकड़ पिरू ने नागिन को खींचकर श्रीधर के पैरों के पास डाल, एक लात जमा दी।

संकोची श्रीधर हड़बड़ाकर खड़ा हो गया। पर क्षण-भर को उसके घुटनों से लगी वह लम्बी, छरहरी, चौड़े मर्दाने कंधों वाली क्षत्राणी, कपड़ों की धूल झाड़ती ऐसे खड़ी हो गई, जैसे पैर रपटने से गिर पड़ी हो। न उसके चेहरे पर लज्जा या खिसियाहट की एक रेखा खिंची, न उसने उस सार्वजनिक सभा में किए गए

अपमान के विरुद्ध बड़ी बहन से कुछ कहा। सुन्दर अम्लान चेहरा क्षणिक लाली से रंजित हुआ। पर दूसरे ही क्षण वह धृष्टा किशोरी वहीं पर धरे टीले पर तिनका चबाती ऐसे बैठ गई, जैसे राजरानी हो। भवाल संन्यासी के-से उस मुकदमे ने युवा न्यायाधीश को उलझन में डाल दिया। धनसिंह की पत्नी पिरू अपनी सुन्दरी जुड़वाँ बहन हिरू को एक माह पूर्व अपने साथ ले आई थी। उसका भगिनीपति गैंग कुली था। कुछ ही माह पूर्व डायनामाइट ने चट्टान के साथ हिरू के सौभाग्य की भी धज्जियाँ उड़ा दी थीं। तब से नित्य पिरभावती अपनी अठारह-वर्षीय बहन के दुर्भाग्य की कहानियाँ सुन-सुनकर व्याकुल हो जाती। आज सास ने अँगारे से उसे दाग दिया, आज देवर ने माथा फोड़ दिया आदि-आदि। फिर वह एक दिन उसे स्वयं ले आई। पर एक महीना भी नहीं बीता था कि हीरावती ने बहन की अनुपस्थिति में उसी के सौभाग्य-कोष पर डाका डाल दिया। रंगे हाथों पकड़ा था पिरभावती ने।

उधर पत्नी की दृष्टि में अपराधी धनसिंह अपने को दूध का धुला बता रहा था। ''एक ही घड़ी में भगवान ने एक ही नक्शे की दो मूरतें रचकर रख दीं, तो आप ही न्याय करें, सरकार, दोष मेरा या विधाता का? मैंने ज़रूर इस छोकरी का हाथ पकड़कर इसे छाती से लगाया, पर यह भी तो चुपचाप छाती से लगी हँसती रही। एक-सी सूरत, एक-सी धोती और एक-सी हँसी। अब धनसिंह साला क्या कद्दू का चश्मा लगाए था!''

धनसिंह का यह कद्दू के चश्मे वाला सस्ता मज़ाक जनता ने बेहद पसन्द किया और एक तुमुल हास्य-लहरी को रोकने के लिए स्वयं श्रीधर को खड़ा होना पड़ा था। ''भाइयो, आप सब जानते हैं कि पंचायत में मुझे हँसी-ठट्ठा पसन्द नहीं है। धनसिंह ठाकुर को जो कुछ कहना हो साफ-साफ कहें।''

''अब इससे ज़्यादा साफ-साफ और क्या कहूँ, अन्नदाता?'' धनसिंह ठाकुर अपनी रसिकता से बाज़ नहीं आया। ''धोती खोलकर नंगा हो जाऊँ? पंचों के सामने अब और क्या कहूँ? पर गंगा की सौं, यह छोकरी टुकुर-टुकुर मेरी ओर देखती हँसती रही। एक बार कहती कि 'मैं तेरी साली हूँ', तो क्या मैं इसे छूता?''

टीले पर बैठी अब भी वह छोकरी टुकुर-टुकुर धनसिंह को देखती वैसे ही हँस रही थी। श्रीधर ने दोनों बहनों को देखा। सचमुच एक ही ठप्पे पर दो बहनों की सृष्टि की गई थी। अन्तर दोनों में उतना ही जितना एक जोड़ा ऐसी धोतियों में होता है, जिनमें से एक तो बिना धुली कोरी ही धरी हो, और दूसरी धोबी की पछाड़ ने साफ कर दी हो।

"झूठ बोलता है बेशरम!" पिरभावती ने घृणा से पति की ओर देखकर कहा, और सीना तानकर पंचों के बीच खड़ी हो गई।

"मेरी हालत देखो लाल साहब!" उसका स्वर उत्तेजना से काँपने लगा। "क्या मेरी घाघरी गले से नहीं बँधी है? और क्या इस फटफटी छोकरी का पेट पीठ से नहीं लग रहा है?"

उसकी किसी चतुर क्रीमिनल वकील की-सी इस दलील ने मुकदमे को जटिल बना दिया। अपनी गर्भावस्था के अन्तिम उभार का समुचित प्रदर्शन करने के बाद बैठकर, वह प्यासी कुतिया-सी हाँफने लगी।

ठीक ही कह रही थी वह। दोनों के चेहरे भले ही एक-से हों, शरीर की गढ़न में किसी प्रकार की छलना के लिए गुंजाइश नहीं थी।

टीले पर बैठी इकहरे शरीर की सुन्दरी स्वामिनी तिनका चबाती अब भी उतनी ही रहस्यमयी रही। पंचों की जूरी श्रीधर से विचार-विमर्श करने पास की गँधाती गोशाला के पिछवाड़े चली गई। अन्तिम फैसला देने से पूर्व इस विचित्र अदालत का यही नियम था।

पता नहीं क्या फैसला देगा लाल साहब! उसका फैसला सदा बेजोड़ होता है।

श्रीधर का गम्भीर कंठस्वर पहाड़ी मन्दिर के दमामे-सी चोट करता गूँज उठा था—"भाइयो, पंचों के मत से धनसिंह ठाकुर निर्दोष है।"

"धन्य हो लाल साहब!" धनसिंह के पाँचों पाँडवों-से भाई टोपियाँ उछालने लगे थे।

"हो सकता है," श्रीधर कहता जा रहा था, "कि अँधेरे में ठाकुर अपनी साली का चेहरा ही देख पाए हों, शरीर नहीं। और दोनों बहनों के चेहरों में तिल-रत्ती का भी अन्तर नहीं है। यह तो आप स्वीकार करेंगे ही...।" सैकड़ों आँखों का फोकस एकसाथ ही प्रमुख नायिका के चेहरे की ओर घूम गया। "दोष निश्चय ही हीरावन्ती देवी का है। क्या आप घबराहट से चीख नहीं पाईं?"

श्रीधर ने अपने इस सहृदय प्रश्न से अड़ियल घोड़ी की लगाम में ढील दी, कि शायद इस प्रश्न का सहारा पाकर कह दे कि हाँ, मैं घबरा गई थी। पर वह तो निरुत्तर, सिर नीचा किए, अपनी उसी रहस्यात्मक मुद्रा में मुसकराती रही। उस उद्दंड किशोरी की इस चोरी और सीनाज़ोरी को देख, न्यायप्रिय श्रीधर का खून खौल गया। इससे पूर्व भी उसके पास, इस दूसरे ग्राम से आ टपकी, महामारी-सी मारक दुश्चरित्रा हीरावती के उन्मूलन के अनुरोध की प्रार्थना करते, कई गुमनाम पत्र आ चुके थे।

"हीरावती देवी, आपको दस मिनट का समय और दिया जाता है। इस बीच भी आप अपनी सफाई न दे सकीं, तो पंचों को अपना फैसला देना ही होगा।" श्रीधर ने दृढ़ स्वर में कहा था।

हीरावती ने बड़ी उपेक्षापूर्ण दृष्टि से श्रीधर को देखा, फिर द्रोणागिरी के पीछे लाल आग के गोले-से डूबते सूर्य की ओर अपनी दृष्टि निबद्ध कर दी, जैसे अस्ताचलगामी सूर्य के साथ ही पंचों के निरर्थक प्रश्न को भी डुबो रही हो। दस मिनट तो क्या, दस वर्ष की अवधि दिए जाने पर भी शायद हीरावती उसी दार्शनिक मुद्रा में मुस्कराती रहती।

हारकर पंचों ने फैसला दे ही दिया, क्योंकि दोनों जुड़वाँ बहनों का रंग-रूप एक ही था, शरीर के आकार का अन्तर भी स्थायी नहीं था, गर्भ-भार से मुक्त होने पर पिरभावती फिर अपनी जुड़वाँ बहन का अविकल प्रतिरूप बन जाएगी, और ठाकुर धनसिंह की अपनी घातक भूल दोहराने की सम्भावना और अधिक बढ़ जाएगी। इसी से श्रीमती हीरावती को आदेश दिया कि वे बारह घंटे के भीतर ग्राम की सरहद खाली कर दें।

फैसला सुनते ही हीरावती मुस्कराकर श्रीधर की ओर मुँह फेरकर खड़ी हो गई। पहली बार उसने मुँह खोला, "ठीक है, पंचो! मैं आज से कोढ़ी साहब के ओडयार में रहूँगी। वह तो आपके गाँव की सरहद के बाहर है न?"

उसने एक बार फिर अपनी रससिक्त मुस्कान से ग्राम के मनचलों को तिलमिलाकर धर दिया। अचानक भीड़ स्तब्ध हो गई। कहती क्या है छोकरी? कोढ़ी साहब की गुफा में रहेगी? चारों तरफ से मीठे सेब, नासपाती, अखरोट और मिहिल के वृक्षों से आच्छादित उस लम्बी रेल-टनेल-सी बनी अन्धकारपूर्ण प्राकृतिक गुहा में बहुत पहले तक विदेशी चित्रकार आकर रहने लगा था। अब ग्रामवासियों के कथनानुसार वह गुहा उसी साहब की प्रेतयोनि का स्थायी आवास बन गई थी। अपने बीभत्स महारोग को, अपनी ग्रीक देवता-सी सुन्दर देह में छिपाए वह विदेशी जब गुहा में रहने आया, तो उसके रोग का कोई भी बाह्य चिह्न देखने में नहीं आता था। ग्रामवासी उसे 'पादड़ी साहब' कहकर पुकारते थे। धीरे-धीरे किसी खंदक में छिपे कुटिल शत्रु की भाँति, उसके रोग ने उसपर अचानक आक्रमण कर दिया, और वह निहत्था नहीं जूझ सका। पहले हाथ की अँगुलियाँ गईं, फिर पलकें। और एक ही वर्ष में वह बुरी तरह लँगड़ाने लगा। कुछ दिनों तक वह अपने ठूँठ-से हाथों से गुहा-भित्ति को अपनी अनूठी कला से विभूषित करता रहा। पर एक दिन विवश तूलिका नीचे गिर पड़ी। साहब फिर भी सहज

में पराजय स्वीकार करने को तत्पर नहीं हुआ। जो कलात्मक हाथ तूलिका को धन्य करते थे, उन्होंने कुदाली थाम ली। जलना, रामगढ़ और कुल्लू से सुनहरे सेब, नासपातियों की पौध मँगाकर कोढ़ी साहब ने अपने विकृत हाथों से फल और पुष्पों के भावी नन्दनवन की सृष्टि कर दी। यह ठीक था कि वह स्वयं फल खाने तक जीवित नहीं रहेगा, क्या मीठे कुएँ का पानी पीकर लोग कुआँ खोदने वाले को स्मरण नहीं करेंगे?

इधर रोग अब छाती पर चढ़ बैठा था। एक दिन शायद उसकी मानसिक व्यथा शारीरिक व्यथा से भी अधिक असह्य हो उठी। एक ग्वाले के पुत्र को उसने कभी पढ़ाया था। वही पाव-भर दूध नित्य साहब के आले में धरे मग में उंडेलकर जाता था। एक दिन वह आया, तो मग नहीं था। खिड़की से झाँका और चीखकर भाग गया। गुहा-भित्ति की किसी अदृश्य खूँटी से टँगी, साहब की निर्जीव देह झूल रही थी।

फिर किसी को भी उस ओर जाने का साहस नहीं हुआ। अल्मोड़ा के ही दो-तीन मिशनरी आकर, उसी के बाग में उसे दफनाकर चले गए। तब से प्रति वर्ष सेब और नासपाती के वैभव से गदराए, कोढ़ी साहब के बाग का व्यर्थ यौवन अनाघ्रात पुष्प की भाँति झर-झरकर मुरझा जाता। लोगों का कहना था कि गुहा की छत से झूलता कोढ़ी साहब संध्या होते ही कूद जाता है और बड़ी चौकसी से अपने बाग की रखवाली करता है। उसी ओडयार में सुन्दरी हीरावती के रहने का अमानवीय संकल्प सुनकर उसकी बहन ने कहा, ''बहुत देखे हैं ऐसे ओडयार में रहने वाले!''

पर जब तीसरे ही दिन उस दुस्साहसिनी नारी को किसी ने साहब के बाग़ के सुनहरे सेब बेचने बाज़ार जाते देखा तो पूरा ग्राम दंग रह गया। कुछ ही घंटों में वह ठोकरी-भर सेब बेच अपनी नई गृहस्थी बसाने के सामान से भरी पोटलियाँ लेकर मुसकाती लौटी तो स्त्रियों में कानाफूसी होने लगी, ''देखा, कितने बड़े बम-गोले-से सेब, आड़ू हैं! कोढ़ी साहब की हड्डियों की खाद डली है, इसी से।''

फिर तो हीरावती हर तीसरे दिन भरी-भरी टोकरियाँ सिर पर धर मटकती बाज़ार को जाती। कभी नासपाती, कभी अखरोट और कभी किसी महादानव की उँगलियों-सी दैत्याकार भिण्डियाँ। ''लगता है कि कोढ़ी साहब के प्रेत को ही फाँस लिया है छिनाल ने, नहीं तो ये बे-मौसमी भिण्डियाँ आईं कहाँ से?'' स्त्रियाँ कहतीं।

पर उसकी भिण्डियाँ, चाहे वे इहलोक की रही हों या परलोक की, बिककर चुटकियों में टोकरी शृंगार-प्रसाधन की सामग्री से भर जाती थीं। कभी टोकरी

में धरा चौकोर दर्पण उसकी समवयस्काओं की आँखें चौंधिया जाता। कभी गौर मृणालदंड-से सुकुमार हाथों में चमचमाती लाल-हरी रेशमी चूड़ियाँ देखने वालों का कलेजा भूँजकर रख देतीं। हीरावती भी जान-बूझकर ही अपनी उत्तरोत्तर बढ़ती समृद्धि का ईंधन ग्रामवधुओं की ईर्ष्याग्नि में झोंकती रहती। कोढ़ी साहब के बमगोले-से सेबों की लालिमा ने उसके मंगोल कपोलों को अपनी अनुपम तूलिका से रंग दिया। नित्य के फलाहार ने वनदेवी के सलोने चेहरे की चिकनाई पर नवनीत का प्रलेप कर, उसे नवजात शिशु के चेहरे-सा सुचिक्कन बना दिया। वह जिस पथ से फलों का निर्यात करने जाती वहाँ पर जान-बूझकर ही ग्राम के मनचलों की टोलियाँ चक्कर लगाने लगीं। एक तो वह जब से उस भुतही गुहा में रहने लगी थी, उसका मूल्य तरुण वर्ग में बहुत बढ़ गया था। वह गिरिशिखर, शेर और भालुओं का कुख्यात अड्डा था। उस पर तीन मील की तीखी चढ़ाई नित्य पार कर चढ़ना-उतरना हँसी-खेल नहीं था। फिर दिन डूबे लौटने पर कोढ़ी साहब के प्रेत का सान्निध्य। "मसान साध रही है चुड़ैल।" स्वयं उसकी बहन ही इधर-उधर कहती फिरती। पर गुहावासिनी, विचित्र कपालकुण्डला को किसी की चिन्ता नहीं थी। श्रीधर के शिवालय की खिड़की से तुंग पर्वत की शुकनासिका-सी मुड़ी चोटी पर बनी हीरावती की लम्बी गुहा किसी मृत गैंडे की मटमैली देह-सी पड़ी स्पष्ट दीखती थी। कभी-कभी खद्योत-सा दीपक टिमटिमाता दीख जाता, और कभी गुहा की चिमनी पर मंडराती धूम-लेखा। 'क्या सचमुच ही मसान साध रही होगी हीरावती?' श्रीधर मन ही मन सोचता।

पगडंडियों से उतरती, उस अनुपम लावण्यमयी ग्राम्या को लोलुप दृष्टि से निहारते, वह ग्राम के कितने ही युवा, प्रौढ़, यहाँ तक कि वृद्धों के पोपले मुखों को भी लार टपकाते देख चुका था। यह ठीक था कि घास के बोझ को थामने में लचक गई कटि की मोहक भंगिमा-प्रदर्शन में स्वयं उस मायाविनी की कोई कुचेष्टा नहीं रहती थी। वह मोहक लचक तो प्रत्येक कुमाउनी घसियारिन को विधाता का देवदत्त वरदान है। जिस नृत्य-प्रवीणा की-सी स्वर-लय के साथ संगत देती चाल की शिक्षा आधुनिक युग की गगन-चारिणी विमान परिचारिकाओं को, माथे पर पुस्तक धर, महीनों कड़े अनुशासन से चाबुक की मार से दी जाती है, उसे कुमायूँ की वह पर्वत-कन्या सहज स्वाभाविकता से घास का असह बोझा सिर पर धरते ही सीख लेती है।

ऐसी ही संगीत-मुखर चाल के घुँघरू बजाती हीरावती घास का गट्ठर सिर पर धरे उतरती तो आसपास से सीटियाँ बजने लगतीं। कमर से कसकर बाँधा

पिछौड़ा, कसी वास्कट के खुल-खुल जाते बटनों पर नीली-पीली मालाओं का उठता-गिरता जाल और भुजंगप्रयात के-से छन्द में बँधी मीठी पदचाप। 'अपने सात्त्विकी ग्राम से हीरावती की मनहूस छाया हटानी ही चाहिए मुझे।' नित्य श्रीधर अपना एक ही संकल्प दोहराता। पर अब तो हीरावती को उसका न्याय-दण्ड स्पर्श नहीं कर सकता था। वह तो सचमुच ही ग्राम की सरहद के बाहर थी। इधर भ्रष्टा हीरावती ने उसका सिरदर्द और बढ़ा दिया था। ग्राम के प्रवेशद्वार में उसका शिवालय था और हीरावती नित्य वहाँ से उतरते हुए, अकारण ही खाँसती-खखारती शिवालय का घंटा ज़ोर-ज़ोर से बजाने लगती।

"शम्भू, हरहर!" कहती हुई, वह कभी-कभी उसकी साँकल भी खड़खड़ा जाती, "उठो हो, जज साहब। तुम्हारी कचहरी का टाइम हो गया।"

उसकी ओछी हँसी का स्वर श्रीधर को ज़हर-सा लगता। पर झुंझलाकर वह खून का घूँट पी जाता। एक तो औरत जात ऊपर से ऐसी बेगरैत। कौन मुँह लगे। वह रज़ाई सिर तक खींचकर सोता रहता। एक दिन हीरावती समय के कुछ पूर्व ही आ धमकी। मन्दिर का घण्टा शायद उसने जान-बूझकर ही नहीं बजाया। रात बीतने ही को थी कि खुसर-पुसर सुनकर श्रीधर जग गया। कार्तिक का महीना था। आए दिन शिव-मन्दिर में पार्थिव पूजन कर, ग्राम की स्त्रियाँ शिवलिंग को दूध-दही से नहला जातीं। हो न हो, कोई कुत्ता ही शिवलिंग को चाटने घुस आया होगा। श्रीधर ने लाठी उठाई और दबे पाँव जाकर खिड़की से झाँका। कल भी ठीक आधी रात को एक काली कुतिया दूधिया शिवलिंग को अपवित्र करने घुस आई थी।

'कल तो हाथ नहीं आई, आज कमर तोड़कर रख दूँगा,' सोचता श्रीधर झाँकने को बढ़ा। पर वहाँ तो कोई दूसरी ही छाया अपनी अपावन उपस्थिति से शिवालय को अपवित्र कर रही थी। शिवलिंग के सम्मुख घुटने टेके आँखें मूँदे, भावविभोर होकर हीरावती मीठे करुण स्वर में गा रही थी—

नरेणा नरेणा,
मेरी कइया नी कइया
करिया नी करिया
करिये छिमा
छिमा मेरे परभू!

नारायण, हे नारायण,
मेरा किया, ना किया,
कहा, अनकहा
सब करना छिमा,
छिमा मरे प्रभू!

दोनों आँखों से आँसू की अविरल धारा बहाती, वह शिवलिंग का अभिषेक-सा कर रही थी। नित्य इन्हीं आँखों से हँसने, खिलखिलाने और चिढ़ाने वाली आनन्दी हीरावती आज किस दुःख से रो रही है? उस रहस्यमयी नारी के हृदय का भेद लेने को श्रीधर व्याकुल हो उठा। वह धीमे पैरों से बढ़कर खिड़की के पास सट गया। ओह, ग्राम छोड़कर जा रही है हीरावती! पास की टोकरी में उसके कपड़े, शृंगार-पिटारी, बर्तन-भांडे धरे हैं। शायद जुड़वाँ बहन की समता उसे रुला रही है, या ग्रामवासियों का निर्मम व्यवहार। पर वह स्वयं रूपवती हीरावती को रुला सकता है, यह बात वही वीतरागी संयमी युवक स्वप्न में भी नहीं सोच सका। वह तो चुपचाप स्वयं ही अपनी शंका का समाधान कर कोठरी में लौट आया और साँकल चढ़ाकर सो गया। तब तक किसी भी विकार ने उसके निष्कलुष चित्त को दग्ध नहीं किया था। हीरावती उसके लिए एक ऐसा सुन्दर जंगली गुलाब थी जिसे हवा में झूमते देखना कला-पारखी चित्त को निश्चय ही रुचता था, किन्तु उसे तोड़कर कभी सूँघा भी जा सकता है, यह उसने कभी सोचा भी नहीं था।

दूसरे दिन, तीसरे दिन और कई दिनों तक हीरावती नहीं दीखी। ''निश्चय कोढ़ी साहब का प्रेत उसे अपने साथ कब्र में खींच ले गया है,'' ग्राम की स्त्रियाँ कहतीं तो श्रीधर को मन ही मन हँसी आती। वह तो हीरावती को माल-असबाब सहित जाती देख चुका था। चलो, अच्छा हुआ। फोड़ा फूट गया। उसे नश्तर नहीं लगाना पड़ा।

पर ठीक महीने-भर बाद ही हीरावती एक दिन अपने गिलट के आभूषणों की नकली चमक से अपने यौवन की असली चमक को द्विगुणित करती, ग्रामभर की औरतों की छाती पर मूँग दलती, अलस पगों से पगडंडी की चढ़ाई चढ़ने लगी तो आँगन में खड़ी उसकी सौत बन गई बहन अपने क्रोध को नहीं रोक सकी।

''कहाँ से मुँह काला करके लौटी है अभागी? वहीं क्यों नहीं डूब मरी...?'' उसने चीखकर पूछा, तो कई स्त्रियों के झुंड खिड़कियों में झाँकने लगे। श्रीधर बाहर ही बैठा जनेऊ कात रहा था, नये आभूषणों में जगमगाती हीरावती धमककर

पलटी, ''डूबने ही तो गई थी, दीदी!'' वह हँसी और उसके गालों के दो मनोहर गढ़ों पर फहराती स्मर-ध्वजा को श्रीधर ने पहली बार देखा। ''डूबने कहाँ दिया मुए परदेशियों ने! कहने लगे–'हीरावती, ऐसी हीरे की देह को डुबाता भला कौन है? इसे तो सजाया जाता है। यह देखो दीदी, चन्द्रहार, हमेल, मूँगे की नेपाली माला, सब ले दीं परदेशियों ने।''

घृणा से थूककर, पिरभावती ने द्वार बन्द कर लिए, तो हीरावती अपनी निर्लज्ज हँसी की खनक से पगडंडी गुँजाती चली गई।

फिर कई दिनों तक हीरावती नीचे नहीं उतरी। लगता था कि हमदर्द परदेशियों ने उसके कई दिन तक नीचे न उतरने का प्रबन्ध कर दिया था। 'कौन जाने, बीमार ही पड़ गई हो?' श्रीधर सोचता। फिर स्वयं ही झुँझला उठता। उसे क्या? मरे ससुरी हीरावती। पर झुंझलाने से क्या होता? रात को गिलट के आभूषणों में जगमगाती मेनका विश्वामित्र के स्वप्नों के रंगमंच पर उतर ही आती पर ऐसा उत्पात मचाती कि श्रीधर शिवलिंग के सम्मुख औंधा होकर सुबकने लगता, ''कैसा दंड दे रहे हो, भोलानाथ? ऐसी नीच स्त्री को पाने को मैं स्वप्नों के शून्याकाश में भी बाँह क्यों फैलाता हूँ?''

उसके संयम-दुर्ग के किसी अरक्षित छिद्र से ही विकार का यह सर्प घुस आया था। अब इसको कुचलने का एक ही उपाय था। तड़के ही उठकर वह साबरमती चला जाएगा और बापू के पावन चरणों में अपने हृदय में छिपे कुटिल शत्रु को बाँधकर डाल देगा। तभी उसे शान्ति मिलेगी। पर हृदय में छिपा यह चतुर शत्रु क्या सहज ही पकड़ में आता है? अविवेक, विकार और मिथ्या दलीलों की पुष्ट शाखाओं पर विचरते, इस शाखामृग को मानवीय बन्धन बड़ी कठिनता से जकड़ पाता है। रात ही को श्रीधर ने ग्राम त्याग दिया। पर जिस पगडंडी चढ़ उसे बस-स्टेशन पहुँचना था, उसे छोड़ उसने जिस दूसरी छद्मवेशिनी पगडंडी की उँगली पकड़ी, वह अन्तहीन बनती, उसे किसी गहन वन में खींच ले गई। दुरूह पगडंडी की पहेली न समझ पाने से झुंझलाया, क्लान्त श्रीधर एक झरने के पास बैठ सुस्ता ही रहा था कि किसी के कराहने की आवाज़ से चौंका। क्या उसी की भाँति कोई मार्ग भूल गया है? माघ का महीना था। ठंड से दाँत से दाँत बज रहे थे। सामान्य-सी बूँदा-बाँदी अब गर्जन-तर्जनपूर्ण शिला-वृष्टि के रूप में चट्टानों पर किसी कुशल तबला-वादक की दक्षता से त्रिताल के-से टुकड़े बजा रही थी। वह लपककर पेड़ों के झुरमुट को छाता बनाने को बढ़ा, तो कराह की ध्वनि स्पष्ट होकर, उसके पैरों से टकरा गई।

“कौन?” अन्धकार के काले कम्बल ने उसका गला घोंट दिया।

“ओह, लाल साहब, तुम हो! बचा लिया, शम्भो।...मैं हूँ हीरावती।”

जिन बेड़ियों का बन्धन काटने वह ग्राम छोड़कर भाग रहा था, उन्हीं के लौहपाश ने उसके दोनों पैरों को जकड़ लिया। हीरावती ऐसे सिसक रही थी जैसे सिसकी के साथ ही प्राण निकल जाएँगे।

“घास काटकर लौट रही थी। मोच आ गई। बस किसी तरह खींच-खींच-कर मेरी गुफा में पटक दो, लाल साहब! तुम्हारे गुण नहीं भूलूँगी।”

श्रीधर अजीब पशोपेश में पड़ गया। हीरावती को वह खूब पहचानता था। कहीं बहाना बनाकर वह छाया-ग्राहिणी सिंहिका उसे अपनी गुहा में अपनी लोकप्रसिद्ध क्षुधा का ग्रास बनाने को तो नहीं खींच रही थी?

“देर मत करो, लाल साहब! हत्यारा आता ही होगा...देखते नहीं बदबू आने लगी है।” उसने अधैर्य से कहा, तो श्रीधर भी चौंक उठा। वनराज की निकट आती, असह दुर्गन्ध को जन्म से ही वनों में रहने वाला श्रीधर भी खूब पहचानता था। वह तड़पकर झुका और भीगी घास पर असहाय पड़ी हीरावती को उसने अपनी बलिष्ठ भुजाओं में उठा लिया।

“आह, धीरे पकड़ो, लाल साहब! पैर में ठेस लग रही है। हाय! मेरा हँसिया तो उठा लो।” हीरावती ने कराहकर कहा।

“भाड़ में जाए तेरा हँसिया। बोल, कहाँ है तेरी गुफा?” झुंझलाकर श्रीधर हाँफने लगा। हीरावती की गठी काठी का बोझ असामान्य रूप से भारी लगने लगा था।

सहमकर हीरावती ‘इधर-उधर’ करती, कई क्षीण-दुरूह पगडंडियों का प्रदर्शन करती गुफा तक पहुँच गई।

“बस, यहीं भीतर पटक दो मुझे। भगवान तुम्हें लाट-कमिश्नर बनाए, लाल साहब। तुम न मिलते तो अभागा आज मुझे खा ही डालता।”

गुहा में प्रवेश करते ही श्रीधर को लगा जैसे वह किसी गर्म दहकती भट्ठी के पास खड़ा हो गया—बाह्य और गुहा के तापमान में धरती-आकाश का अन्तर था। हीरावती को नीचे उतारकर, वह रूमाल से पसीना पोंछ ही रहा था कि अब तक पंगु बनी हीरावती छलाँग लगाकर भागी और पास ही धरी एक विराट शिला को लुढ़काकर उसने गुहा-द्वार बन्द कर लिया।

“बाप रे बाप,” वह लँगड़ाती हुई चट्टान का ही सहारा लेकर खड़ी हो गई। “कभी-कभी तो बिल्ली के पंजे टेककर आता है हरामी। देखो,” उसने श्रीधर को खींचकर दरार के पास खड़ा कर दिया। “देखो”, वह हँसकर फुसफुसाई।

साथ ही साथ एक विकट गर्जना से वन के ओर-छोर गूँज उठे। साहसी श्रीधर को भी पसीना आ गया। गुहा-द्वार पर लुढ़काई चट्टान के पास दोनों खूनी पंजे टेके, ऋषि-मुनियों की जटाजूट-सी अपनी सुनहरी अयाल पीताभ स्कन्धों पर बिखराए कुमाऊँ के क्रूर नरभक्षी ने दूसरी गर्जना की।

''नित्य आकर ऐसे ही बैठ जाता है हरामी, कि कब मौका लगे और कब मुझे टप् से उठाकर मुँह में धर ले। एक-एक पंजा देखा? कितना चौड़ा है—तुमसे भी चौड़ा।''

बड़े लाड़ से हीरावती श्रीधर की हथेली पकड़ने को झुकी, तो वह झिड़ककर दूर हट गया, ''छोड़ो, मुझे जाना है।''

''कहाँ?'' हीरावती धृष्टता से मुसकराने लगी, ''बाहर पंजा टेके तुम्हारा दादा जी बैठा है और इस छोटी खिड़की से तुम्हारे पहाड़ी 'जतिया' के-से कंधे छिटक नहीं पाएँगे। बैठो, मैं आग जलाती हूँ, चाय पीकर सुस्ता लो। फिर जाना, मैं क्या तुम्हें बाँधकर रखूँगी?''

हारकर श्रीधर बैठ गया। बाहर शायद बर्फ गिरने लगी थी। एक अद्‌भुत शान्ति और सन्नाटे से घिरे, गिरि-शिखर स्तब्ध खड़े थे। चट्टान के बाहर अडिग भव्यता से विराजे, वन-केसरी कभी अधैर्य से गरजते, कभी-कभी—धुनिए की भाँति अपने धनुष के-से कन्धे हिलाकर बर्फ की रूई-सी धुनकर फैला देते हैं!

हीरावती ने मशाल-सी जलने वाली लकड़ी (छिलुक) को जलाकर चूल्हे के पास गाड़ दिया था। उसी तीव्र शिखा से आलोकित गुहा की चित्र-प्रदर्शनी देखकर श्रीधर स्तब्ध रह गया। क्या यह कोढ़ी साहब की एक ही दिव्य तूलिका का चमत्कार था? कहीं काँगड़ा-गढ़वाल शैली की कृष्णवधू, वर्षा-मुखरित रात्रि के अभेद्य अन्धकार की कुण्डलियाँ कुचलती, अभिसार के पथ पर चली जा रही थी, कहीं एड़ियाँ टिकाए प्रियतम की प्रतीक्षा में द्वार पर खड़ी चौखट में मढ़ी सुप्रिया। कहीं गुजरात की सोलंकी मूर्तिकला को लज्जित करती, दोनों हाथों की चम्पक उँगलियों से नग्न वक्षस्थल ढाँपती अप्सरा और अजन्ता के भित्ति-चित्रों के गाम्भीर्य का जाल बुनती शैव द्वारपाल की अविकल प्रतिमूर्ति। खजुराहो और कोणार्क के शार्दूल, सुर-सुन्दरियाँ, शालभंजिकाएँ और अपूर्व सुन्दरी नाग-कन्याओं के जाल में भटकता, कला-पारखी मुग्ध श्रीधर पूरी गुहा की परिक्रमा करता, चट्टान के उसी द्वार पर पहुँच, हाथ में गर्म चाय का गिलास थामे खड़ी हीरावती से टकरा गया।

गर्म चाय ठंडे पैरों पर छलकी तो वह चौंका।

''लगता है मेरे रनिवास महल ने लाल साहब को मोह लिया है! देखा न

बगुला भक्त साहब को? बड़ा पादरी बना फिरता था। पेट में ऐसी विद्या भरी न होती, तो अकेली गुफा में भला ऐसी-वैसी नंगी औरतों की फोटो उतारता? कहीं अपने ईसा की भी एक तस्वीर बनाई पादरी साहब ने? लो, चाय पियो। देखूँ, चौकीदार गया या नहीं।'' श्रीधर को गिलास थमा, उसने खिड़की से झाँका।

''गया हत्यारा। कितनी बर्फ गिर गई है। एकदम बदरी-केदारनाथ बन गया है। एक बार बर्फ गिरने पर यहाँ सात-आठ दिन तक नहीं गलती। चलो, अकेली से दुकेली भली।'' वह चाय की चुस्कियाँ लेती श्रीधर के पैरों के पास खिसक आई।

मूर्खा हीरावती। वह क्या सोचती है कि श्रीधर कभी बर्फीली पगडंडियों पर चला ही नहीं है? अभी देख लेगी, कि कैसे दोनों हाथ फैलाकर स्कैट-सा करता, वह हवा के झोंके-सा निकल जाएगा। वह चट्टान हटाने को बढ़ा ही था कि बर्फीली हवा के एक तीव्र झोंके ने लकड़ी की मशाल को झपट्टा मारकर बुझा दिया। घने अंधकार में डूबा, वह इधर-उधर हाथ-पैर मारने लगा। जिधर बढ़ता, उधर ही दो सुकोमल बाँहों का बन्धन उसे जकड़ लेता। एक ही हीरावती के क्या खिलखिलाते-हँसते कई संस्करण बन गए थे? या गुहाभित्ति की सुर-सुन्दरियों, अप्सराओं और उत्का-नायिकाओं को कोढ़ी साहब के अदृश्य प्रेत ने जीवित कर धरा पर अवतरित कर दिया था? पर मीठा कण्ठ-स्वर तो एक ही कण्ठ का था, और उसे खूब पहचानता था श्रीधर। वह तो निश्चय ही इसी लोक की थी।

''मूर्ख मत बनो।'' हीरावती कहने लगी, ''कहाँ भाग रहे हो? ऐसी बर्फीली रात में तो चिड़िया भी डालों पर अकड़ी मरी मिलती है। फिर तुम क्या सोचते हो, कि मेरा चौकीदार चला गया होगा? तुम्हारी ही ताक में छिपा किसी खंदक में बैठा होगा। ऐसी कंचन-सी देह उस हरामी के पेट में जाने दे, ऐसी मूर्ख नहीं है हीरावती।''

वह पालतू बिल्ली-सी उसके कंधे से अपने सुकोमल कपोल घिसती और भी निकट खिसक आई। उसने अभी किसी भी स्त्री का स्पर्श तो दूर उसकी छाया का भी स्पर्श नहीं किया था। वह इस घातक अनुभव से तिलमिला उठा। एक नरभक्षी बाहर था, तो दूसरी नरभक्षिणी भीतर। अचानक उसकी संयमित चेतना सुप्त अग्नि-सी जगकर फुफकार उठी।

''दूर हट, तूने मुझे समझा क्या है?'' वह उत्तेजना, विवशता और क्रोध से बुरी तरह हाँफता, चट्टान उठाने को बढ़ा तो हीरावती दोनों हाथों को बाँधे,

मार्ग अवरुद्ध कर खड़ी हो गई, "मैं भी देखती हूँ कि कौन माई का लाल हटा सकता है मुझे।"

जितनी बार श्रीधर उसकी दर्पपूर्ण चुनौती से जूझने को आगे बढ़ता उतनी ही बार सतर्क खड़ी, हीरावती की कांचन-सन्निभ देह की दुर्भेद्य प्राचीर उसे बिजली के सौ-सौ तारों से झनझना देती। पता नहीं कब तक दोनों रात्रि के सूचिभेद्य अन्धकार में साँप-नेवले की भाँति अपने आमने-सामने तने खड़े रहे। अन्त में जीत नेवले की ही हुई।

"आओ", पराजित योद्धा के दोनों हाथ पकड़कर हीरावती ने मृदुल कंठ से कहा, "तुमने क्या मुझे इतनी ओछी समझा है? हीरावती में लाख दुर्गुण हों, वह कभी झूठ नहीं बोलती। मेरे पास दो पुआल के गद्दे हैं। एक में तुम निश्चिंत होकर सोते रहना। जो तुम्हें छुए वह साली गोमांस खाए।" हीरावती ने न जाने किस ताक में पुआल का गद्दा उठाकर ज़मीन पर डाल दिया और उसे हाथ पकड़कर ऐसे ले चली जैसे फूल-शय्या की ओर किसी सलज्ज बालिका नववधू को ले जा रही हो।

सचमुच ही झूठ नहीं बोलती थी हीरावती। दूसरे पुआल के गद्दे को खींचकर पटके जाने की शब्द-भेदी क्रिया से साँस रोककर लेटे श्रीधर ने अनुमान लगाया कि शत्रु पक्ष ने अपने दूसरे गद्दे का खेमा गाड़ने में व्यवधान रखा था, और उसमें उसकी कोई कुटिल चाल नहीं थी।

थोड़ी ही देर में हीरावती निष्पाप शिशु की-सी निद्रा में डूब गई। पर श्रीधर व्याकुल करवटें बदलता रहा। अब सोने वाली स्वयं ही मार्ग से दूर हट गई तो दूसरी चिन्ता निद्रा-अपहरण करने लगी। यह दूसरा पुआल का गद्दा क्यों रखती थी हीरावती? क्या निशाचर अतिथियों के रात्रि-यापन की व्यवस्था का प्रश्न प्रायः ही इस गुहा-निवासिनी के सम्मुख आता होगा?

पर उसका माथा क्यों दुख रहा है भला? ग्राम में हीरावती को कौन नहीं जानता? यह कौन-सी दूध की धुली सती सावित्री है?

इसी उधेड़बुन में न जाने कब उसकी आँख लग गई। सुबह उठा, तो हीरावती ने शायद खिड़की का पत्थर हटा दिया था। सूर्य का क्षणिक मुट्ठी-भर उजाला गुहा में फैलता गुहाभित्ति की अनूठी चित्रकला का नवीन रूप प्रस्तुत कर रहा था। वह मुग्ध दृष्टि से चित्र-प्रदर्शनी के वैविध्य को देख ही रहा था कि उसकी आँखें स्वयं हीरावती की ओर घूम गईं। उसे लगा कि झुककर आग फूँकती रूपवती हीरावती को वह आज पहली बार देख रहा है।

हीरावती को भी शायद उसकी मुग्ध दृष्टि गुदगुदा गई। मुसकराकर उसने सिर उठाया तो झेंपकर श्रीधर ने सहमी दृष्टि ऐसे फेर ली, जैसे चोरी करते हुए रंगे हाथों पकड़ लिया गया हो।

''लो, गरम चाय पियो,'' हीरावती ने उसे गिलास थमाया और अपना पुआल का एकमात्र गद्दा लपेटने लगी।

तो क्या अपने सब पहाड़ी थुल्मे-नम्दे उसे ओढ़ाकर वह रात-भर ठिठुरती रही?

''बहुत बर्फ गिर गई है। तीन-चार दिन तक सूरज नहीं निकलेगा।'' हीरावती ने खिड़की से झाँककर कहा।

सूर्य देवता से भी क्या हीरावती की साँठ-साँठ थी? चार दिन तक निरंतर बर्फ गिरती रही। चट्टान को भी बर्फ की मोटी तहों ने जम-जमकर अदृश्य कर दिया। भीमकाय मिहिल, मदार और देवदारू वृक्ष हिम-भार से दातौन-से तड़ाक-तड़ाक टूटने लगे। बचपन में भूगोल की पुस्तक में चित्रित, अपनी इगलू-सी हिमाच्छादित गुहा में श्रीधर बन्दी शेर की भाँति चक्कर लगाता रहता।

''लाख सिर पटको, जज साहब,'' हीरावती हँसकर कहती है, ''एक कदम भी बाहर नहीं निकाल सकते।''

वैसे हीरावती ने अपने रूखे पाहुने की अभ्यर्थना में कोई त्रुटि नहीं रहने दी थी। न जाने किन अदृश्य आलों से वह छोटी-मोटी पोटलियाँ निकालती रहती। दाख, अखरोट, जर्दालू, भुने काजू, खोए के पेड़े, सोहन हलुवा, भाड़ में भुँजी पहाड़ी गेठी और धानी नमक। वह सुरदुर्लभ खाद्य-सामग्री उसकी मेज़बान ने रुद्राक्ष की माला जपकर नहीं जुटाई होगी, यह खूब समझता था श्रीधर। ऐसी हराम की कमाई को वह भला हाथ कैसे लगाता? दो दिन उसने काली चाय के अधसेरी गिलास गटककर काट दिए। सूखा-सा मुँह लटकाए, हीरावती भी भूखी ही सो जाती। पर तीसरे दिन हीरावती ने सोए हुए शत्रु पर ही आक्रमण कर दिया। श्रीधर के उठने से पहले ही उसने न जाने किन-किन खुशबूदार पहाड़ी गध्रेणी और जम्बू के ऐसे मसालों से सब्जी छौंक दी कि श्रीधर अपने सारे संस्कार और नाज़-नखरे भुला-बिसराकर रह गया। पहाड़ी घट के पिसे गेहूँ की सोंधी-सोंधी मक्खन चुपड़ी रोटी पर सब्जी धरकर, हीरावती ने अतिथि के दोनों पैर पकड़ लिए, ''क्यों भूखे-प्यासे बैठे हो लाल साहब! मैं क्या डोमनी हूँ? फिर तुम तो गाँधी बाबा के भक्त हो। वह तो मेहतरों के हाथ की भी छूत नहीं मानते।''

इस दलील ने श्रीधर को पराजित कर लिया। फिर तो पता नहीं एक के बाद एक वह कितनी रोटियाँ चट कर गया। शायद हीरावती के लिए कुछ बचा ही नहीं। खा-पीकर वह सोया, तो कुम्भकरणी नींद पूरी होने का नाम ही नहीं लेती थी।

गुहा के अन्धकार में रात्रि और दिवस के अन्तर का प्रश्न ही नहीं उठता था। पर उस दिन पता नहीं क्यों, हीरावती ने नित्य की मशाल भी नहीं जलाई थी। बर्फीली हवा के एक तीव्र झोंके से गहन निद्रामग्न श्रीधर अचानक हड़बड़ाकर उठ बैठा। हड्डियों को छेदने वाली इस ठण्डी हवा में ठिठुरती, हीरावती बिना कुछ ओढ़े पुआल के गद्दे पर बैठी होगी, यह ध्यान आते ही श्रीधर को अपने स्वार्थ पर स्वयं ही क्षोभ हो उठा।

"हीरावती, तुम्हारे पास क्या ओढ़ने को कुछ भी नहीं है?" उसने पूछा।

जो व्यक्ति तीन दिन से बिना एक शब्द बोले, उसे आँखों ही आँखों में अपने विकट क्रोध की ज्वाला से निरन्तर भूँज रहा था, उसका हमदर्दी में डूबा बदला गिरगिटी रंग देखकर, हीरावती चौंकी। पर जैसे तप्त दहकती मरुभूमि में वर्षा की पहली बूँद पड़ते ही सूखकर विलीन हो जाती है, ऐसा ही श्रीधर का सरस प्रश्न भी कंठ से निकलते ही सूखकर रह गया।

हीरावती ने कोई उत्तर नहीं दिया। पर अन्धकार में ठक-ठक काँपती मानिनी की व्यथा चार कम्बलों से लदे सोने वाले को छू गई। जिसकी रूपशिखा का स्वप्न कई दिनों तक उसकी नींद में डूबी पलकों को झुलसा रहा था, वही उसी अन्तहीन माघी विभावरी में उसकी जगी पलकों पर साकार होकर थिरकने लगा।

"हीरावती!" उसने थर्राए-भर्राए कंठ-स्वर से पुकारा। पुरुष-कंठ के इस भर्राए-थर्राए कठ-स्वर के आह्वान को तो हीरावती खूब पहचानती थी। विमुग्ध, विस्फारित दृष्टि से अन्धकार को चीरती मुग्धा अभिसारिका ने एक क्षण का भी विलम्ब नहीं किया।

दूसरे दिन गुहा-वातायन की क्षीण कटि से पाँच दिन से रूठे सूर्य ने धरा पर गिरी बर्फ का प्रतिबिम्ब लेकर अपना दर्पण चमकाया और श्रीधर चौंककर जग गया। उसके कन्धे पर माथा धरे, हीरावती ऐसे अन्तरंग धृष्टता से सो रही थी, जैसे वर्षों से उसी कन्धे पर सोती चली आ रही हो।

"भारद्वाज गोत्रोत्पन्न श्रीधर शर्मणस्य सकल ईप्सित कामना।" कुछ ही दिन पूर्व शिवालय में पार्थिव-पूजन के समय किया गया संकल्प श्रीधर को स्मरण हो आया। हड़बड़ाकर वह उठने लगा।

हीरावती जग गई। "क्या कर रहे हो?" लेट जाओ न। ठंड लग रही है।" दोनों हाथों से उसे जकड़कर, उसने फिर अपने पार्श्व में सुला दिया।

पल-भर को निकला सूर्य फिर किसी मेघखंड में दुबक गया और तड़ातड़ ओलों के चाँटे मार-मारकर प्रकृति ने एक बार श्रीधर के विवेक को दूर भगा दिया।

हीरावती अब उसे धागे में बंधी काठ की चरखी-सा घुमाती, किसी भी दिशा में उछालकर फिर अपनी ओर खींच सकती थी। वह अब संस्कारी, सुशिक्षित, भारद्वाज गोत्रोत्पन्न श्रीधर शर्मा नहीं था, वह तो अब सदियों के मलबे से निकला आदिकाल का गुहा-मानव था, जिसका न कोई गोत्र ही था, न कोई संस्कार। वह डाँसी पत्थरों को रगड़कर आग जलाना सीख गया था, जंगली सुखाए-भुँजे माँस को चिचोड़-चिचोड़कर खाने की क्रिया में वह अपनी गुहा-प्रेयसी के हाथ से अधिक चर्बीली बोटी को लपककर छीन, अपने असभ्य जंगली ठहाके से गुहा की दीवार गुँजा देता। कभी उसे बाँहों में भींच ऐसे रख देता था, जैसे कीमा ही बना देगा। इस युग का पहला बीटनिक शायद वही था। और हीरावती? उसी को मॉडल बनाकर क्या पादड़ी साहब ने गुहा-भित्तियाँ अलंकृत की थीं? बंकिम कटाक्ष, मन्दोदरी की लचक, सुडौल अंग का उभार यदि इंच-टेप से भी नापे जाते तो दीवार पर अंकित अपूर्व सुन्दरियों की काठी में ठीक बैठती।

"हीरावती", एक दिन जानबूझकर भी, वह एक मूर्खतापूर्ण प्रश्न कर बैठा। वह तो जानता था कि हीरावती कभी झूठ नहीं बोलती, "गाँववाले जो तेरे लिए कहते हैं, वह क्या सच है, हीरावती?"

हीरावती का चेहरा भक् पड़ गया। इतने आमोद-प्रमोद के उत्सव के बीच जैसे उसे किसी ने झोंटा पकड़कर ज़मीन पर घसीट लिया हो।

वह एक शब्द नहीं बोली। रक्तहीन कपोलों पर टपकाते आँसुओं ने ही श्रीधर के प्रश्न का उत्तर दे दिया।

बात सच न होती तो क्या मुखरा हीरावती चुप बैठी आँसू बहाती?

एक लम्बी साँस खींचकर वह उस दिन बिना खाए ही उठ गया। छिः-छिः, कैसी नीच औरत थी हीरावती! बर्फ न गिरी होती और मौसम साफ होता तो शायद वह गुफा में ही हीरावती के एक-दो प्रेमियों से टकरा जाता।

उस दिन भी हीरावती न जाने कब तक चूल्हे के पास भूखी बैठी काँपती रही। कभी खाँसता, कभी उसाँसें भरता, कभी अकारण ही कराहता श्रीधर करवटें बदलता रहा। पर अन्त में भूखा भिक्षु विवाह-भोज के छप्पन व्यंजनों की जूठन

देख, एक बार फिर अपना विवेक, संस्कार, निष्ठा—सब भूल-भालकर, जूठी पत्तलों की ओर बढ़ गया।

"हीरावती!" उसके थर्राए-भर्राए कंठ-स्वर ने पुकारा।

और फिर हीरावती भला क्यों चूकती?

छठे दिन कड़ी धूप ने बर्फ पिघलाकर बहा दी थी। हीरावती टूटे वृक्षों की टहनियाँ बटोरने चली गई थी। खिड़की पर श्रीधर खड़ा हुआ ही था कि सुदूर घाटी से गूंजते शिवालय के घंटे की ध्वनि सुन, उसका रोम-रोम सिहर उठा। "पूर्वकृत पापों ने बहुत दंड दे दिया है, प्रभु!"

उसने अदृश्य शिवलिंग की ओर हाथ जोड़े, "मुझे क्षमा करो, और शक्ति दो।" कहता, वह बिना गुहा की ओर दृष्टिपात किए, तीर-सा निकल गया।

फिर उसने अपने ग्राम की देहरी आज तक नहीं लाँघी। शनि की दशा की भाँति उसके जीवन में आ गई हीरावती की क्रूर दृष्टि को उसने कवच-किलकों से प्रवाहहीन कर दिया। एक लम्बे अरसे तक वह देश-प्रेम का अनोखा-दुःसाहसी दीवाना बना फिरता रहा। न उसे ललमुँहे गोरों का भय था न पुलिस की लाठी का।

एक बार हीरावती का समाचार उसे जेल में ही मिला था। उसी का परिचित एक साथी उसे जेल में मिलने आया था। "अपने गाँव की हीरावती भी तो इसी जेल में थी। आज ही बरेली ले गए हैं उसे।"

हीरावती! सहसा अल्मोड़ा जेल की काली चारदीवारी पर असंख्य सुर-सुन्दरियाँ और नाग-कन्याएँ अंकित हो गईं। 'हीरावती! वह क्या करने आई है यहाँ?' और फिर तो उसके जघन्य अपराध की विस्तृत वर्णना सुनकर, श्रीधर स्तब्ध रह गया।

अलकनन्दा में अपने नवजात शिशु पुत्र की मूड़ी डुबोए, हीरावती को ग्राम के डाकिए ने देखा और जब तक वह भागकर पटवारी को बुला लाया, नन्हीं लाश को तीव्र लहरें अदृश्य कर चुकी थीं।

"ऐसी बेहया नंगी औरत है," उसका साथी कह रहा था, "हमारे गाँव की इज़्ज़त मिट्टी में मिला दी। हाकिम ने पूछा, 'हीरावती देवी, क्या यह सच है कि तुम अपने बच्चे की मूड़ी नदी में डुबोए बैठी थीं?

"सिर झुकाए, वैसे ही मुस्कराती रही हरामी, जैसे तुम्हारी अदालत में मुस्कराती रही थी।

" 'किसका था?' हाकिम ने पूछा, तो बोली, 'सरकार, आप तो दिन-रात पहाड़ों का दौरा करते हैं। कई झरनों का पानी पीते होंगे। कभी आपको ज़ुकाम

भी हो जाता होगा। क्या आप बता सकते हैं कि किस झरने के पानी से आपको ज़ुकाम हुआ है?'

"कटकर रह गए हम लोग, अब भुगत रही है, हत्यारिन!"

आज इतने वर्षों पश्चात् उसी हत्यारिन की स्मृति श्रीधर को विह्वल कर रही थी। क्या अब भी वहीं रह रही होगी? क्या सचमुच ही उन सुकुमार हाथों ने अलकनंदा की तीव्र हिमशीतल लहरों में किसी नन्हीं-सी देह को निर्ममता से बहा दिया होगा?

श्रीधर ने हाथ की घड़ी देखी। भाषण की एक भी आवृत्ति पूरी नहीं कर पाया था। न जाने किन-किन चिन्ताओं के गड़े मुर्दे उखाड़ने में स्वयं ही सिरदर्द मोल ले लिया। चिन्ताएँ भी क्या एकाध थीं? रुग्णा पत्नी का चिड़चिड़ा, विलासी स्वभाव उसे बुरी तरह उबा देता और वह वन-बिलाव-सा अनावश्यक दौरों में जंगलों की खाक छानता फिरता। चारों पुत्रियों का विवाह कर चुका था, पर चारों जामाताओं की ठगी प्रथा को विलियम बेंटिंक की ही भाँति जड़ से उखाड़ने के प्रयत्न में वह घर-भर से बैर मोल ले चुका था। उधर इकलौते पुत्र ने लड़कियों के-से बाल बढ़ा लिए थे और पुरखों की कुल-कीर्ति पर झाड़ू फेरकर रख दी थी। विद्यार्थियों की हड़ताल हुई तो काला झंडा लिए, उसके कुल-दीपक ने ही स्वयं पिता का पुतला जला, विद्यार्थी समाज में अपना विशिष्ट स्थान बना लिया था। जहाँ नेता का पद प्राप्त करने में पिता को सर्वस्व त्यागना पड़ा था, वहाँ पुत्र ने तीन ही दिन में सात बसें जला, असंख्य सरकारी इमारतों के बेंच तोड़, एक रेलगाड़ी उलट, नेता का सर्वोच्च पद अनायास ही प्राप्त कर लिया था। उसी अशांति से बचने श्रीधर, सिर मुंडाकर घर से भागा, तो ओले पड़ने लगे। अपनी जन्मभूमि के सूखा-ग्रस्त इलाके का हवाई दौरा करने निकला, और उस विस्मृत घाटी में खंखाड़-से ताजमहल के गुम्बद ने दबे नासूर को फिर उभार दिया।

"सॉरी, सर!" पी. ए. ने खिसिआए विवश स्वर में कहा, "आपसे मिलने एक पगली-सी औरत आई है। कहती है कि आप ही के गाँव की है। बस दर्शन करके चली जाएगी। मानती ही नहीं।"

पी. ए. अपना वाक्य पूरा भी नहीं कर पाया था कि पगली-सी औरत सिर पर मैली पोटली में गुड़ की भेली बाँधे सजे कक्ष के रेशमी पर्दे के पास फटे पैबन्द-सी चिपक गई।

'यह कैसे आ गई यहाँ? क्या मेरी इच्छाशक्ति इसे खींच लाई?' मन ही मन श्रीधर सोचने लगा। पर विरोधी पक्ष की दुधारी तलवारों से दिन-रात जूझने

वाला सेनानी चौकन्ना हो गया। उसका पी. ए. एक नम्बर का घाघ था। कहीं हीरावती के कलुषित अतीत का आँशिक विवरण भी सुन लिया होगा तो प्रेस रिपोर्टर की सतर्कता से मन की कलम संभाल ली होगी पट्ठे ने। और दिन-रात अपने कई सहकर्मियों की चरित्रहत्या को क्या स्वयं दिन-दहाड़े नहीं देख चुका है?

"आओ, आओ, बहन हीरावती," उसने हँसकर कहा।

हीरावती चौंकी। अब तक वह मुग्ध दृष्टि से श्रीधर के विलासी कक्ष के भित्ति-चित्रों को ठीक वैसे ही देख रही थी जैसे पच्चीस वर्ष पूर्व श्रीधर ने उसकी गुहा-भित्ति को देखा था।

'बैठो, हीरावती!" क्लान्त स्वर में अब प्रणयी का घर्राया आह्वान नहीं था। यह तो एक थका-माँदा पथिक दूसरे पथिक को दो घड़ी साथ बैठकर सुस्ताने का स्नेहपूर्ण निमन्त्रण दे रहा था। पर सकुची-सिमटी-सी हीरावती मखमली सोफे पर नहीं बैठी। वह सिर की पोटली बिना उतारे ही, श्रीधर के चरणों के पास ऐसे बैठ गई, जैसी गली के शरारती छोकरों के ढेले-पत्थरों से नित्य मारकर भगाई गई कुतिया को बहुत दिनों से बिछुड़े मालिक ने पुचकारकर बुला लिया हो, और वह डरती हुई, बड़े अविश्वास से आगे बढ़ रही हो।

"हीरावती, तुम चुप क्यों हो?" श्रीधर का गला भर्रा गया।

इतने वर्षों बाद भी इस अलौकिक नारी की उपस्थिति उसे झूमते, सम्मोहित नाग-सा झुमा रही थी।

कितनी झटक गई थी हीरावती। फिर भी छरहरे बालों में चाँदी चमकने लगी थी। होंठों की मधुर लालिमा नीली पड़ गई थी। निमग्न नयनों की काली भँवर पुतलियों ने कितनी पीड़ा सही थी, उसका लेखा-जोखा लिखने में अनाड़ी विधाता ने स्याही आँखों के ही नीचे फैलाकर रख दी थी। फटी वास्कट पर झूलती असंख्य मालाओं के बचे-खुचे दो-तीन मोती, उसके विगत यौवन के बिखरे मोतियों की ही भाँति एक मैले से काले पड़े डोरे में बँधे लटक रहे थे।

"कहाँ रहती हो अब?" श्रीधर ने दूसरा प्रश्न पूछा।

"वहीं साहब के ओडयार में।"

गला भी न जाने कैसा भारी-भारी हो गया था हीरावती का। जिसे विदेशी 'ह्विस्की वायस' कहते हैं, ऐसी ही बैठी आवाज़, क्या पीने भी लगी होगी अभागी?

"तुमने ऐसा क्यों किया हीरावती?" प्रश्न के कंठ से छूटते ही, श्रीधर को पसीना छूटने लगा। क्यों कर बैठा ऐसी मूर्खता? क्या वह नहीं जानता था कि हीरावती कभी झूठ नहीं बोलती?

''जनमते ही उसने आँखें खोलीं।'' हीरावती ने मैली ओढ़नी से आँखें पोंछीं। ''मैंने पहचान लिया। अदालत में मैं पहली बार झूठी बनी। तुम्हारी ही कंजी आँखें थीं। वही नाक। वैसे ही टेढ़े होंठ कर मुसकराया भी था दुसमनिया। सोचा कि मैं तो बदनाम हूँ ही, तुम्हें कीचड़ में क्यों घसीटूँ? सारा गाँव तुम्हें पूजता था। बड़ा होता, सब पहचान लेते कि किसका बेटा है।''

श्रीधर पत्थर की मूरत बना बैठा रहा।

''चलूँ, लाल साहब! मोटर का टैम हो गया है। बाहर के साहब से कह आई थी कि बस दरसन करके चली जाऊँगी।''

और दर्शन करके ही चली गई हीरावती। वह क्या कभी झूठ बोलती थी? न एक शब्द उपालम्भ का, न लाँछन का, न याचना का, न अधिकार का।

सिर पर मैली ओढ़नी से बँधी गुड़ की भेली धरे, वह चली गई।

किसने कहा है, इमर्सन ने या किसी और ने कि संसार की अदालत अभियुक्त को भले ही क्षमादान देकर मुक्त कर दे, स्वयं उसके अन्तःकरण की अदालत कभी क्षमा नहीं करती।

आज इसी अदालत में बेड़ियों से जकड़ा वर्षों का फरार अपराधी सिर झुकाए खड़ा था।

अचानक वह उठा। सिर की टोपी उतारकर दूर पटक दी। एक ग्रामीण की भेंट की गई मोटे ऊन की खुरदरी पंखी निकाल, उसने ओढ़नी की भाँति लपेट ली। अब कोई नहीं पहचान पाएगा उसे। पिछवाड़े की खिड़की से कूदकर वह सड़क पर निकल आया। इधर-उधर देखता, वह मन्दिर की ठण्डी सड़क पर पहुँच गया। ताल की कगार स्पर्श करती ढलने को तत्पर, ऊँचे-ऊँचे विलो वृक्षों की लम्बी कतार। सूनी सड़क पर ठण्ड से ठिठुरते एक-आध कुली। और पंखी में लिपटा किसी ग्रामीण-सा गँवारू बना स्वयं श्रीधर। बीच-बीच में ताल की हिमशीतल हवा कानों में थप्पड़-से मार जाती और कछुए की तरह गर्दन सिकोड़ लेता। मन्दिर की सीढ़ियाँ चढ़कर वह सुस्ताने लगा।

निभृत मन्दिर के सम्मुख लगी छोटी-बड़ी घण्टियों की कतार को छूते ही जलतरंग की मधुर खनक से देवालय गूँज उठा। वह मीठी खनकती घंटियाँ श्रीधर को अतीत की विस्मृत घाटी में अँगुली पकड़कर खींच ले गई।

इसी गुहास्थित पाषाण देवी की स्निग्ध सिन्दूरी मूर्ति के सम्मुख नतमस्तक हो, उसने कितना कुछ माँगा है। पुत्रियों के लिए वर, कर्कशा पत्नी से मुक्ति, कुपुत्र को सन्मति, चुनाव की जीत। पर न तो मोक्ष की आकांक्षा है, न वैभव

की। पंखी में लिपटा, दीन-दरिद्र याचक आँखें मूँदे मूर्तिवत् खड़ा रहा। क्षण-भर को उसे लगा कि शरीर से उपस्थित न होने पर भी काला फटा लहँगा फटफटाती, सिर पर मैली पोटली में गुड़ की भेली धरे, डरी-सहमी उसकी आदर्शिनी गुहा-प्रेयसी उसके पास सटकर बैठी, करुण स्वर में गा रही है :

''कइया नी कइया, करिया नी करिया
करिए छिमा, छिमा मेरे परभू!''

# पुष्पहार

रोग की विषम व्यथा ने बड़ी डोरीदार आँखों को किसी गंजेड़ी की आँखों का-सा रक्तिम बना दिया था। बढ़ी दाढ़ी और ऊबड़-खाबड़ मूँछों से झाँकते, पपड़ियों से बीभत्स बन गए सूखे होंठों को उसने चाटा और पेड़ के मोटे तने का सहारा लेकर बैठ गया। लगता था, दयालु ड्राइवर और क्लीनर उसे बेहोशी में ही उस दानव-से वृक्ष की उदार छाया में लिटा गए थे। एक ठण्डी हवा का झोंका उसे सिर से पैर तक सहला गया। कहाँ गई पेट की शूल-वेदना और कहाँ गई पैर की सूजन? कौन-सी जगह थी भला यह? बाड़ेछीना ही तो था वह, आसन्नमृत्यु भी क्या उसकी स्मृति को धुंधला कर सकती थी?

दयालु ट्रक ड्राइवर सरदार से उसने हाथ जोड़कर भीख माँगी थी—"बस, बाड़ेछीना तक पहुँचा दो, सरदार जी! अपने गाँव के किसी पेड़ के नीचे भी जाकर लेट जाऊँगा तो ठीक हो जाऊँगा, ड्राइवर साहब!"

सीमेन्ट के बोरों पर सिर रखते ही शायद वह बेहोशी में डूब गया था। जब से कोयले की खान का धमाका उसे पेट का यह शूल रोग दे गया तब ही से मिरगी-सी यह बेहोशी भी पीछे लग गई थी। पर आज उसकी सारी व्यथा चुटकियों में स्वयं उड़ गई।

नीले समुद्र-सा उदार नीलाकाश, दोनों ओर से प्राचीर-सी उठी घाटियों के बीच किसी तन्वंगी सुन्दरी अल्हड़ किशोरी-सी थिरकती नदी, आस-पास फैली चौड़ी हरीतिमा, जैसे डबल अर्ज की हरी इटैलीन का पूरा थान खुला पड़ा हो। क्या यह सपाट मैदान रानीखेत के प्रसिद्ध गोल्फ कोर्स से कुछ कम था? नदी के कगार पर खड़ा शक्तेश्वर का अर्वाचीन मन्दिर, नदी में नंगा नहाता मन्दिर का पगला पुजारी, पहाड़ियों पर घरौंदे-से चमकते सुपै और तिलाड़ी के गाँव, गले में गन्दे फटे बस्ते लटकाए स्कूल से लौटती कलरव करती ग्राम्य बालकों की टोली, इसी टोली के साथ सात मील पैदल चलकर उसने भी तो इसी ग्राम-पाठशाला में पढ़ा है। फिर क्या वह इसे पहचानने में भूल कर सकता था?

अपने ही पौरुष की बैसाखियाँ टेकता वह मेधावी छात्र जब एक दिन अचानक ही छलाँग लगाकर देश का मंत्री बन गया तो किसी को भी आश्चर्य नहीं हुआ। पर उसकी क्षणभंगुर समृद्धि की अकालमृत्यु का कारण भी यही छलांग बनी। जैसे अचानक डबल प्रमोशन पा गया मेघावी छात्र भी कभी-कभी एक साथ मिल गई दो कक्षाओं की समृद्धि को नहीं समेट पाता और एक बार फिर नीची कक्षा में उसका प्रत्यावर्त्तन हो जाता है, ऐसा ही उसके साथ भी हुआ। जनता ने जिस उत्साह से उसे गेंद-सा उछाल दिया था, उसी उत्साह से नीचे गिरा भी दिया। आज सड़क से लगे जिस पागर वृक्ष की छाया में वह लावारिस लाश-सा पड़ा था, कभी उस सड़क का उद्घाटन उसी ने किया था। ग्राम के खम्भों में झूलते बिजली के नए तार, नए-नए बरताए-किशोर बटुक ब्राह्मण की नंगी छाती पर सुशोभित नए यज्ञोपवीत की डोरियों से ही चमक रहे थे, पर किसकी योजना थी यह?

मन्त्री की आँखें छलछला उठीं। कितने विरोधी सदस्यों के चक्रव्यूह में अभिमन्यु बनकर उसने अपने चिरदरिद्र ग्राम के लिए इस योजना की भीख माँगी थी। शत-सहस्त्र समृद्ध हाथों से करमर्दन करते-करते उसकी कलाई दुखने लगी थी। लक्ष-लक्ष भारी पुष्पहारों के असह्य भार से गर्दन टूटकर रह गई थी। कितने ओजस्वी भाषण, कंठ की कैसी गुरुगर्जना थी उसकी! स्वदेश की गिरि-कंदराएँ जाने गूँजकर सहम जातीं। बाँकपन से झुक आया घुँघराले बालों का गुच्छा चौड़े माथे पर सदा एक ही अन्दाज़ में बिखरा रहता। वह पूरे मन्त्रिमंडल का सबसे छोटा और सबसे मुँहलगा सदस्य था। पहाड़ी क्षेत्र के एक समृद्ध ज़मींदार परिवार का सबसे छोटा दुलारा बेटा, जिसे प्रजातन्त्र के सहमे नागरिक फूल की छड़ी से भी नहीं छू सकते। यह ठीक था कि जनता-जर्नादन कभी भी उस ज़मींदारी का उन्मूलन कर सकती थी और उसका भविष्य भी किसी उजड़े ज़मींदार के ऐयाश पुत्र की ही भाँति अन्धकारमय हो उठेगा, पर उसके उर्वर मस्तिष्क की धरा सोना उगलने वाली धरा थी। उल्टे हाथ से भी बीज बिखेर लेगा तब भी हरी-भरी फसल ही लहलहाएगी, यह वह जानता था।

वैसे तो वह राजनीति की सिद्धान्त कौमुदी माँ के गर्भ से ही रटकर आया था पर सबसे प्रमुख सूत्र का एक पृष्ठ शायद उसने बिना पढ़े ही उलट दिया। लोकप्रियता की अमर बूटी खाकर आए घाघ से घाघ राजनीतिज्ञ को भी निर्दोष पुष्प में छिपे सर्प की भाँति नारी का सौन्दर्य-विषधर डसने पर पल-भर में ही अपने घातक विष से निर्जीव बना, धरा पर लुढ़का सकता है, यह वह जानता

था। उसका जन्म पहाड़ के एक निम्न मध्य-वर्गीय ब्राह्मण परिवार में हुआ था पर उसकी अकड़ बाँकपन बोल-चाल, उठक-बैठक, नम्रता, किसी में भी रंग-रूट का नयापन नहीं था। उसका डीलडौल लम्बा, रंग आकर्षक रूप से गेहुँआ और आँखें बड़ी-बड़ी थीं। पतली मूँछों से मेल खाती तीखी नासिका के बीच-बीच में फड़कते पतले नथुने उसके क्रोधी स्वभाव के परिचायक थे पर विलासी मोटे अधरों पर बात-बात में थिरकने वाली उज्ज्वल हँसीयुक्त चेहरा देखकर मानव-स्वभाव की गुत्थियाँ सुलझाने वाले को भी उलझन में डाल देती थीं। यह व्यक्ति क्रोधी भी हो सकता था और शिशु-सा सरल आनन्दी भी। चेहरे का मुख्य आकर्षण था उसका कैशोर्य और कंठ का आश्चर्यजनक कच्चापन।

दो वर्षों की छोटी-सी अवधि में नियति उसे दन्तहीन असहाय शिशु की ही भाँति गोदी में उठाकर किसी जादूगरनी की-सी उड़ान में लोकप्रियता, समृद्धि और वैभव के सर्वोच्च शिखरों पर उड़ाती रही थी पर उसी क्रूर खिलवाड़ की सनक में उसने उसे धरा पर पटककर रख दिया और आज वह ऊँची उड़ान में उड़ती चील के मुँह से गिरे क्षत-विक्षत अधमरे सर्प-सा ही एक बार फिर अपनी उसी जन्मभूमि पर पड़ा था जहाँ से नियति उसे चोंच में दबाकर उड़ गई थी। जिसका घातक विष, लपलपाती जिह्वा और कृष्ण नाग का-सा फन कभी पर्वत से शक्तिशाली शत्रु को भी एक ही डंक से परलोक पहुँचा सकता था, आज दुर्भाग्य की नन्हीं चीटियों से नुचा, वही विवश पड़ा था। क्या पता, उसकी माँ ही अचानक इस मार्ग से निकल पड़े! पर इतने वर्षों तक क्या वह उसी गाँव में बैठी होगी? हो सकता है, अपने भाई के पास चली गई हो। पर वह अपनी माँ की ज़िद को जानता था—प्राण रहते वह अपनी थाती नहीं छोड़ पाएगी। वह पुत्र के मन्त्री बनने पर भी, उसके लाख समझाने पर भी उसके साथ उसकी बड़ी कोठी में रहने लखनऊ नहीं गई थी। जब बेटा देश का राजा बना, तब भी वह दूर-दूर के जंगलों में कुतुबमीनार-से ऊँचे पहाड़ी देवदार और अंयार वृक्षों की सर्वोच्च शाखाओं पर शाखामृगी बनी लकड़ियाँ तोड़ती, कभी बकरियों के लिए पइंया की पत्तियों के स्तूपाकार गट्ठर के नीचे दबी ऐसी दुहरी होकर घर लौटती कि बिवाइयों से फटे दो पैर ही पैर दिखते। लगता, कोई हरी-भरी पहाड़ी ही चली आ रही है।

उस दिन वह चुपचाप एक परिचित मित्र की जीप माँगकर माँ से मिलने चल दिया। टोकरी-भर दशहरी आम भी वह उसके लिए ले जा रहा था। उसकी माँ को आम बेहद पसन्द थे और अपने अभावग्रस्त शैशव की स्मृति को मन्त्री

भूला नहीं था जब माँ-बेटे बारी-बारी से एक ही आम को चूस उसकी गुठली का भी मुन्डन कर रख देते थे।

चार बालिस्त की तंग सड़क पर नाचती, गोल घूमती जीप को पहाड़ी दक्ष ड्राइवर ऐसे नचा रहा था, जैसे चतुर नट पिता ढोलक की थाप के साथ पतली रस्सी पर अपने पुत्र को नचा रहा हो। कभी घर्र-से गाड़ी घूमती, एक साथ कई चक्कर खाती, उस्तरे की धार-सी तीखी सड़क पर फिसलने लगती और मन्त्री का लोहे का कलेजा भी धड़कने लगता। उसे लगता, जीप अब खाई में गिरी और अब खन्दक में। पर दूसरे ही क्षण तीखी चढ़ाई पर हाँफती, काँपती शिथिल फुफकारें छोड़ती जीप मृतप्राय इक्के की मरियल घोड़ी-सी ही पराजित हो तीन-चार कदम पिछड़ आती। क्रुद्ध इक्के के चालक की भाँति ड्राइवर ब्रेक लगाता और अनुशासनपूर्ण अनुभव के करारे चालक से सहमी गाड़ी एक बार फिर तीव्र गति से भागने लगती। वह उसी तीव्र गति से भागी जा रही थी कि एक अप्रत्याशित मोड़ पर धूल उड़ाती भेड़-बकरियों के झुंड को पहियों के नीचे आने से बचाने के लिए मोड़ से स्वयं उलटते-उलटते बच गई। कुशल चालक का चेहरा क्रोध से तमतमा गया। पल-भर भी चूकता तो गाड़ी ही नहीं, उसकी नौकरी भी चली जाती। मन्त्री भी बौखला गया था, झटके से उसकी कीमती घड़ी टूटते-टूटते बची थी और जीप के लोहे से टकराकर माथे में गूमड़ उभर आया था। पर उन भेड़-बकरियों के पीछे दो पतली गोरी बाँहें फैलाए, जीप की गति से भी तेज़ भागती किशोरी को देखकर चालक और मन्त्री, दोनों के कंठों की भर्त्सना कंठों ही में अटककर रह गई।

एक पल को दोनों उसे देखते ही रह गए। भेड़ियाधसान की धूल से धूमिल आकृति अब स्पष्ट होकर बड़ी धृष्टता से उनके सम्मुख खड़ी हो गई थी। वह ड्राइवर से कहने लगी, "क्या करूँ, ड्राइवर ज्यू, कब से हरामजादियों को डंडा मारकर किनारे कर रही थी! वैसे यह कुमाऊँ यूनियन की गाड़ी का टैम भी नहीं था, नहीं तो मोटर टैम में मैं खुद ही इन्हें चराने नहीं लाती।"

स्वयं मन्त्री का गाँव एक से एक सुन्दरी चाचियों, ताइयों और भाभियों से भरा था। चन्द राजाओं के समय से ही उसके ग्राम की ग्राम्याओं के सौन्दर्य की ख्याति दूर-दूर तक फैलती आई थी और इसी से शायद नाम भी पड़ गया था रतनपुर। पर यह लड़की क्या रतनुपर की थी? कैसा पहचाना-पहचाना चेहरा लग रहा था, फिर भी नाम क्यों याद नहीं आ रहा था भला? कहीं ताऊ के लड़के धरणीधर दा की साली तो नहीं थी यह, जिसके रूप की चर्चा सुनते-सुनते उसके

कान पक गए थे और माँ-भाभी के परम आग्रह से लाए जिसके रिश्ते को उसने खोटे सिक्के-सा फेर दिया था?

"ऐसे मोटर-सड़क पर बकरियाँ लाती ही क्यों हो?" अब तक मन्त्री की ओर उस बित्ते-भर की छोकरी ने आँख उठाकर देखा भी नहीं था और वह चालक से ही हँस-हँसकर बातें कर रही थी। वह मन्त्री को अखरा, इसी से कंठ को रोबीला बनाकर उसने गम्भीर स्वर में गर्जना की, "ऐसे इन्हें मत लाया करो!" किशोरी ने चमककर तेजस्वी चेहरे की ओर दृष्टि उठाई। मन्त्री की अकड़ी मुद्रा उससे मूक प्रश्न पूछ रही थी—देखती नहीं, किसकी गाड़ी है यह? मूर्ख लड़की, क्या हाथ भी नहीं जोड़ सकती?

"तब कैसे लाऊँ जी?" हँसकर उस धृष्टा किशोरी ने पूछा। मोती-से उज्ज्वल दंतपंक्ति के दर्पण से कुँआरे मन्त्री की अनभ्यस्त आँखें चौंधिया गईं।

"इन बकरियों को भी जीप में बिठाकर चराने लाऊं क्या?"

मन्त्री की दृष्टि अब गोरे ललाट पर बँधे, ओढ़नी के फेंटे से उतरकर कैशोर्य से उज्ज्वल दो-आँखों से फिसलती, तीखी नाक और फिर लाल रस-भरे अधरों से सरक, तनी वास्कट पर उभर सहसा सपाट होकर झूलती चाँदी की ज़ंजीर पर निबद्ध हो गई। सूर्य की प्रखर किरणों में ज़ंजीर झिलमिला रही थी। किसी क्षीण पहाड़ी जलप्रपात की दो पतली रुपहली युगल धाराएँ जैसे दो कठोर शिलाखंडों पर क्षण-भर विराम करती फेनिल राशिभूत तरंगों में बिखर गई थीं। "किस गाँव की लड़की है तू?" मन्त्री ने डपटकर पूछा। अब निश्चय ही सहम जाएगी छोकरी। "रतनपुर की है क्या?"

"क्यों?" पतली नाक को उसने एकदम कपाल पर चढ़ा लिया। लगता था, अभी-अभी जीभ निकालकर मुँह चिढ़ाने लगेगी। "क्या रतनुपर में ही सब 'बान' (सुन्दरियाँ) बसती हैं?" और फिर वह धृष्ट उत्तर के साथ भुवन-मोहिनी हँसी का जाल बिखेरती, एक बार भी पीछे मुड़े बिना चली गई।

विरोधी पक्ष की निर्मम घूँसेबाजी ने भी कभी मन्त्री को ऐसे धराशायी नहीं किया था। फिर जिस सरकारी जीप के चालक के सम्मुख वह उसे चुटकियों में उड़ाकर रख गई थी, वह भी मूँछों ही मूँछों में मुसकरा रहा था।

"तुम ज़रा रुकना, ड्राइवर!" उसने बड़ी आत्मीयता से कहा, जैसे वह मन्त्री नहीं, स्वयं ड्राइवर का ही बड़ा भाई हो। "बड़ी भूल हो गई पहचानने में! यह तो हमारे धरणीदा की साली है। चलकर ज़रा भाभी की कुशल पूछ आऊँ।"

"गाड़ी मोड़ लूँ, सरकार?" घाघ चालक भी शायद समझ गया था कि प्रभु भाभी की नहीं, भाभी की सुन्दरी सहोदरा की ही कुशल पूछने भाग रहा है। कभी गाड़ी मोड़ने का आदेश नहीं देगा।

"नहीं, नहीं, तुम यहीं रुके रहना, हम अभी आते हैं।" चलते-चलते मन्त्री ने दोनों हाथों में ढेर-से आम भी भर लिए।

'निकाल ले, निकाल ले!' हँसकर मन के चोर ने कहा, 'डरता क्यों है? माँ के उपहार की टोकरी से किसी दूसरी के लिए मीठे फल चुराने वाले, क्या तू संसार का पहला पुरुष है? यह चोरी तो प्रत्येक संसारी पुत्र करता है रे!' वह उसी दिशा की ओर लपका।

लड़की बहुत दूर नहीं गई थी। तेज़ी से मुड़ गए एक दूसरे मोड़ के टीले पर वह पीठ किए बैठी थी, सूखे पत्तों की चर्र-मर्र सुनकर वह चौंकी।

"तुमसे माफी माँगने भागता आया हूँ दुर्गी! माफ करना, इतने सालों बाद तुम्हें देखा, इसी से पहचान नहीं पाया!"

पर वह रूठी गर्वीली राजकन्या-सी निःशब्द उसी टीले पर बैठी रही। उस मुग्धा मानिनी की अनूठी छवि से मन्त्री के वर्षों से अंधकारपूर्ण हृदयकक्ष में बिजली-सी कौंध गई। घुटनों से कुछ ही नीचे तक लटका काला लहँगा किसी विदेशी आधुनिका की मिनी स्कर्ट के से औदार्य से साँचे में ढली नँगी सफेद टाँगों का उन्मुक्त प्रदर्शन कर रहा था। दोनों हाथों से गोदी में नन्हे मेमने को साधे वह सौन्दर्य-लक्ष्मी ऐसे तनकर टीले पर बैठी थी कि स्लेटी पत्थर का रूखा टीला रत्नखचित राजसिंहासन-सा दीप्त हो उठा था।

"माफ कर दिया ना?" मन्त्री के कंठ में कुछ अटक-सा गया। वह दीन याचक की मुद्रा में एक बार फिर हँसकर और निकट खिसक आया। पर वह तनी बैठी रही। सुडौल कन्धों को उसने उदासीनता से किसी विदेशी चलचित्र की तारिका की भाँति हिलाकर गर्दन फेर ली। मन्त्री अवाक् रहा। जो छोकरी कभी मोटर पर भी नहीं चढ़ी होगी उसने ऐसे विदेशी अन्दाज़ में कंधे झटकना कैसे सीख लिया? जिस मुद्रा को, वे विदेशी नायिकाएँ शायद निर्देशक के चाबुक की मार से सीखती हैं, उसे प्रकृति ने अपनी इस मुँहलगी पुत्री को स्वयं ही सिखा दिया था। स्पष्ट था कि उसे क्षमादान नहीं मिला।

सात वर्ष पूर्व अपनी इसी अनाथा रूपवती बहन को लेकर, भौजी उसके पास आई थी। तब वह क्या जानता था कि भाभी की वह नाक सुनकती मरियल-सी बहन एक दिन ऐसी बन उठेगी?

"बहुत सुन्दरी है मेरी बहन! ठीक से देखोगे तो आँखें नहीं फेर पाओगे, लल्ला!"

"सब बड़ी बहनें अपनी कुँआरी बहनों के लिए यही कहती हैं, भौजी!" उसने वह प्रस्ताव हँसकर वहीं फेर दिया था।

"भौजी के लिए थोड़े-से आम लाया हूँ, दुर्गी। कहना, कल मिलने आऊँगा," मन्त्री ने आम उसके पैरों के पास धर दिए और हँसकर कहने लगा, "गंगोली हाट की रुष्ट काली के चरणों में फल रख रहा हूँ। देवी, प्रसन्न हो ना? भक्त हाथ बाँधे खड़ा है!"

अपनी बड़ी-बड़ी आँखें उठाकर उसने मंत्री को देखा। वह सचमुच ही हाथ बाँधे धृष्टता से हँस रहा था।

उसकी यही हँसी तो उसके मधुर स्निग्ध व्यक्तित्व की सुनहली चौखट थी। इसकी हँसी के आकर्षण से प्रत्येक चुनाव में विपक्षी दल के शत-सहस्र वोट भी उसी की झोली में आकर स्वयं गिर जाते। उसकी यही हँसी शत्रु और मित्र दोनों को समान रूप से बाँध सकती थी। इसी हँसी के आकर्षण से उसे दिन-रात न जाने कितने महिला-मंडलों की गोष्ठियों के रंगीन रिबन काटने इधर-उधर भागना पड़ता और पुष्पहारों के भार से गर्दन टूटकर रह जाती।

यहाँ तक कि कई विश्वविद्यालय उसे एक साथ दीक्षांत भाषण के लिए न्यौत चुके थे। जहाँ अन्य सम्मानित अतिथि वर्षों की देश-सेवा, जेल-यात्रा आदि का पासपोर्ट-वीसा दिखाने पर भी पल-भर छात्रों की हूटिंग के सम्मुख नहीं टिक पाते, वहीं पर यह हँसमुख मन्त्री केवल इसी स्मित के इन्द्रजाल से अनुशासनहीन छात्रों को बाँधकर बगल में दबाए चला आता।

इस बार भी उस हँसी की मूठ व्यर्थ नहीं गई। वह हँसने लगी और युवा मन्त्री का कलेजा जिह्वाग्र पर आकर धड़कने लगा।

"तुमने मुझे नहीं पहचाना पर मैंने तो तुम्हें देखते ही पहचान लिया!" उसके गले में बीच-बीच में होता स्वरभंग मन्त्री को मिश्री की डली-सा मीठा लगा।

"तुम्हारी शादी हो गई क्या?" उसका उतावला प्रश्न उसके कंठ से अनजाने में ही गोली-सा दग गया।

प्रश्न पूछते ही वह अपदस्थ हो संकोच से लाल पड़ गया।

"क्या तुम सोच रहे थे तुम्हारे लिए अब तक कुँआरी बैठी हूँ?" वह हँसकर उठ गई।

हाय, यह बित्ते-भर की छोकरी उस राजनीतिज्ञ खड़पेंच को कैसा पिस्सू-सा मसल रही थी! खैर, वह भी उस गर्वीली छोकरी के विष के दाँत तोड़ सकता है, अभी बहुत अवसर आएँगे। वह बोला, "अच्छा, चलता हूँ, दुर्गी! कल स्कूल के मैदान में मेरा भाषण है। तुम भी आना और भौजी को भी लाना, समझीं?"

उसने बड़े गर्व से, चौड़ी कलाई में बँधी कीमती घड़ी को देखा और सिर की तिरछी टोपी और भी तिरछी कर ली।

"और इसे? इसे भी ला सकती हूँ क्या? यह तो मुझे एक पल भी नहीं छोड़ता!" अपने पैरों के बताशे-से सफेद टखने चाटते छोटे नर्म दूधिया पशम वाले मेमने को उसने उठा, गालों से लगाकर पूछा। तब कठिन से कठिन परिस्थितियों में भी मन को सदा चाबुक की मार से साधने वाला जितेन्द्रिय तरुण हठयोगी नन्ही ठोकर से दूर घाटी में क्षण-भर पूर्व गिर गए आम के दाने की ही भाँति लुढ़कता, अविवेक की घाटी में गिरकर चकनाचूर हो गया। कैसी निर्दोष मुद्रा में पूछा गया कैसा सांकेतिक आमन्त्रणपूर्ण प्रश्न था! लाल-लाल कन्दील-से लटक रहे बुरुंश पुष्पों की छाया में वह ऐसे मादक स्मित का आह्वान देती खड़ी हो गई, मन्त्री को लगा, वह मिसलटो के नीचे खड़ी, प्रणयोन्मद मत्ता कोई विदेशी स्वयंदूती है। किस प्रसिद्ध चित्रकार का ऐसा ही चित्र देखा था उसने? रविवर्मा, रावल या किसी विदेशी चित्रकार का? गोद में नन्हें मेमने को गालों से सटाकर जाना-पहचाना-सा स्वर्गीय स्मित ही उसे ले बैठा। जिसने कभी नारी की छाया का भी स्पर्श नहीं किया था और जिस बहुचर्चित स्पर्श की कभी स्वप्न में भी कामना नहीं की थी, वही आज पागलखाने से भाग निकले मत्त उन्मत की भाँति मेमने सहित स्वामिनी को अपनी सशक्त बाँहों में भरकर बार-बार चूमता हाँफ-हाँफ गया। जिस संयम-अंकुश से वह वर्षों की अमानवीय साधना से अपने पौरुष के मत्त गजराज को साधता आया था, वही अंकुश आज पंचशर से बिंधा दूर पड़ा था। पुरुष के अधर नारी-अधरों के प्रथम स्पर्श के नीचे किसी किशोरी के कुँआरे अधरों की भाँति थर-थर काँप रहे थे, जैसे पहली बार संसार का निकृष्टतम पाप किया हो। और नारी के रसीले अधरों पर था स्वाभाविक स्मित, जैसे कुछ हुआ ही नहीं हो। ठीक ही तो था, वह क्या उसका पहला चुंबन था!

मन्त्री तटस्थ होकर पीछे खिसक गया। उसके चेहरे पर हवाइयाँ उड़ने लगी थीं। हे भगवान, क्या कर बैठा था वह! पल-भर की आवेशपूर्ण मूर्खता उसको जीवन-भर के लिए ले बैठ सकती थी।

उसने हड़बड़ाकर इधर-उधर देखा। ईश्वर की कैसी महान कृपा थी कि डाल पर कहीं एक कौआ तक नहीं था।

वही नन्हा मेमना गोदी से उतरकर घास चरने लगा था, और एक मोटा-सा घाघ दुँबा कुटिल बंकिम दृष्टि से उसे ऐसे देख रहा था, जैसे सब कुछ समझ गया हो। मन्त्री को पहली बार लगा कि पशु बोल भले ही न पाएँ, व्यंग्य से मुसकरा अवश्य सकते हैं।

उसने सहमी दृष्टि से दुर्गी को देखा। वह भेड़ों को हे-हे कर ऐसे हाँकती बटोरने लगी थी, जैसे उसे देख ही नहीं पा रही हो। वह तेज़ी से उतार उतरता, फिसलता चला गया।

दूसरे दिन उसका भाषण सुनने दूर-दूर से ग्रामों की भीड़ समय के कुछ पूर्व ही आ जुटी थी। ग्राम पाठशाला का पूरा मैदान भर गया था और कुछ लोग तो उचक-उचककर पेड़ों पर चढ़ रहे थे। भीड़ देखकर मन्त्री की छाती और तन गई। उस दिन उसकी आकर्षक हँसी वर्षा से धुली पहाड़ के मकान की अबरखी पथरीली छत-सी ही और स्वच्छ निखर झकझक चमक रही थी। यह क्या सुन्दरी नारी के क्षणिक स्पर्श का जादू था?

जिधर देखो उधर ही गोरे-गोरे चेहरे, पके आड़ू-से स्वस्थ गालों की लालिमा और निर्दोष चावनी। वह गर्व से एक बार फिर तन गया। वाणी के घृतदीप की कई ओजस्वी बातियाँ दप-दप कर एक साथ जल उठीं।

"भाइयो!" वह कहने लगा, "मुझे गर्व है कि मैंने इसी ग्राम-पाठशाला में वर्णमाला से प्रथम परिचय प्राप्त किया है। तख्त की काली पाटी पर कमेट की स्याही से कान पकड़कर 'अ-आ' सिखाने वाले मेरे गुरु श्री ब्रह्मदत्त तिवाड़ी इस भीड़ में जहाँ कहीं बैठे हों, मेरा कृतज्ञ प्रणाम स्वीकार करें!"

"गुरु तो गुड़ चेला शक्कर!" भीड़ के किसी उद्धत छोकरे की तीखी आवाज़ और भीड़ की हँसी को चतुर मन्त्री ने वहीं पर जूते से कुचल दिया—"पर चेला शक्कर की ही भाँति अब व्यर्थ हो गया है। भाइयो!" उसने हँसकर कहा, "गाँव का बादशाह अब भी गुड़ ही है। मैं पूछता हूँ कि बाज़ार किसका है? चार रुपए किलो चीनी का या दो रुपए किलो गुड़ का? किसे चाहती है जनता?"

"गुड़...गुड़!" भीड़ से सम्मिलित कण्ठ गूँजे। वाचाल मन्त्री की दलील ने भीड़ को जीत लिया। उसी विजय से झूमकर उसने फिर अपनी मनमोहक हँसी

का ब्रह्मास्त्र फेंका, "फिर? देखा ना आपने, ग्राम की जनता हमेशा गुड़ ही को पूजेगी!"

जनता तुमुल करतल-ध्वनि से बीच ही में भाषण रोक अपना उल्लास व्यक्त कर रही थी कि मन्त्री की दृष्टि भीड़ में भौजी के पास बैठी दुर्गी पर पड़ गई। उसकी गोदी में उसका वही मुँहलगा मेमना बैठा था। आँखें चार होते ही उसने बड़ी दुष्टता से मेमना तनिक उचकाकर मन्त्री को दिखा दिया। आज वह अनोखा शृंगार कर आई थी, कानों में गोल-गोल बालियों के स्थान पर थे झुमके, जिनके दुःसह भार की गरिमा को दो चौड़ी शृंगार पट्टियों में विभक्त कर सीधी माँग के अगल-बगल पर टिका दिया गया था। सिर का पल्ला भी शायद झुमकों के वैभव के उचित प्रदर्शन के लिए जान-बूझकर ही नीचे गिरा दिया गया था। चाँदी की ज़ंजीर का स्थान आज चाँदी की मोटी हँसुली ने ले लिया था। नाज़ुक गर्दन में पड़ी हँसुली के उसी अर्धचन्द्र में मन्त्री अटककर अपनी समस्त राजनीतिक प्रगल्भता भूल गया। केवल हाथ जोड़कर वह मुसकराता मंच से उतर गया।

तालियों की गड़गड़ाहट हाथों ही से गूँज रही थी कि वह भीड़ चीरता भौजी के पास चला आया। झुककर उसने भौजी के चरण छुए, कई वर्षों के उपालंभ सुने, फिर उन्हें मना अपनी जीप में बिठा घर तक पहुँचा आया। भौजी को उसने बड़े लाड़ से अपनी सीट पर बिठा लिया पर दुर्गी बिना कुछ कहे पिछली सीट पर बैठ गई। गोदी में वही मेमना था।

मन्त्री कुछ सम्भलकर बैठ गया। पर वह शायद और निकट खिसक आई। मन्त्री को लगा, कुमाऊँ बैण्ड के साथ नाचने वाले सिखे-पढ़े दुबे की भाँति यह सिखाया गया दुँबा उसकी माला ही नहीं, शेरवानी भी चर जाएगा। उसने गले की माला उतारी और पीछे मुड़, हँसकर बोला, "बुरुंश के मीठे फूलों की माला है, शायद तुम्हारे मेमने को बहुत पसन्द आ गई है।"

फिर ऐसे सधे अन्दाज़ से उसने माला फेंकी कि ठीक दुर्गी के गले में पड़ गई। पल-भर को दुर्गी का चेहरा लाल पड़ गया, पर फिर हँसकर सचमुच ही माला दुँबे को खिलाने लगी।

"मुझे यहीं उतार दो दीदी!" उसने थोड़ी ही दूर जाकर कहा।

बहती नदी से लगी पनचक्की थी और उसी से लगा था दुर्गी का घर। वह उतर गई तो भौजी ने उसे सब बतला दिया, जब उसने रिश्ता फेर दिया तो उसका विवाह उसने एक फौजी सूबेदार से कर दिया। कुँआरी सुन्दरी बहन को कब तक घर में बिठाए रखती? सूबेदार दुहेजू था पर तीन-तीन भैसें थीं, कई

थान भेड़-बकरियाँ थीं और फिर पनचक्की भी उसी की थी। पर छोकरी का भाग जो साथ लगा था, पाकिस्तान की लड़ाई से तो वह सकुशल लौट आया, लेकिन घर में चुभी एक नन्ही कील ने बायाँ पैर कटवा दिया, तब से लँगड़ा दिन-रात नशे में डूबा पड़ा रहता है। दुर्गी ही घर और बाहर का काम सम्भालती है।

उस बार दो दिनों के लिए घर आया मन्त्री आठवें दिन लौटा, और फिर तो उसका हर महीने एक न एक चक्कर लगता रहता। लगता था, वह अपने ग्राम को डिज़्नेलैण्ड ही बनाकर छोड़ेगा, देखते ही देखते कच्ची सड़क ने केंचुली उतार दी। फक्-फक् करता बुलडोज़र, निरीह पहाड़ी घाटियों का कलेजा रौंदने लगा। पीपे के पीपे कोलतार की मोटी तहों ने पीली धूप-भरी सड़कों पर शहरी व्याधि की स्याही फेर दी। डायनामाइट की दिल दहलाने वाली गर्जना से आए दिन त्रस्त गिरि-कन्दराएँ गूँजने लगीं। फिर नई बनी क्षीण कलेवर की सड़क पर अफसरों की जीप-गाड़ियाँ आईं, मन्त्री की झंडा लगी बनी-ठनी वेश्या-सी इठलाती चमकती गाड़ी और फिर आईं देश-विदेश के पर्यटकों से लदी लक्ज़री बसें।

देखते ही देखते वह ग्राम हवाई द्वीप-सा ही प्रसिद्ध हो उठा। जहाँ का शुद्ध पहाड़ी घृत अपनी पावन सुगन्ध की सुख्याति कभी दूर-दूर तक फैलाता आया था, अब 'चूर' की मिलावट से अपने सुनाम पर कालिख पोतने लगा। पास ही में मिलिटरी की एक बड़ी टुकड़ी भी आ गई थी। सीमा के प्रहरी शराब की हुड़क लगने पर धेले-टके में ट्रांजिस्टर बेचने लगे और धीरे-धीरे ग्राम के बन्दरों ने भी अदरक का स्वाद लेना सीख लिया। जो सुरम्य घाटियाँ कभी परी-चांचरियों के मधुर झोड़े गीतों से गूँजती थीं, अब विवशता से फिल्मी गानों से गूँजने लगीं। एक लाँड्री खुल गई। जिस ग्राम में मिश्री की डली ही मिठाई मानी जाती थी, वहीं एक व्यापारकुशल हलवाई ने पहाड़ की प्रसिद्ध बालसिंघौड़ियों की ऐसी भव्य दुकान खोल दी कि लोग शहरियों की भाँति मिठाई का स्वाद लेना भूल, रंगीन मनमोहक डिन्नो का ही स्वाद लेने लगे।

अपनी नवीन अभिसारिका से मिलन के क्षणों की सृष्टि करने में वह स्काटलैन्ड यार्ड के चतुर जासूसों को भी घिस्सा दे सकता था। दोनों कहाँ मिलते हैं, कब मिलते हैं, यह पूरे एक वर्ष तक कोई नहीं जान पाया। आधी-आधी रात को कुमाऊँ के बियाबान ग्राम की तलहटी में चौकीदार बने घूमते दुःसाहसी मन्त्री गुनगुने पानी की उस झील के किनारे बैठा अपनी प्रेमिका की प्रतीक्षा करता जहाँ से एक वर्ष पहले नौ फुटा बाघ, नहा रहे पटवारी के जवान पुत्र को खींच ले गया था। कभी दोनों केवल प्रणय का जिरह-बख़्तर पहने उस अरण्य की हरीतिमा

में हरे युगल सर्प-से ही लिपटकर एकाकार हो जाते। पर लँगड़ा चौकन्ना हो गया। उदार विधाता जब मनुष्य से उसका कोई अंग छीनता है तो स्वयं ही उस क्षतिग्रस्त अंग की क्षमता किसी दूसरे रूप में उसे लौटा भी देता है। अंधों की दृष्टि क्या उनके स्पर्श में नहीं समा जाती? अपनी इसी अमानवीय घ्राण शक्ति से लँगड़े ने सब कुछ सूँघ लिया। पत्नी की साँकल नित्य की भाँति बन्द रहती थी पर वह जंगली बिल्ली-सी, नीची खिड़की से सटे तिमिल वृक्ष की डालियाँ पकड़ जिस रस-सागर में डुबकियाँ लेने जाती थी, उसकी सुगन्ध से उसके नथुने फड़कने लगे। वह नित्य की भाँति दोपहर की रोटी पटकने आती तो वह आश्चर्य से सुन्दरी पत्नी के अचानक अनजान बन गए चेहरे को एकटक देखता रहता। इतनी बड़ी आँखें तो इसकी नहीं थीं। और वास्कट? लगता था, एक लम्बी साँस लेते ही सारे बटन टूटकर रह जाएँगे।

"कहाँ जाती है तू दिन-भर?" एक दिन उसने प्रभुत्वपूर्ण स्वर में पूछ लिया।

"बकरियों को घास चराने।" वह उत्तर देकर तीर-सी निकल गई थी। लँगड़े की आँखों में विवशता के आँसू छलक आए थे और उसने सारी रोटियाँ उठाकर खिड़की से बाहर फेंक दी थीं। दिन-भर साली-हरामज़ादी बकरियों के साथ खुद कैसी-कैसी हरी घास चरती है, वह चेहरा देखते ही समझ गया। फिर कई रातों से बैठकर अभूतपूर्व कौशल से बनाई गई बैसाखी के सहारे लँगड़ा एक रात को पुलिस के कुत्ते की भाँति पानी को सूँघता, पेड़ों के मोटे तनों में छिप-छिपकर उसके जल-विहार को देख आया। दूसरे दिन पहुँचा तो पूरा ग्राम पंचों सहित उसके साथ था। वे संभल भी नहीं पाए थे कि भीड़ ने घेर लिया। क्रोध से उत्तेजित लँगड़ा किनारे से ही भद्दी गालियों के पत्थर बरसाने लगा। मन्त्री सिर झुकाए और गहरे भँवर में उतर गया। जो भीड़ तालियों की गड़गड़ाहट से उसका स्वागत करती थी, वह उसे अश्लील थूक के छींटों से छेदने लगी।

रंगे हाथों पकड़े गए चोर की भाँति वह सिर झुकाए अदालत में खड़ा था। न उसका कोई गवाह था, न वकील!

किन्तु दुर्गी गज़ब के दुःसाहसपूर्ण कौशल से तैरती-तैरती किनारे तक आ गई, फिर उसने किसी तीरथ के खुले घाट पर नित्य नहाने की अभ्यस्त कुल-वधुओं की भाँति जल में ही किनारे से खींची गई अपनी धोती का तम्बू तान बड़े धैर्य से कपड़े पहन लिए। न उसके चेहरे पर लज्जा की एक रेखा थी, न अपदस्थ होने का संकोच। फिर बिना भीड़ की ओर देखे वह अपने प्रेमी को बीच भँवर में छोड़कर लम्बी डगें भरती न जाने किस पगडंडी की भूलभुलैया में ओझल हो

गई। पर मन्त्री को क्रूर भीड़ ने 'रेडगार्ड' की क्रूरता से बाहर खींच लिया। जिन गलियों से कभी चुनाव जीतने पर उसे नन्दादेवी के डोले की भाँति सजा कर शंखधर और पहाड़ी तूरी-दमामे के साथ जुलूस में ले गए थे, वहीं से उस दिन वह बलि के बकरे-सा ही निर्ममता से घसीटा गया। रात-भर थप्पड़, घूँसे और लँगड़े की बैसाखी की मार खाकर वह बेदम पड़ा था कि न जाने कहाँ से उसकी माँ को पता लग गया। उसकी मूठ, घात और दुनाली बन्दूक-सी छूटती बारूद की लपकती-सी गालियों से पूरा गाँव थर-थर काँपता था।

"हरामियो!" वह गरजी, "जब मेरा बेटा मन्त्री बना, उसने पहले तुम्हारे गाँव को ही बम्बई बनाया। कोई अपने लिए तो कोठियाँ खड़ी नहीं कीं। उसका यह इनाम दिया है तुमने? हे गोल्ला देवता, मैं भी देख लूँगी और न्याय तुम भी देखना...जिन-जिनने इसे मारा है, उनकी लड़की का लड़का, गाय की बछिया निपूति हों। उनकी रांड बहुएँ सूनी माँग और सूनी कलाइयाँ लेकर चिता चढ़ें!"

सहमकर अपढ़ भीड़ जैसे हवा में उड़ गई। बुढ़िया अधमरे पुत्र को घर तो ले गई पर बेटा रात ही को खिड़की से कूदकर निकल गया। राजगद्दी से विधिवत् नीचे खींचकर पटका जाता, इसके पूर्व वह स्वयं ही गद्दी का मोह त्याग वनवासी बन गया। पूरे दो वर्ष तक उसने असम के साधुओं की चिलमें साधीं, फिर तीसरे वर्ष जब गाँजे-चरस की दम भी असाध्य कलुष की व्यथा को मलिन नहीं कर सकी तो वह आसनसोल के कोयले की खान में उतर गया। दिन डूबे वह काली खान से काला चेहरा लेकर लौटता तो लगता पिछले कलुष की कालिमा स्वयं दब गई है। अब यह चेहरा लेकर वह सगी माँ के सम्मुख भी खड़ा होगा तो शायद वह भी भूत समझकर चीख पड़ेगी। यही भूल थी उसकी। पुत्र का चेहरा कितना ही काला क्यों न हो, माँ क्या कभी पहचानने में भूल कर सकती है?

कोयले की खान के जिस धमाके के लिए खान के मज़दूरों की पत्नियाँ अपना सुहाग नित्य हथेली में लिए फिरती हैं, उसी धमाके ने एक दिन देखते ही देखते सैकड़ों माँगों का सिन्दूर लूट लिया।

मन्त्री ने इधर दाढ़ी रख ली थी। अधजली दाढ़ी, झुलसा चेहरा और बुरी तरह सहमा कलेजा लेकर वह स्ट्रेचर पर बाहर लाया गया और थोड़ी देर बाद डॉक्टरी जाँच ने लाश बताकर कोने में पटकवा दिया। वह बोल नहीं सकता था पर अधजली पलकों के नीचे पुतलियाँ सचेत थीं। एक-एक लाश को पहचान कर आत्मीय स्वजन विलाप से दिशाएँ गुँजा रहे थे।

हाय, वह लाश समझकर कोने में पटक दिया गया था, फिर भी उसके लिए कोई रोने वाला नहीं था! चुपचाप वह लाशों की बिरादरी से छिटक गया। उसी घिसटते मुर्दे को किसी दयालु ने अस्पताल में पटक दिया। तो महीने बाद जब वह निकला तब पेट की वेदना भी हाथ पकड़कर साथ चल दी। फिर न जाने कितनी टिकटहीन यात्राएँ कीं, ट्रक-ड्राइवरों से दया की भीख माँगी और आज अपने ग्राम के उदार वृक्ष की छाया में पड़ा था।

माँ की, ग्राम की और सबसे बढ़कर दुर्गी की स्मृति उसे सहसा व्याकुल कर उठी। वह बड़ी चेष्टा से उठा और एक-एक पेड़-पत्ते को पहचानता अपनी लाश घसीटने लगा।

अचानक एक परिचित खिलखिलाहट ने तानकर भाला फेंका जो उसके कलेजे के आर-पार हो गया। सामने खड़ी थी एक जीप और उसका द्वार पकड़े दुर्गी खिलखिला रही थी। चालक की सीट पर बैठा एक लम्बा-चौड़ा फौजी उसे हाथ पकड़ अपनी ओर खींचता पहाड़ी में कह रहा था–''देर मत कर, दुर्गी! देखती नहीं, दिन डूब रहा है...आ, बैठ जल्दी!''

तब ही वह झुलसी दाढ़ी लेकर सामने खड़ा हो गया। मानिनी के जिस उपालंभपूर्ण कटाक्ष को मन्त्री ने पहचाना, वह उसके लिए नहीं, उस फौजी अफसर के लिए था जो उसे गाड़ी में बैठने के लिए मना रहा था। ''हाय राम, यह तो कोई मुँहझौंसा अधजला मुरदा ही चिता से भागकर आ गया है क्या?'' वह लपककर चालक के पार्श्व में बैठ गई।

कुछ पलों को वह लम्बा-तगड़ा फौजी अफसर भी उस प्रेत के-से कंकाल को देखकर सहम गया, फिर उसने डपटकर पूछा, ''कौन है बे तू?''

''सरकार,'' वह गिड़गिड़ाने लगा, ''बीमार हूँ। अपनी गाड़ी में बिठाकर कुछ दूर पहुँचा दो।''

उत्तेजित साँस की धौंकनी से झुलसी दाढ़ी फटे-चीथड़े पर्दे-सी पल-भर को हिली पर देखने वाली ने पपड़ी पड़े होंठों पर उभरे अतीत के एक भी रसीले स्मृति-चिह्न को नहीं पहचाना।

''लद जा!'' फौजी ने बड़ी उपेक्षा से कहा और उसके बैठते ही बड़ी तेजी से गाड़ी उतार पर छोड़ दी। तेज़ झटके से झुलसी दाढ़ी पल-भर को सामने की सीट की मराल ग्रीवा से छू गई। उसके जी में आया, वह दोनों काँपते हाथों की माला वैसे ही साधकर उस नाजुक गर्दन में डाल दे, जैसे तब डाली थी।

"कहाँ उतरेगा बे?" फौजी ने फिर उसी उपेक्षा से पूछा।

पिछली सीट से कोई उत्तर नहीं आया।

"ले, उतर जा यहाँ, हम आगे नहीं जाएँगे," एक अरण्य के मोड़ पर जीप रुकी पर वह नहीं उतरा।

"क्यों, इसी गाड़ी में मसान तक जाने का इरादा है क्या?"

फौजी ने बड़ी बेहरमी से उसे खींचकर सड़क पर खड़ा कर दिया। वह उन्मत्त फटी आँखों से एकटक दुर्गी को ऐसे घूरने लगा कि उसने सहमकर फौजी की बाँह पकड़कर कहा, "जल्दी चलो, कहीं यह सचमुच ही मुसल्ले चूड़ीवाले का परेत न हो!" दो दिन पहले ही ग्राम के चूड़ीवाले को बाघ खींच ले गया था। जीप अँगूठा दिखाकर चली गई। मन्त्री को लगा, कोयले की खान में फिर धमाका हुआ है। अदृश्य लपटों में वह झुलसकर गिर पड़ा।

जब होश आया तो सूर्य वन-वनांतर रंगता धीमी गति से डूब रहा था। तीन घंटे में तीन फर्लांग की दूरी पार कर वह घर की देहरी पर खड़ा हुआ तो दोनों पैर ठक्-ठक् काँप रहे थे। काँपते हाथों से उसने साँकल खटखटाई, "कौन है इतनी रात गए?" माँ का कर्कश स्वर सुनते ही वह फिर लड़खड़ाकर गिर गया। द्वार खुला। सहमकर माँ पहले दो कदम पीछे हटी, फिर कंकाल पर झुक गई।

जब से बेटा भागा था, वह सिरफिरी-सी होकर रात-भर पूरे ग्राम को गालियाँ देती रहती थी। पर जिसे पूर्ण रूप से स्वस्थ प्रेमिका नहीं पहचान पाई थी, उसे उन्मादिनी माँ ने पहचान लिया। वह पागलों की भाँति उसे चूमने लगी। उसी अमृत स्वरूपी चुम्बनों की बौछार में उसने बड़े यत्न से मुसकराकर माँ का हाथ पकड़ होंठों से लगाया और फिर बेहोशी में डूब गया।

"अरे अभागो, क्या मुँह ताक रहे हो?" बुढ़िया चीख-चीखकर अदृश्य बिरादरी को न्यौत रही थी–"देखते नहीं, वह जा रहा है! अरे हरामियो, एक टुकड़ा सोना ले आओ भागकर, गंगाजल और तुलसी दल...सुनते नहीं क्या? हाय, तुम्हारी कोखजली बहू-बेटियाँ सूनी माँग और सूनी कलाइयाँ लेकर चिता चढ़ें! इस गाँव को महामारी चाटे! बज्जर गिरे!"

ग्रामवासी सोते रहे। उन्मादिनी वृद्धा का तो यह नित्य का प्रलाप था। उधर वह स्वप्न देख रहा था। ग्राम पाठशाला की भीड़ के बीच वह गर्व से झूमता भाषण कर रहा है। मेमने को गोद में लिए दुर्गी को देखते ही भाषण कंठ में अटक क्यों गया? सब हँस रहे हैं। कोई भी ताली नहीं बजाता। एक भी माला गले में नहीं पड़ती।

“माँ!”

उसने आँखें खोल दीं। कपोलों पर आँसू की धारा बहने लगी—“क्या है, मेरे राजा?” बुढ़िया ने पुत्र के वेदना-विधुर चेहरे को काँपते हाथों में भर लिया।

“सुनते नहीं हो, हरामियो?” बुढ़िया छाती पीट-पीटकर फिर चीखने लगी—“हाय, जब मन्त्री था तब कितनी मालाएँ लेकर भागते थे उसके पीछे, आज एक माला के लिए तरस रहा है मेरा बेटा!”

पर वह नहीं तरस रहा था। वह फिर सपना देखने लगा था। हँसती-मुसकराती दुर्गी वैसी ही लाल बुरुंश की माला हाथ में लिए उसे पहनाने चली आ रही थी, जैसी उसने कभी अपने मेमने को खिला दी थी। मन्त्री ने दोनों काँपते हाथ जोड़े और गर्दन बढ़ा दी। हाथ शिथिल होकर छाती पर गिर पड़े पर माला पहनने को बढ़ी गर्दन उसी विजयी मुद्रा में खिंची रह गई।

# 'के'

''क्यों, आपकी माताजी चली गईं?''

फिर वही बेतुका प्रश्न! झुंझलाकर शेखर ने हाथ की पुस्तक पटक दी और उठ खड़ा हुआ।

इधर-उधर संधानी दृष्टि का घेरा डालने पर भी कोई नहीं दिखा। चाहता तो वह अभी ही दीवार फाँद, उस रहस्यमयी प्रश्नकर्त्री को खींचकर बाहर ला सकता था, पर वह संत स्वभाव का मकान-मालिक जानता था कि उसके मकान के दूसरे भाग में, पाँच प्रौढ़ा, संसारत्यागी विधवाओं की राममण्डली रहती थी, स्त्रियों के बीच वह कैसे जाता? पर निश्चय ही प्रश्न उन पाँचों में एक के कंठ का भी नहीं था। वे नित्य ब्राह्ममूहूर्त में, अपनी 'राम-राम' लिखी आइसक्रीम की-सी गाड़ी को ठेलतीं, संगम की ओर निकल पड़तीं और दिन डूबे लौटतीं। तब यह कौन थी?

एक बार उन पाँचों ने अपने गुरुदेव के आगमन के उपलक्ष्य में विराट भँडारे का आयोजन किया था और प्रसादी कुछ अधिक मात्रा में खा जाने पर पाँचों को एक साथ हैजा हो गया। उसकी पत्नी 'के' ही उन पाँचों को एम्बुलेंस में लादकर अस्पताल ले गई थी। कैसे मर्दाने चेहरे थे उनके और कैसा रूखा कंठस्वर। यह मीठी हँसी निश्चय ही उनके गलों की नहीं थी। चार दिन से जैसे ही वह 'के' को अस्पताल पहुँचाकर लौटता और पढ़ने बैठता, फिर वही प्रश्न, ''माताजी चली गईं?'' एक दिन तो उसने उचककर दीवार से झाँक ही दिया। राममंडली के दालान में एक लम्बी रस्सी तनी थी, उसपर कई रामनामी साड़ियाँ सूख रही थीं। एक ओर एक चमचमाता पीतल का कलशा धरा था और एक मचिया पर कुछ मिर्चें सूख रही थीं। आसपास कहीं कोई नहीं था। आज वह निश्चय ही 'के' से कहेगा। पत्नी कमला को वह इसी नाम से पुकारता। 'के' आती ही होगी—वह पुस्तक लेकर भीतर आ गया। उसके कमरे में पहुँचते ही उसकी 'के'

तीव्र आँधी के झोंके की भाँति आ गई। वह हमेशा ऐसे ही आती थी। द्वार भड़भड़ाती, कुर्सियाँ धकेलती वह हाथ का आला झुलाती हाँफ रही थी।

"ओ शेखर, बस दस मिनट निकालकर आई हूँ, भूख के मारे आँतें कुलबुला रही हैं।" वह ज़ोर से एक कुर्सी पर धम्म से बैठ गई, और उसने ऐसा प्रश्न पूछा जो प्रायः पति अपनी पत्नी से पूछता है, "क्या-क्या है खाने में आज?"

"सब तुम्हारी पसन्द का है 'के'; अरहर की दाल, भुर्ता, खड़े मसाले का सालन और रायता।"

"चावल! चावल नहीं बनवाया, शेखर?"

अपनी माँसल बाहुओं का त्रिकोण बनाकर 'के' ने नन्हीं मुँहलगी बालिका की भाँति अपने गप्पू-से गाल फुला लिए।

"तुम डाक्टरनी होकर भी भूल जाती हो 'के'; चावल तुम्हारे लिए ज़हर है, इन्सुलिन लिया या नहीं?"

'के' ने कोई उत्तर नहीं दिया।

"क्यों रूठती हो डार्लिंग," शेखर ने अपनी प्रणयभीनी मुस्कराहट से उसे मनाने की चेष्टा की, "तुम्हारे लिए तो हमने भी चावल छोड़ दिया है।"

ऊपर के रोशनदान से सटी दो आँखें आश्चर्य से फैलती जा रही थीं।

दोनों थाल परसकर आ गए। शेखर अपनी नाजुक अँगुलियों से चपाती के नन्हे कौर, सालन में ऐसे डुबोकर कुतर रहा था, जैसे मुँह में दाँत ही न हों, उधर 'के' अपनी भद्दी चौकोर पहाड़ी भिण्डी-सी अँगुलियों को चाटती-चटखारती पूरी चपाती का एक ही निवाला बनाती ठूँसती जा रही थी। हर कौर के साथ उनका अनर्गल प्रलाप चालू था।

"छेदी सालन खूब बनाता है पट्ठा, आज शाम को कोफ्ते बनवाना शेखर, पर देखते रहना, नहीं तो आधा घी साफ कर देगा। आखिर है तो जात का नाई। वैसे भी अच्छा खानसामा हमेशा चोर होता है। इतनी बात गाँठ बाँध लो, शेखर, ईमानदार नौकर कभी अच्छा खाना नहीं बना सकता। अगर आज शाम को कोई बच्चा जनने न आ धमकी तो पिक्चर चलेंगे डार्लिंग!" फटाफट-चटाचट पन्द्रह चपातियाँ भकोस तीन विलम्बित लय की डकारें ले, 'के' उठ खड़ी हुई।

शेखर भी नेपकिन से अपनी पतली मूँछें पोंछ पत्नी को विदा देने उठ गया।

"आने से पहले फोन कर देना, तुम्हें चाय तैयार मिलेगी 'के'," वह मुसकराया।

"तुम्हारे रहते मुझे कौन-सी चीज़ तैयार नहीं मिलती, शेखर," सुरसा की

भाँति मुँह खोले वह अपने तरुण पति को विदा-चुम्बन का ग्राम बनाने लपकी, तो रोशनदान वाले ने मुँह में रूमाल ठूँस लिया। हाय, बेचारा अपनी दादी की हमउम्र पत्नी कहाँ से ढूँढ लाया। ठीक ही रह रही थी मौसी, चाँद का टुकड़ा है हमारा पड़ोसी और ऐसा शरीफ कि चार साल से साथ रहते हैं, पर मजाल है, जो कभी आँख उठाकर देख ले।

मन ही मन किशोरी को हँसी आ गई थी, देखता भी क्या बेचारा! देखने लायक चीज़ हो और किसी पुरुष की आँखें न उठें, तो मैं टाँगों तले छिरक जाऊँ। मौसी और उनकी चार वराहदन्ती सहेलियाँ भी भला कोई देखने को चीज़ थीं। रात को कोई देख ले तो डरके भाग जाए!

मौसी किशोरी की मंझली मौसी थी और राममण्डली की हेड रामनी। अभी आठ दिन पहले यही मौसी अनाथा किशोरी को ठीक विवाह के सात फेरों के बीच से खींच, उसके अभिभावक ताऊ-ताई को अपनी लपलपाती जिह्वा के घातक प्रहार से धराशायी कर अपने साथ ले आई थी। इसी पिछले रविवार को, किशोरी के कुँआरे मीठे सपनों का सुनहरा प्रासाद भरभराकर चूर-चूर हो गया था। उसकी ससुराल वालों ने ही धोखा दिया या राम जाने ताऊ की ही मति भ्रष्ट हो गई। ठीक फेरों के समय दूल्हे को मिरगी का दौरा पड़ गया।

मौसी ने उसे हाथ पकड़कर बाहर खींच लिया।

''आप पर हम अदालती मामला चलाएँगे,'' किशोरी के मुख्तार श्वसुर, फेन उगलते पुत्र को छोड़ उठ गए थे।

''अदालत को हम भी खूब समझती हैं,'' किशोरी के मृत मौसा, हाईकोर्ट के प्रसिद्ध वकील थे।

''मिरगी के रोगी को विवाह की अनुमति अदालत कब से देने लगी?'' मौसी किशोरी को धड़ल्ले से खींच ले गई। ''तुम खाओ, पियो, मौज करो, तुम्हारा इण्टर का रिजल्ट निकलते ही हम तुम्हें बोर्डिंग में डाल देंगी,'' मौसी ने उसे आश्वासन दिया था।

मौसी का दल दिन-भर कीर्तन निकल जाता और वह उस विराट् कक्ष में अकेली रह जाती। दो बड़े-बड़े कमरे थे, न पलंग, न कुर्सी, न मेज़, कुश की शय्या में भूमिशयन, न कहानी की पत्रिकाएँ, न उपन्यास। 'कल्याण' के स्तूपाकर गट्ठर, ज़री-सलमा-सितारे जड़े 'ॐ' के बीच में नज़रबन्द अँगूठा चूसते श्रीकृष्ण का एक विशाल तैलचित्र और संगमूसा की चौकी पर धरी गुरुदेव की स्वर्ण पादुका। मौसी उसे ताले में बन्द कर जाती थीं। ''देख, केशी, ताकझाँक मत करियो, तेरा

ससुर बड़ा चार सौ बीस है, न जाने कहाँ से ताक लगाए रहेगा, इसी से ताला डाल जाती हूँ।"

पर चंचल किशोरी, नए पकड़े गए जंगली तोते की भाँति अपने चमचमाते पिंजरे में चोंच मारती रहती। कहाँ सखियों के साथ ही-ही, ठी-ठी, अधूरे विवाह की ताज़ी स्मृति सहसा जगाए और बरबस सुलाए गए सहस्र अरमान, और फिर यह बन्दिनी का जीवन!

यह तो चार-पाँच दिन से यह नित्य नवीन नाटक मिले जा रहा था। कितना गौर रंग है और कैसा ऊँचा कद, पर मरे को और कोई नहीं मिली, जो अपनी दादी को ब्याह लाया। वह भी कैसी बदसूरत, फूले-फाले गाल, सन-से सफेद बाल, उसपर चूमती कैसे है बेहया—वह तो मारे शर्म के मर गई थी।

मौसी उसे पूरी कहानी सुना चुकी थी। डॉक्टरनी के पिता बहुत बड़े ज़मींदार थे। अपनी कुत्सित पुत्री के लिए वर नहीं जुटा पाए, तो डॉक्टरनी बना दिया। ईश्वर भी तो सब ओर से आँखें नहीं मूँदता। रूप से वंचिता किया, पर बुद्धि का कोठा ठसाठस भर दिया। कमला डॉक्टरनी बनकर निकली तो अँगुलियों से अमृत संजीवनी टपकने लगी। नाड़ी धरते ही रोग का निदान कर देती वह विलक्षणा डॉक्टरनी। कैसा भी कठिन प्रसव क्यों न हो वह पल-भर में सुलझा देती। पिता की मृत्यु के पश्चात् वह माँ के भारी गहने, पिता के शेयर और अटर-बटर समेट, अपनी नई नौकरी का भार सँभालने शहर चली आई। अब वह प्रौढ़ हो चली थी। पेशे में सदा से घिसी-मंजी अँगुलियाँ और मंज गई थीं, पर विराट बंगले के एकाकी प्रवास ने, उसके मर्दाने चेहरे को और भी रूखा और कठोर बना दिया था, बल्कि कई लोगों का तो कहना था कि उसकी विलक्षण प्रतिभा का राज़, उसके कठोर स्वभाव और रूखे कण्ठस्वर में छिपा है। पीड़ा से कराहती जच्चा को वह एक ऐसी धमकी लगाती कि गर्भस्थ शिशु सहमकर भूमि पर आ जाता। ठीक जैसे विदेशों में, अथाह समुद्र की जलराशि के बीच जहाज़ में यात्रा कर रही इक्की-दुक्की ज़च्चा को, बन्दूक दाग़, सहमाकर अनाड़ी ख़लासी प्रसव करा देते थे और नवजात शिशु का नाम धरा जाता था 'सन आफ ए गन', ऐसे ही यह रोबदार डॉक्टरनी अब तक न जाने कितने 'सन्स ऑफ गन्स' को अपने कण्ठस्वर की बन्दूक दागकर जन्मा चुकी थी।

डॉक्टरनी के मित्रों की संख्या प्रायः नहीं के बराबर थी, एक तो वह पेशे में चतुरा नारी जानती थी कि डॉक्टरी पेशे में अधिक मित्र न बनाना ही बुद्धिमानी है। बिना फीस के मित्रों को देखो, फिर उनके मित्रों को देखो। वह बिना फीस

के किसी रोगिणी की नब्ज़ भी नहीं छूती थी। मंगल को वह घर पर ही मरीज़ देखती थी, इससे डोली, पालकी, ताँगों-इक्कों की एक लम्बी कतार दूर तक ऐसे खिंची रहती, जैसे फाफामऊ का बाज़ार लगा हो। एक दिन वह ऐसी ही लम्बी कतार को बारी-बारी से देख रही थी कि क्यू के अन्त में खड़े, एक सिर मुंड़े-से उदास पीले चेहरे के युवक को देखकर चौंक गई। चेहरा कुछ-कुछ पहचाना लग रहा था। सदा वह क्यू के क्रम में खड़े व्यक्तियों को, बिना क्यू तोड़े, उसी क्रम से बुलाया करती थी, पर उस पीड़ित सुन्दर चेहरे की अनकही व्यथा ने उसे पिघला दिया।

''जाओ उस लड़के से पूछकर आओ क्या वह मरीज़ा को अपने साथ लाया है? बड़ा घबड़ाया-सा लग रहा है,'' उसने अपनी कम्पाउण्डर से कहा। घाघ कम्पाउण्डरनी चौंकी, आज तक तो कोई कितना ही घबड़ाया क्यों न हो, मालकिन कभी नहीं पसीजीं।

''उसका कोई बीमार नहीं है सरकार, कहता है आप ही से काम है!''

डॉक्टरनी की उत्सुकता बढ़ गई, उससे मिलने वाले तो आज तक अपने मरीज़ों के ही प्रतिनिधि बनकर आते थे; इस छबीले जवान को भला उससे कौन-सा काम हो सकता था?

डॉक्टरनी ने उसे अपने निजी कमरे में बुलवा भेजा। वास्तव में उस नवयुवक के चेहरे की कमनीय कान्ति दर्शनीय थी। उसका रंग, पाण्डुरोग की-सी पीली कान्ति लिए था। बेचारा! कमज़ोर लिवर का शिकार होगा, डाक्टरनी ने मन ही मन उसकी जाँच कर ली थी।

''कहिए, मैं आपकी क्या मदद कर सकती हूँ?'' डॉक्टरनी ने मुस्कराकर पूछा।

युवक बेहद घबराया लग रहा था, उसने बिना कुछ कहे ही एक लिफाफा बढ़ा दिया। मुंशी जी की लिखावट देखकर डॉक्टरनी चौंकी। उसके पिता के मुंशी के हाथों से लिखा गया अनुनयपूर्ण पत्र था, वे एक लम्बे अर्से से बीमार हैं, बचने की उम्मीद कम है, शेखर, उनका इकलौता पुत्र, इलाहाबाद में ही किसी आत्मीय के यहाँ कठिन परिस्थितियों में पढ़ रहा है, अब उसी मेधावी पुत्र को वे उसके पास बड़ी आशा से भेज रहे हैं। उनकी मृत्यु आसन्न है, क्या शेखर को उसके चरणों में वे डाल सकते हैं? ''अपना छोटा भाई ही समझ लेना बेटी,'' उन्होंने लिखा था।

''तुम मुंशी जी के बेटे हो?'' डॉक्टरनी ने चश्मा उतारकर मेज़ पर धर दिया।

“जी,” युवक ने आँखें झुका लीं।

“क्या पढ़ रहे हो?”

“जी, इसी वर्ष फिज़िक्स में एम. एस-सी. का फाइनल दे रहा हूँ।”

“कहाँ रहते हो?”

“अतरसुइंया में पिताजी के ताऊ के दामाद हैं, उन्हींके पास रहता हूँ।”

“ओह, बड़ी दूर की रिश्तेदारी ढूँढ़ी, आजकल तो अपना ही दामाद नहीं पूछता, फिर ताऊ का दामाद भला क्या पूछेगा! यहाँ क्यों नहीं चले आते? क्यों यहाँ आना पसन्द करोगे?”

“जी”, युवक हड़बड़ाकर उठ बैठा, “मैं इस इरादे से नहीं आया था, असल में बात यह है कि पिताजी नहीं रहे,” अचानक यह लंब-तड़ंग युवक नादान बच्चे की भाँति सुबकने लगा। बीच-बीच में वह पैण्ट की जेब में हाथ डाल, रूमाल निकालने की चेष्टा कर रहा था, जिसे शायद वह घर पर ही भूल आया था।

डॉक्टरनी ने अपना रूमाल उसकी ओर बढ़ा दिया, वह कृतज्ञता से गद्गद हो गया, “आपको बहुत मानते थे पिताजी, कहते थे बड़ी शाहदिल हैं, तुमपर कभी विपत्ति आए तो निःसंकोच चले जाना।”

“तुम यहीं क्यों नहीं चले आते,” उस सुन्दर नवयुवक के सम्मुख अपनी शाहदिली का शीघ्र परिचय देने डॉक्टरनी व्याकुल हो उठी।

“इतना बड़ा बंगला है,” उसने बड़े गर्व से दोनों हाथ फैलाकर, अपने बंगले का अहाता दिखाया। “मैं तो दिन-भर अस्पताल में रहती हूँ, तुम निचला एक पूरा ‘सेट’ ले सकते हो, आराम से पढ़ना, दो-तीन नौकर हैं, तुम्हें कोई तकलीफ नहीं होगी।” स्वच्छ बंगले की छटा, मखमली दूब का आमन्त्रण और फिर परमस्नेही प्रौढ़ा गृहस्वामिनी के मातृतुल्य आग्रह ने, क्षण-भर के पाहुने को सदा के लिए बाँध दिया।

दूसरे ही दिन वह एक रंग उड़ा फूलदार बक्स, ढेर सारे मैले कपड़ों और पुस्तकों की सम्मिलित पोटली लटकाए ससंकोच डॉक्टरनी के बरामदे में खड़ा हो गया। दुर्भाग्य से डॉक्टरनी अस्पताल गई थी, चौकीदार ने उसे चीरकर धर दिया, “जिसे देखो वही साला पोटली लटकाए बंगले पर खड़ा है। यह कोई सदर अस्पताल है क्या? जाओ मरीज़ लेकर वहीं जाओ!” इतने में ही डॉक्टरनी आ गई, उसने एक डाँट लगकर चौकीदार को भगा दिया और बड़े आदर-यत्न से अभ्यागत को भीतर ले गई।

“देखो छेदी,” उसने अपने सबसे चुस्त नौकर को बुलाकर कहा, “ये हमारे

मुंशी जी के बेटे हैं, अब यहीं रहेंगे, इन्हें किसी तरह की तकलीफ न हो, समझे, हमारे कनसल्टिंग रूम के बगल के दोनों कमरों में इनका सामान लगवा दो।''

और इस प्रकार, शेखर दिन-प्रतिदिन कृतज्ञता के प्राणलेवा दलदल की गहराई में डूबने लगा। कितना ही काम क्यों न हो, डॉक्टरनी उसे साथ बिठाकर खिलाती। सुबह चार अण्डे, दलिया, मक्खन, डबल रोटी, गिलास-भरा हिसार की भैंस का दूध। साथ में मल्टी विटैमिन की सतरंगी गोलियाँ। पिता के ताऊ के दामाद के यहाँ, अजवाइन डले नमकीन परांठे खाने का अभ्यस्त शेखर का निरीह पेट विद्रोह कर बैठा। उसे अपच हो गया, पर डॉक्टरनी के झोले में अपच की भी तो राम-बाण गोलियाँ रहती थीं। वह दो ऐसी गोलियाँ भी खिला देती। धीरे-धीरे अंडों की ज़र्दी गालों पर सुर्खी बनकर फैलने लगी, उदास पुतलियों की उदासी धुल गई। रही-सही कसर शहर के नामी दर्जी ने पूरी कर दी। सुरुचि से छाँटे और सिलाए गए कपड़ों में शेखर का व्यक्तित्व उभर आया। उसे लेकर, कभी-कभार डॉक्टरनी घूमने निकलती तो लोग कहे, ''डॉक्टरनी ने एक बड़े ही सजीले नौजवान को गोद लिया है, अब अपनी सारी सम्पत्ति भी उसी के नाम लिख रही है।'' यहाँ तक कि आसपास के समृद्ध गृहों से तिलक के नीलामी के डंके भी बजने लगे। पर तब ही डॉक्टरनी गज़ब कर बैठी। वैसे तो यह संसार का नियम ही-सा बन गया है कि रक्षक एक न एक दिन भक्षक बन ही जाता है, पर जिस तेज़ी से, बिना किसी पूर्व निर्धारित योजना के ही, डॉक्टरनी ने शेखर को वर्षों से दबाई अपनी क्षुधा का ग्रास बना लिया, उसके लिए समाज प्रस्तुत नहीं था! जैसे कसाई खस्सी-बकरे को यत्न से खिला-पिला, एक दिन मोटी गर्दन पर छुरी फेर ही देता है, ऐसे ही शेखर की गर्दन भी मोटी होते ही नप गई।

पूरे शहर में तहलका मच गया, कोई कहता, ''अधेड़ डॉक्टरनी की मति मारी गई है। जवान छोकरे की लुटिया ही डुबो दी!'' कोई शेखर को ही दोष देता, ''क्या कोई बच्चा था, जो जलेबी खिलाकर फुसला लिया!'' पर शहर में एक भी घर ऐसा नहीं था, जो डॉक्टरनी के एहसानों से न दबा हो, इसी से जिस तेज़ी से कटु आलोचना का गगन-चुम्बी ज्वार उठा था, उसी तेज़ी से उतर भी गया।

अधेड़ डॉक्टरनी अब धड़ल्ले से अपने नौजवान पति को लिए घूमने लगी। अब वह अपने सफेद बालों के बीच सीधी माँग निकाल आध पाव सिन्दूर बिखेरने लगी, पैरों में बिछुए पहन लिए, यहाँ तक कि उसने नाक छिदवाकर हीरे की एक लौंग भी डाल ली। बड़ी कठिनता से प्राप्त सौभाग्य दस्यु को वह पतिव्रता के कानून की एक-एक हथकड़ी से बन्दी बनाकर रखना चाह रही थी। छोकरे-से

पति के साथ वह सिर ढाँक-ढँककर परिचित मित्रों के अभिवादन का सलज्ज प्रत्युत्तर ही नहीं देती, अपने पति का निर्लज्ज परिचय भी दे डालती, "इनसे मिलिए, मेरे पति शेखर कुमार।"

मिलने वालों की समझ में नहीं आता कि उस अभागे को बधाई दें या सहानुभूति के शब्दों से उसका अभिषेक करें! डॉक्टरनी ने विवाह के पाँचवें दिन ही हनीमून की ज़ोर-शोर से तैयारी कर दी। जिन साड़ियों के शोख रंगों को उसने अपने यौवन-काल में लाठी लेकर खदेड़ दिया था, वे उसकी प्रौढ़ावस्था में और भी शोखी से मचल उठे। अब वह लाल, पीली, नीली नई चटकीली-भड़कीली साड़ियाँ ले आई। झुर्री पड़े गालों पर अस्वाभाविक सुर्खी प्रलेप थोप, माँ के भारी-भारी मगर कानों में लटका, वह देखने वालों की दृष्टि में हास्यास्पद, किन्तु अपनी दृष्टि में स्वयं अपूर्व सुन्दरी दीखने लगी। लम्बे हनीमून के दौरान, नैनीताल, कश्मीर, शिमला, मसूरी आदि नापने के सुदीर्घ प्रवास-काल में यत्न से संवारा गया बंगला किसको सौंपा जाए, यह मुख्य समस्या थी। इसी समय छप्पर फाड़कर राममण्डली टपक पड़ी। 'के' अपने विवाहोल्लास की वारुणी के मद में चूर थी, पहले कोई किराए पर बंगला उठाने का प्रसंग उठाता, तो वह चाँटा कस देती, पर अब उसने उनका प्रस्ताव सहर्ष स्वीकार कर लिया। सामान्य-से किराए पर ही आधा बंगला उठ गया, पाँच देखने में साक्षात् डाकिनी शाकिनी-सी विधवाओं को प्रतिवेशिनी बनाने में भला आपत्ति ही क्या हो सकती थी, कोई सुन्दरी षोडशी होती, तो शायद वह दो घड़ी सोचती भी। तब से राममण्डली वहीं जमी थी। यही नहीं, सबसे बड़ी हेड रामनी से तो 'के' का बहनापा भी था, वही पाँचों में सबसे अधिक रसिक स्वभाव की थी। 'के' हनीमून से लौटी तो उसकी रसपूर्ण यात्रा का विवरण सुनने में हेड रामनी को अपनी बद्री-केदार की यात्रा से भी अधिक आनन्द आता। पर इधर जब से किशोरी आई, वह जानबूझकर ही अपनी सखी 'के' के पास नहीं गई थी। किशोरी उसकी मृत छोटी बहन की पुत्री थी और भाग्यशत्रु ने अचानक किसी हथगोले की ही भाँति उसे हेड रामनी पर फेंक दिया था। 'के' का ईर्ष्यालु स्वभाव उससे किशोरी के आगमन की बीसियों कैफियतें माँगेगा। उसे बोर्डिंग में डाल देगी, तब 'के' से कहेगी। किशोरी को तो वह बाहर झाँकने भी नहीं देती थी। पर किशोरी क्या बिना झाँके मान जाती? चौथे दिन पाँचों मौसियाँ संगम को गईं और 'के' को अस्पताल पहुँचा, शेखर पुस्तक ले आँगन में बैठा ही था कि उसने फिर पूछा, "क्यों, माताजी चली गईं?"

शेखर जैसे पहले ही तत्पर बैठा था। फिर कैसी ही तन्वी क्यों न हो, चार

दिन के निरन्तर बोझ से, नीम की डाल कुछ झुक आई थी। दो-तीन दिन धानी नीली साड़ी के भ्रामक रंग, पत्रों के बीच किशोरी की छाया को धूमिल बना बचा लेते थे, आज की लाल जयपुरी चूनर हरी घास में चमक उठी, फिर शब्द-बेधी प्रश्न-बाण का स्वर भी कुछ काँप गया। शेखर ने लपककर डाल पकड़, ऐसे हिलाई जैसे पके फल गिरा रहा हो!

टप से टपके आम-सी ही किशोरी टपक पड़ी। क्षण-भर को भी पकड़ने वाला चूकता तो हाथ-पैर चूरमार हो जाते।

शेखर ने किसी 'रिफ्लेक्स ऐक्शन' की ही प्रेरणा से उसे सम्भाल लिया।

नित्य अधेड़ थुलथुली काया को थामने की अभ्यस्त पुष्ट आजानु भुजाएँ थरथरा गईं। सहमकर, उसने छटपटाती किशोरी को ज़मीन पर छोड़ दिया।

शेखर अचानक घबड़ा गया।

"क्षमा कीजिएगा," उसके ललाट पर पसीना झलक उठा, "मुझे पता नहीं था कि आप उस डाल पर हैं।"

पर वह मुखरा उर्वशी बड़ी धृष्टता से मुस्कराई, "ओह, आपने क्या सोचा था कि उस डाल को हिलाने पर आपकी दादी नीचे गिरेगी?" शेखर का चेहरा अपमान से लाल हो उठा। "वह तो आपका भाग्य अच्छा था, नहीं तो नीम की डाल हिलाने पर फल थोड़े ही ना गिरता। उफ़् कुहनी छिल गई!" उसने जानबूझकर अपनी सुडौल कुहनी सहलाई पर उसका प्रदर्शन व्यर्थ गया। प्रौढ़ा पत्नी के लम्बे सहवास ने शेखर को समय से पूर्व ही बुज़ुर्ग बना दिया था।

"अब आप जाइए, मुझे अस्पताल जाना है," उसने आँखें नीची किए बड़े नम्र स्वर में कहा।

"ओह अपनी 'के' को लाने," वह फिर हँसी, "अच्छा बतलाइए तो आज आपकी 'के' ने कुल जमा दस ही चपातियाँ क्यों खाईं? और दिन तो पन्द्रह खाती थी? बेचारी, मैं रात को भी रोशनदान से देखती रहूँगी, ठीक से खिलाइएगा। आखिर उसी खूँटे के बल तो आप नाचते हैं!"

शेखर के गौर मुखमण्डल पर एक बार कर्णचुम्बी ललाई खिंच गई।

"आपने तो डाल हिलाकर पके फल-सा गिरा दिया, अब चढ़ूँ कैसे?" उसने बड़े भोलेपन से पूछा और पहली बार दोनों की आँखें मिलीं।

शेखर के सर्वांग का सौन्दर्य-शिखा के उस दहकते अँगारे ने दाग दिया।

"चलिए, सामने का गेट खुला है, मैं आपको पहुँचा दूँगा।"

"वाह जी वाह, क्या ज़रूरी है कि आपका गेट खुला है, तो हमारा भी

खुला होगा। हमारी मौसी हमें ताले में बन्द करके जाती हैं, कहती हैं अतिरूप से ही सीता-हरण हुआ था। मैं तो कहूँगी, आपकी 'के' की भी यह सरासर नादानी है। आपको ताले में बन्द न रखना उसकी मूर्खता है, लीजिए, सहारा दें तो मैं चट से डाल पकड़ लूँ।''

शेखर ने उस उद्दण्ड बालिका का आदेश गुमसुम होकर सुना, फिर चुपचाप भीतर से एक स्टूल लाकर धर दिया।

''धन्यवाद,'' उसने साड़ी को कुछ ऊँचा किया, सुडौल अरुण एड़ियाँ स्टूल पर उचकीं और वह कूदकर उड़नछू हो गई।

''माताजी से प्रणाम कहिएगा,'' और फिर बचकानी खिलखिलाहट छन-छनाकर कहीं खो गई।

शेखर कुछ देर तक बुत-सा खड़ा ही था कि धड़धड़ाती 'के' आ गई।

''यह क्या शेखर! सो गए थे क्या? कई बार फोन किया, घण्टी खुनखुनाती रही, किसी ने उठाया ही नहीं। मुझे अस्पताल की ऐम्बुलेंस में आना पड़ा।''

'के' बुरी तरह हाँफ रही थी।

''सॉरी 'के', मैं यहाँ बैठा पढ़ता ही रहा।''

''कुछ है खाने को? आँतें कुलबुला रही हैं। अभी-अभी एक सड़ी बच्चेदानी ऑपरेशन कर निकाल आई हूँ। जी मिचला रहा है।''

शेखर की अँगुलियों में अभी भी किशोरी की यौवन-प्रस्फुटित देह-वल्लरी का स्पर्श ताज़ा बसा था, उसने ऐसे अनाड़ी खूनी की भाँति अँगुलियों को पैण्ट की जेब में छिपा लिया, जैसे खूँखार थानेदार को देखकर वह ताज़े रक्त का एक-एक छींटा मिटा देना चाहता है।

नाश्ता लगते ही 'के' भूखी शेरनी-सी टूट पड़ी। कचाकच-भकाभक पकौड़ियाँ, मेवे और केक हड़पकर वह एक पका सेब लेकर सोफे पर लद गई। दोनों पैर नीचे लटकाकर बोली, ''बी ए ब्रिक डार्लिंग, जूता खोल दो।''

शेखर की आँखें बरबस ऊपर को उठ गईं। रोशनदान पर किसी की स्पष्ट छाया उभरी। बड़ी विवशता से वह पत्नी के जूते खोलने झुका, नित्य के अभ्यास को एक ही झटके में नहीं तोड़ा जा सकता।

''कल मुझे, गोरखपुर जाना है शेखर,'' वह बोली, ''एक तगड़ी रईस मुर्गी फँसी है। रायज़ादा साहब की बहू की डिलीवरी के लिए बुलावा आया है। लड़का हो गया इस बार तो अशर्फियाँ ही बरसेंगी। पिछली बार ट्यूबल प्रेगनेंसी थी। मुझे जाना भी चाहिए। पिछले सात साल से बेचारी गोरखपुरी लालमिर्चों का लाजवाब

अचार खिला रही है। वैसे तुम्हें भी साथ लाने का बहुत आग्रह किया है, पर उनकी छोटी लड़की इज डैम गुड लुकिंग, आई काण्ट टेक द रिस्क।'' वह प्रायः ही अपने युवा पति से ऐसी मनचली रसिकता कर बैठती थी।

''मुझे पढ़ना भी है।'' शेखर ने गम्भीर स्वर में कहा।

''हाँ, हाँ, इस बार तो तुम्हें थिसिस सबमिट करनी ही है, सोचती हूँ कल तड़के ही कार लेकर चल दूँ।''

दूसरे दिन सुबह चार बजे ही 'के' निकल गई, उधर राममंडली भी किसी पेड़ पर लटके दो सौ वर्ष के बाबाजी के दर्शन करने चली गई थी।

आश्वस्त होकर शेखर ने बत्ती बुझाई और सो गया। सुबह होने में घंटा-भर था। अचानक खाने के कमरे में खटपट शब्द सुन, वह चौंका। हो न हो यह 'के' का मुँहलगा पर्शियन बिल्ला 'किंग' होगा। उसके हिस्से का नाश्ता मेज़ पर ही धरा था। सब प्लेट-प्याले तोड़-ताड़कर रख देगा बदज़ात।

वह झुंझलाकर उठा और खाने के कमरे की ओर लपका।

''आइए,'' मुस्कराती किशोरी का कण्ठ केक के एक बड़े-से टुकड़े से अवरुद्ध था, फिर भी उसने ऐसी अभ्यर्थना की, जैसे वही गृह-स्वामिनी हो।

''बड़ी भूख लगी थी,'' वह बड़े प्यारे ढीठ स्वर में बोली, ''सुबह आपकी 'के' का नाश्ता देखती रही, ढेर-सा सामान बचा था, अपने को रोक नहीं सकी। इधर मौसी की मण्डली की नवरात्रि चल रही है, जी में आता है, कोटू के आटे और उबले आलू को गोली मार दूँ। वाह, खूब बढ़िया खाना खाते हैं आप लोग!''

अपनी लाल तीखी जिह्वा के छोर से उसने अपने सीले अधर चाट, चटखारा लिया और अचार की लाल मिर्च को मठरी पर मसलकर मुख में धर लिया।

''इसी अचार को लेने गई है न आपकी 'के' गोरखपुर? भई वाह, मान गए बादशाही अचार को।''

शेखर उस बेहया लड़की के दुःसाहस को देखकर दंग था। थोड़ी ही देर में छेदी आता होगा।

पता नहीं यह सिरफिरी क्या कर बैठे। कहीं किसी पागलखाने से भागकर आ गई कोई पगली-वगली तो नहीं है यह?

''आप हैं कौन?'' मन की उधेड़बुन झुंझलाहट-भरे प्रश्न के रूप में निकल पड़ी, तो शेखर को अपने रूखेपन पर कुछ ग्लानि भी हुई।

''आपसे मतलब?'' किशोरी एक-एक ढकी प्लेट को खोलकर देख रही थी, सब कुछ चाट चुकी थी वह, एक तश्तरी में बड़ी-सी टिकिया मक्खन की धरी थी, उसने लपककर वही मुख में धर ली।

“देखिए,” शेखर गिड़गिड़ाया, “पता नहीं आप कौन हैं, पर इधर सब नौकर आते होंगे, आपको मेरे साथ अकेली देख लेंगे तो अच्छी बात नहीं होगी।”

“क्यों अच्छी बात नहीं होगी भला? आप बुरा मानें या भला, जब तक आपकी ‘के’ नहीं आती हम जरूर आएँगे, अब चलूं, धन्यवाद।”

और वह उठते ही किसी चतुर दस्युकन्या-सी मेज़ पर धरी ‘के’ की फिल्मी पत्रिकाएँ बगल में झपट्टा मार दबा ले गई, ‘वाह, खूब माल हाथ लगा है आज, दिन-भर मज़े में कटेगा। मौसी के यहाँ तो सिवाय धर्म-ग्रन्थों के कुछ पढ़ने ही को नहीं जुटता।” कहती-कहती वह फुर्ती से आँगन पार कर अपनी सेतु टहनी को पकड़ अपनी सीमा में कूद गई।

शेखर ने चोरी तो देखी थी, पर ऐसी सीनाज़ोरी देखने का यह पहला अवसर था। उस अपरिचिता के उत्पात से बचने का एक ही उपाय था। दिन-भर वह अपने मित्र रमण के साथ बोर्डिंग में बिता लेगा, कह देगा घर पर पढ़ाई ठीक नहीं होती। एक-दो दिन न हो ‘मेस’ का ही खाना सही, फिर तो ‘के’ आ ही जाएँगी। रात को देर से कमरा भीतर से बन्द कर सो जाएगा, फिर क्या छत से टपकेगी छोकरी?

अपनी योजना से परम सन्तुष्ट हो वह बैग में कपड़े ठूँस ही रहा था कि एक हल्के धमाके से चौंका। जिसे छलने की सहस्र योजनाएँ बनाई जा रही थीं, वह छलनामयी स्वयं मुस्कराती सशरीर उपस्थित हो गई।

“ओह, मुझसे डरकर भागे जा रहे हैं क्या?” लपककर उस दुःसाहसनी ने बैग छीन लिया। “देखूँ क्या-क्या लिए जा रहे हैं, अपनी ‘के’ का फोटो-वोटो भी धरा है या नहीं?” वह एक-एक चीज़ें नीचे फेंकने लगी।

“छिः छिः, आपकी ‘के’ मुटल्ली, देखने ही देखने की है हथिनी! यह कोई स्वेटर है भला? हमारा बुना स्वेटर देखिए, तो बस देखते ही रह जाएँगे। हमारे जीजा जी कहते हैं, केशी, तुम-सा गला तो कोई बना ही नहीं सकता।”

“देखिए, इन सब बातों को सुनने का मुझे शौक नहीं है,” शेखर अब कुछ कुछ मुखर हो उठा था।

अचानक ठक् से एक धीमी पदचाप से, दोनों ने एक साथ चौंककर द्वार की ओर देखा। एक मोटा-सा बिल्ला मूँछें चाटता निकल गया, तो किशोरी ज़ोर से हँस पड़ी, “वाह! ‘पतित पत्रे विचलित पत्रे’, गीतगोविन्दम् पढ़ा है आपने? आप भला क्या पढ़ेंगे। असली मेम के साहब हैं। हम तो भई संस्कृत के शास्त्री जी की बिटिया हैं।”

"देखिए आप शास्त्री की बिटिया हों या महामहोपाध्याय की...।"

"अरे बाप रे," दोनों पैरों की पालथी मार, बाँहों को घेरे में बाँध किशोरी कुर्सी पर ही झूला-सा झूलने लगी, "पेट में दाँत भी हैं साहब के...।"

"आप जाएँगी या नहीं," शेखर अब बौखला गया, "पता नहीं नौकर कब आ टपकें और 'के' से क्या कह दें।"

"छिः, कैसा नीच मन है आपका।" वह अब बड़े व्यंग्य से मुस्कराकर उठ गई, "आपने क्या सोचा, आपसे प्रेम करने आई थी मैं? सोचा था मौसी का दल पाँच बजे लौटेगा तब तक दो घड़ी आपसे बतियाकर जी बहला आऊँगी—खैर, फिर आऊँगी—अब आपका छेदी आए तो ज़रा अपनी मोटी बुद्धि का चोला उतार खूँटी पर टाँग दीजिएगा। छुट्टी दे दीजिएगा उसे, कहिएगा, सिनेमा देख आए—समझे?" उसने अपनी भुवनमोहिनी हँसी का बाण ताककर छोड़ दिया।

अचूक निशाने से बिंधा शेखर का हृदय-कपोत धरा पर फड़फड़ा गया।

शेखर तो क्या संसार का संयमी से संयमी पुरुष भी होता, तो वह भी उस दिन छेदी की सदा के लिए छुट्टी कर देता। चंचल, अनजान सुन्दरी किशोरी ने उसका हाथ थामते ही, उस भीरु, कापुरुष की एक-एक शिरा में अनोखा दुःसाहस भर दिया। वह अब आग की लपटों में कूद सकता था, आँधी और तूफान से लड़ सकता था। कुछ ही अमूल्य क्षणों ने 'के' का अस्तित्व सदा के लिए मिटा दिया था। उसके दाएँ-बाएँ, दामिनी-सी दमकती बित्ते-भर की छोकरी उसे अँगुलियों पर नचा रही थी। दोनों का अभूतपूर्व दुःसाहस जंगली हिरन-सा कुलाचें भरने लगा था। छेदी की पदचाप सुनते ही किशोरी जंगली खरगोश की तेज़ी से चौकन्नी हो, वॉरड्रोब के पीछे दुबक जाती। मौसी के दल को उसने स्वयं बड़े प्रपंच से, मिर्ज़ापुर की विन्ध्यवासिनी के दर्शन को भेज दिया था। उधर 'के' का ट्रंककाल आया था कि रायज़ादा की बहू को झूठे दर्द उठे थे, पर कभी भी सच्चे दर्द उठ सकते थे, इसी से उसे आठ-दस दिन रुकना पड़ेगा।

सुनते ही किशोरी, शेखर के गले में हाथ डालकर झूल पड़ी थी, "हाय ईश्वर करे रायज़ादा का नाती, माँ के गर्भ से दाढ़ी-मूँछें उगाकर जन्मे!" पर रायज़ादा के नाती को युगल प्रेमियों की इस प्रणय-किलोल में सहयोग देने का धैर्य नहीं रहा और अभागा उसी रात को जन्म ले बैठा। पति से इतना लम्बा बिछोह 'के' को असह्य हो उठा था। आज तक वह इतने लम्बे अरसे के लिए शेखर से कभी विलग नहीं हुई थी। दूसरे ही दिन तगड़ी फीस, रेशमी साड़ी, शेखर के सूट का

कपड़ा आदि बाँध-बूँध वह चल पड़ी। वह पति को बिना तार किए ही छका देने की योजना बना चुकी थी।

उधर प्रेमीद्वय, 'के' की अनुपस्थिति का महोत्सव मनाने में आकण्ठ डूबे थे। अब छेदी को भी मुट्ठियाँ गर्म कर अपने साथ मिला लिया गया था। अभी भी कमरे की परिधि पार कर, दिन में कहीं जाने का साहस दोनों नहीं सँजो पाए थे, पर फिर भी एक रात को दोनों सिनेमा का सेकण्ड शो देखने पड़े। नियति मुँह छिपाकर हँस रही थी।

उसी मनहूस रात को 'के' रात की गाड़ी से ठीक ग्यारह बजे रिक्शा लेकर आ धमकी। गोल कमरे की बत्ती जल रही थी। निश्चय ही उसका अध्ययनरत पति, द्वार की ओर पीठ किए पुस्तकों में डूबा होगा। धीमे से जाकर आँखें मूँद लेगी वह। ऐसे ही खिलवाड़ तो उसे पसन्द थे। पर बेचारी 'के'! आँखें मूँदती किसकी! वहाँ तो शेखर की कुर्सी पर ठाठ से बैठा छेदी बीड़ी फूँक रहा था।

"बेहया कमीना कहीं का, यहाँ कैसे आ गया?" छेदी अचानक साक्षात् शव-वाहना चामुण्डा का तमतमाया चेहरा देखकर, थर-थर काँपने लगा।

"सरकार, मेरा कुछ कसूर नहीं है," 'के' के वह पैर पकड़कर लोट गया, "पहले तो दीवार फाँदकर आती रही, जब से सन्तनियाँ गई हैं, खुले खज़ाने आपके माल पर डाका डाल रही है, हमारा खून खौलता रहता है, पर क्या करें, नौकर आदमी हैं—साहब का हुक्म कैसे टालें अन्नदाता?"

धूर्त, नापित विषधर अब कुण्डली खोल, पूरा फन फैला चुका था।

'के' हक्की-बक्की रह गई। पर अपनी अनभिज्ञता इस धूर्त के सम्मुख बड़े छलबल से ही छिपानी होगी।

"साहब कहाँ हैं?" उसने स्वाभाविक स्वर में पूछा।

"दूनो जनी सलीमाँ गए हैं, सरकार, घण्टा-भर में लौटते ही होंगे।"

कुचाली छेदी की आँखें मियाँ-बीवी की सम्भावित दर्शनीय कुश्ती देखने की ललक-से काँच की सतरंगी गोलियाँ-सी चमक उठीं। उसका क्या? अब भुगतेंगे दोनों—उसे मिली रकम तो अब कोई छीन नहीं सकता—उसने मन ही मन कहा। 'के' चौकन्नी हो गई। गरज-तरज, आँसू, चीख-पुकार से बात कुछ बनेगी नहीं। क्या पता शेखर उसे छोड़-छाड़ इसी दीवार फाँदने वाली के पीछे चल पड़े। पर यह थी कौन? बिना छेदी को मिलाए बात बनेगी नहीं।

छेदी की मुट्ठियाँ एक बार फिर गर्म हुईं। सब कुछ सुनकर 'के' सन्न रह गई। क्षण-भर को बुढ़िया का पीला पड़ गया चेहरा देख छेदी को तरस आ गया।

"मैं स्टेशन जा रही हूँ, छेदी," 'के' ने रूमाल से नाक पोंछकर कहा, "रात-भर वहीं रहूँगी। शेखर से कहना मेरा गोरखपुर से ट्रंककाल आया था कि मैं कल सुबह पहुँच रही हूँ। अगर तुमने उसे मेरे आज यहाँ आने के बारे में कुछ कहा, तो तुम मुझे जानते हो।"

छेदी क्या उसे नहीं जानता था। फूल-सी सुकुमारी कितनी ही किशोरियों को लूट-पाट, उनके पाप की गठरियों का कचरा धोते क्या नहीं देख चुका है इस हत्यारिन को।

दूसरे दिन सुबह शेखर कार लेकर स्टेशन गया। 'के' ने नित्य की भाँति कार में बैठते ही अपना माथा उसके वृषभ-स्कन्ध पर टिका दिया, वह कुछ तन-सा गया, तो 'के' को लगा वह वहीं पर फूट-फूटकर रो पड़ेगी। पर वह जानती थी कि अब उसे उस्तरे की धार पर चलना है। "मेरे गए में तुम्हें कुछ तकलीफ तो नहीं हुई, शेखर?" उसका स्वर चार तार की चाशनी में डूबा था।

"नहीं!"

पति के संक्षिप्त रूखे स्वर के चाँटे ने भी उसे हताश नहीं किया।

"रायज़ादा के नाती हुआ है, तुम्हारे लिए बहुत बढ़िया सूट का कपड़ा भेजा है।"

"अच्छा!" व्यंग्य से तिरछे खिंचे अधर पर शेखर की कुशलता से तराशी गई पतली मूँछें भी तिरछी हो गईं।

प्रेमतरंगाकुला 'के' ने बड़े प्रयास से अपने को रोका, अगणित कन्दर्प छवि को म्लान कर रही उसके पति की छवि उसके गाल से बित्ते-भर की दूरी पर थी। और दिन की बात होती, तो वह उसे उस भीड़-भरे चौराहे ही में झूमकर चूम लेती। पर मन मारकर उसने अपने को रोक लिया। घर पहुँचते ही छेदी स्वागत को खड़ा था।

"क्यों छेदी, ठीक हो? साहब को खूब आराम दिया ना?" अपने सफल अभिनय पर 'के' को स्वयं ही गर्व हुआ।

"हाँ सरकार, अपनी जान तो खूब आराम दिए हैं," कपटी काकदृष्टि से वह अपने साहब की ओर देखकर मुस्कराया।

पर साहब गुमसुम था।

दोनों चाय लेने एक साथ बैठे। कठोर मानसिक आघात भी 'के' की भूख नहीं हर पाया था। उसने कचर-कचर पकौड़ियाँ खाईं, आधी डबल रोटी साफ की, भुने बादाम, दो पोच अण्डे भकौस, सेब लेकर सोफे पर लद गई। नित्य के

अभ्यास से उसने अपनी मैयर के मोटे तूंबे-सी टाँगें नीचे लटका दीं, ''बी ए ब्रिक डार्लिंग, जूता खोल दो हमारा।''

पर शेखर अब तक उल्टे पड़े, अवश बीटल की भाँति अचानक सीधा होकर भन्नाने लगा था, ''हमसे नहीं खुलेगा, छेदी को बुला लो।''

रोशनदान की आँखों की जादुई छड़ी, उसे उठा-बिठा रही थी, यह सेब की ओट से चतुरा 'के' ने भी देख लिया।

''सॉरी, शेखर,'' उसका गला भर आया और वह स्वयं जूता खोलने लगी।

रात को शेखर भूखे शेर की भाँति चक्कर लगा रहा था। किशोरी की एक ही दिन की गैरहाज़िरी ने उसे अर्ध-विक्षिप्त-सा कर दिया था।

''शेखर डियर,'' अचानक 'के' को अपने पास खड़ी देख वह झल्ला गया।

''क्या है?'' उसने डपटकर पूछा।

''आज बड़ी सन्तनी आई थी, शेखर, विन्ध्यवासिनी का प्रसाद देने, साथ में उसकी एक प्यारी-सी भतीजी भी थी।''

उस प्यारी के नामोल्लेख मात्र से ही शेखर की आँखें चमकने लगी हैं, यह भी 'के' ने देख लिया।

''मैंने उन सबको कल शाम चाय पर बुलाया है। पाँचों तो केवल फलाहार लेंगी पर उस प्यारी बच्ची से मैंने पूछा, उसे क्या पसन्द है—बोली, कुल्फी। सच ए चाइल्ड! तुम तो कुल्फी छूते नहीं, खैर, तुम्हारे लिए कुछ और बनवा लेंगे।''

शेखर का हृदय गदगद हो गया। चलो आज नहीं तो कल ही सही। किशोरी की एक झलक तो मिलेगी।

दूसरे दिन की सन्ध्या के आयोजन में कहीं भी कोई त्रुटि नहीं थी। फलाहारी सन्तनियाँ कभी कन्धारी अनार पर दाँत मारतीं, कभी रामगढ़ के सेबों पर! कभी गुच्छे के अँगूर चट कर 'हरिओम्', 'हरिओम्' कर अँगूरी डकारों की मशीनगन-सी चला देतीं।

किशोरी से शेखर का परिचय स्वयं 'के' ने करवाया, ''शेखर, इससे मिलो, संसार की सर्वश्रेष्ठ सुन्दरी।''

संसार की सर्वश्रेष्ठ सुन्दरी से शेखर का कितना प्रगाढ़ परिचय था, वह खूसट भला क्या जानेगी? शेखर मन ही मन मुस्कराया।

किशोरी कोने में खड़ी कुल्फी पर कुल्फी दागे जा रही थी।

''इतना मत खा केशी, बीमार पड़ जाएगी,'' हेड सन्तनी अब तक अपने रामढोल-से पेट में, रामगढ़ी सेबों का एक छोटा-मोटा औचर्ड बना चुकी थी।

"टोकती क्यों हो, बीमार पड़ भी गई तो मैं तो हूँ," अपनी सुमेरु पर्वत-सी छातियों को ठोकती 'के' आगे बढ़ आई।

"जानती हूँ, जानती हूँ, भैन," किशोर की मौसी ने अपनी सोने की दन्तखुदी से दाँत खोदकर कहा, "तुम्हीं ने तो हम पाँचों को प्राणदान दिया था।"

खा-पीकर पाँचों बिदा हुईं, तो शेखर मन-मरा-सा कमरे में बैठा रहा। बार-बार वह तृषित चातक-सा रोशनदान को ही देख रहा था—पर अटारी सूनी थी और वह जानता था कि आज सूनी ही रहेगी।

बड़ी देर तक बैठा पढ़ता रहा। 'के' दो-तीन बार बुलाने भी आई, पर निराश होकर लौट गई।

एक अजीब बेचैनी से शेखर का दम-सा घुटने लगा।

वह उठ ही रहा था कि किसी ने द्वार भड़भड़ाया, "डॉक्टरनी भैन, डॉक्टरनी भैन", भूतनी-सी बाल फैलाए बड़ी, मंझली और छोटी सन्तनी खड़ी थीं।

"अरे बेटा, तनिक उठा दे उसे, मेरी किशोरी ऐंठी जा रही है; एक-दो दस्त आए हैं, और दो उल्टियाँ—हाय, इसके ताऊ को मैं क्या मुँह दिखाऊँगी!" हेड सन्तनी का रोना-कलपना सुन, ड्रेसिंगगाउन डाल, चप्पल फटफटाती 'के' बाहर आ गई, सब सुनते ही आला लटका वह तेज़ी से सीढ़ियाँ चढ़ गई। सचमुच ही किशोरी के सुन्दर चेहरे पर स्याही फुँक गई थी।

"किशोरी, आँखें खोल बिट्टी," सन्तनी ने उसकी ठुड्डी पकड़कर हिलाई। किशोरी ने बड़ी चेष्टा से आँखें खोलीं और द्वार पर खड़े अपने नवीन प्रेमी के चेहरे पर नग-सी गड़ा दीं।

"शेखर," वह बुदबुदाई।

शेखर निर्भय होकर बढ़ आया, पलंग की पाटी पर बैठ उसने किशोरी की हिमशीतल हथेली थामकर गाल से सटा ली।

पाँचों सन्तनियों की आँखें आश्चर्य से बाहर निकल आईं। 'के' जेल की कठोर जेलर-सी सिरहाने खड़ी थी।

किशोरी के प्राण जैसे शेखर की ही प्रतीक्षा कर रहे थे। देखते-देखते पुतलियाँ उलट गईं।

पाँचों सन्तनियाँ अपना ज्ञान, योग और यम-नचिकेता संवाद भूल, सामान्य मानवीयों की भाँति छातियों पर दुहत्थड़ चलाती पछाड़े खाने लगीं, "हाय मेरी बच्ची, तूने अभी सुख ही क्या देखा, तू कहाँ गई री।"

"देखिए," 'के' ने बड़ी सन्तनी का कन्धा पकड़कर हिलाया, "होश में आओ

बहन, वैसे तो इसे कौलरा था, पर सुबह होने से पहले ही अर्थी उठा दीजिए, उस हरामज़ादी पुलिस का कुछ ठीक नहीं, बेकार में परेशान करेगी।''

संसार-त्यागी सन्तनियाँ पुलिस से बेहद घबड़ाती थीं।

सोने की-सी काया को अर्थी में कस-कसाकर अस्पताल के कर्मचारी राम के नाम की महिमा से आकाश गुँजाते चल दिए। पीछे-पीछे सिर झुकाए शेखर को भी जाते 'के' ने देख लिया। वह अपने कमरे में अस्पताल के लिए तैयार होने लगी। एक-आध मौत क्या डॉक्टरनी को अस्पताल जाने से रोक लेती? वहाँ तो ऐसी आकस्मिक मृत्यु नित्य का दाल-भात थी।

एकाएक किसी घिनौने केंचुए-सा रेंगता छेदी द्वार पकड़कर खड़ा हो गया।

''हमारी बख्शीश सरकार—जान पर खेलकर कुल्फी बनाई—कहीं कोई पकड़ लेता, तो आपको कोई डर नहीं था, हमीं फाँसी पर लटकते।''

''हाँ-हाँ, मिलेगी, शोर मत कर—शेखर आता होगा।'' 'के' झुककर फीता बाँध रही थी कि उसे लगा उसकी गर्दन पर किसी की कड़ी नज़र का चाबुक पड़ रहा है। चौंककर देखा, तो शेखर की लाल अंगारे-सी आँखें दहक रही थीं।

''अरे शेखर, तुम श्मशान नहीं गए क्या?'' उसने पूछा।

''नहीं'', वह बीभत्स ढंग से हँसा, ''तुम्हें वहाँ पहुँचाने आया हूँ।''

सुनते ही छेदी खिड़की कूदकर हवा हो गया।

''हत्यारी,'' शेखर ने 'के' की मोटी गर्दन को हाथों में भर लिया। 'के' की दोनों आँखें फटकर बाहर निकलने लगीं। कड़ाक शब्द के साथ उसका डेन्चर गिरा और टूटकर दो टुकड़े हो गया।

''शेखर'', वह घिघियाई।

शेखर ने घृणा से अपनी थरथराती, काँपती पत्नी को देखा। इसी नारी ने प्रेम का पहला पाठ पढ़ाया था। इसी भद्दी अँगुली को पकड़कर उसने प्रेम-कक्ष में अपना पहला डगमगाता कदम रखा था। इसी मोटी गर्दन में बाँहें डालकर उसने प्रेम की बारह-खड़ी रटी थी। न जाने किस विस्मृत कृतज्ञता ने उसकी पकड़ ढीली कर दी।

अचकचाकर उसने अर्धमूर्च्छित पोपली 'के' को एक धक्का दिया और तेज़ी से बाहर निकल गया।

# चीलगाड़ी

काश, मैं अपने विदेशी अतिथिदल के साथ असम के उस गहन वन में आयोजित, नागा सहभोज में न गई होती! सुपारी के पेड़ और पानों के झुरमुट के बीच, एक विराट् अग्निस्तूप की लाल-लाल लपटें आकाश को चूम रही थीं। विचित्र परिधान में अंगों को मोड़ता-मरोड़ता एक नागा तरुण, हमारे स्वागत में अपनी रणसिंही को आकाश की ओर उठा-उठाकर फूँकने लगा था, ''तू...तू...तू...!''

उस रणसिंही की मीठी स्वर-लहरी ने मुझे फिर बेचैन कर दिया।

एक बार मेरे जीवन में ऐसी ही रणसिंही और बजी थी, कानों को फाड़कर झूलते, भैंस के सीगों के काले कुण्डल झुलाता अवधूत जोगी समरनाथ बाजी, अपने गाँजे से आरक्त नयन आकाश को उठा, टेढ़ी रणसिंही को बाँकेय मुद्रा में साधे उर्ध्वमुखी फूँक दे उठा था, ''तू...तू...तू...तू!'' आज इसी विस्मृत फूँक की स्वर-लहरी ने कुमायूँ के गगनांगन को पार कर, इस अपरिचित असम के आकाश को घेर लिया है। जिन स्मृतियों को मैंने अमानवीय दुःसाहस से कुचल दिया था, वे आज फिर जीवन्त हो उठी हैं।

लेडी ब्रैण्डन को असम के मूँगा-रेशम का पूरा थान भेंट किया गया है। वे उसे बार-बार गालों से लगा, उसकी स्निग्धता में आकण्ठ डूबी जा रही हैं। विदेशी राजदूत की पत्नी के भारत-दर्शन यात्रादल में मुझे सम्मिलित कर, विशिष्ट सम्मान दिया गया है—यह मैं जानती हूँ। इस समय मुझे क्या-क्या कहना चाहिए, वह भी मुझे ज्ञात है। असम के इस मूंगा-रेशम की विशिष्टता, रणसिंही के स्वर-संगीत की व्याख्या, नागा मुखिया के गले में झूलती मुण्ड-माला की मौलिकता—इन नाना विषयों पर मैं घन्टों धारा-प्रवाह बोल सकती हूँ, किन्तु रणसिंही बीच-बीच में बजती जा रही है। तरुण वादक का नंगा शरीर आग की लपटों में ताम्रवर्णी लग रहा है, वह बार-बार मुझे ही देख रहा है, जैसे मुझे चुनौती दे रहा हो, ''देखो न, भूले-बिसरे चेहरे बिसरना क्या इतना आसान है?''

बड़ी अम्मा, देबूलला, बाबूजी, कुन्दन और गैरिक वसनधारी स्वामी आत्मानन्द सब जैसे हाथ बाँधे मण्डलाकर इस अग्निस्तूप की परिक्रमा करने लगे हैं। अल्मोड़ा के गिरजे के मीठे घन्टे, देवदार के घनद्रुमों से टकराते बार-बार गूँज रहे हैं। मिशन स्कूल को जाती, हँसती खिलखिलाती, सीटी बजाती ईसाई लड़कों की लम्बी कतार पूरी सड़क घेर रही है और समरनाथ बाजी की उसी करुण स्वर-लहरी के साथ नेपाली कुलियों के कन्धे पर हुमकती मेरी डोली, मायके की देहरी, कल्पनालोक में एक बार लाँघ रही है। घूँघट की यवनिका के बीच बार-बार नथ के लटकन का दृष्टि-व्याघात पड़ रहा था, फिर भी मुझे चाची के गोरे-गोल हाथ पर बँधा पीले-लाल सूत का कंकण स्पष्ट दीख रहा था। बाबूजी की तीखी नाक पर, रोली पर चिपकाए गए अक्षत बिखर गए थे, उन्हें कन्धे के लाल दुशाले से पोंछते, वे दाड़िम के पेड़ के नीचे खड़े एकटक मेरी डोली को देख रहे थे। शायद पहली बार उन्हें अपनी मातृहीना पुत्री पर दया आ रही थी। उन्हीं के पास खड़ा कुन्दन, अपने अल्लम-खल्लम कोट में बेहद दुबला लग रहा था। उदास, भयत्रस्त आँखों से, वह तेज़ी से ओझल होती डांडी को देखकर, एकाएक रो पड़ा था। मातृहीन भाई के उस रुदन की सिसकियाँ आज फिर जैसे किसी टेपरिकार्ड पर बजने लगी हैं।

मेरा कन्यादान चाची ने ही किया था, विमाता अपने सत्रह दिन के शिशु को लेकर मायके चली गई थी। सहसा किस बात को लेकर उनकी बाबूजी से ठन गई, कोई भी नहीं जान पाया। वैसे उन्हें मेरी अन्त्येष्टि क्रिया देखकर सन्तोष ही होता। सप्तपदी के समय, मेरे पति को खाँसी का ऐसा विकट दौरा पड़ गया था कि क्षण-भर को बाबूजी का चेहरा भी पीला पड़ गया। "कल ही तो पी. पी. लगी है," वर पक्ष की फुसफुसाहट मेरे कानों में गर्म शीशा उंड़ेल गई थी। पी. पी. किस जानलेवा राजरोग में लगता है, यह मैं भी जानती थी। पी. पी. लगने की पीड़ा से कराहती मृत्युपथगामिनी रुग्णा माँ के चेहरे को क्या मैं भूल सकती थी!

विमाता के षड्यन्त्र ने ही मुझे दुर्भाग्य का द्वार खटकाने भेज दिया था, फिर वे स्वयं क्यों कन्नी काट गईं? संसार में ऐसे भी बहुत-से व्यक्ति मिलते हैं, जो बकरे की बलि नहीं देख सकते, किन्तु उसका माँस-मज्जा चिंचोड़कर खाने में उन्हें बड़ा आनन्द आता है। बाबूजी ने शायद पहले उस रिश्ते में कुछ आपत्ति की थी, पर मेरे श्वसुर मेरी विमाता के मामा लगते थे, इसी से बाबूजी की दाल गल नहीं पाई।

मेरे श्वसुर के वैभव का अन्त नहीं था। यह ठीक था कि मेरी दो विधवा जिठानियाँ और एक विधवा ननद, मेरी ससुराल की स्थायी सदस्याएँ थीं, किन्तु उस बीस कमरों के विराट महल में तीन क्या तीस आश्रिताएँ भी रहतीं, तो भी मेरा उनसे टकराने का कोई प्रश्न ही नहीं उठता था। सास नहीं थी, मेरे पति की विधवा ताई ने ही उन्हें पाला था। मेरे श्वसुर की अनुपस्थिति में वे ही घर की देखभाल करती थीं। दिन डूबे मेरी बारात नैनीताल पहुँची थी। भारी जामदानी, लहँगे और दुहरे पिछौड़े के भार से दुहरी होती मैं, जिसके हाथ का सहारा लेकर उतरी, उसका गौर वर्ण देखकर, क्षण-भर को संशय में पड़ गई। मैंने तो सुना था, मेरे पति काले भुजंग हैं, श्वसुर कुल के उसी अपयशी काले रंग को मिटाने के लिए तो मेरा आह्वान हुआ था।

"आज तक कुल और समृद्धि देखकर बहुएँ लाया, जोसीजी!" मेरे श्वसुर ने बाबूजी से कहा था, "इसी से घर का नैन-नक्श चौपट हो गया। अब के सोचा, भाड़ में जाए समृद्धि, चाँद-सी बहू लाकर कुन्दन-से-नाती-नतनियाँ जुटाऊँगा, चाहे बहू गाँव की ही क्यों न हो, पर हो लाखों में एक!" सचमुच ही अपनी दोनों जिठानियों और ननदों को देखकर मैं भय से स्तब्ध रह गई थी। क्या चेहरा था बड़ी जिठानी का, बालों से भरा संकुचित ललाट, अन्दर को धँसी क्रूर आँखें, बाहर को निकले विकराल गजदन्त और एकदम मुँड़ा सिर। दूसरी जिठानी भी उन्हीं की टक्कर की थीं, हरिद्वार से वे भी बड़ी के साथ हाल ही में सिर मुँड़ाकर लौटी थीं। वैधव्य से दोनों का चेहरा और भी भयानक लगने लगा था। बड़ी जिठानी के कोई भी सन्तान नहीं थी। दूसरी के एक राक्षसाकृति अपंग पुत्र था, उसे वे चौबीस घन्टे गोदी में टाँगे रहतीं, पन्द्रह वर्ष के उस विचित्र जीव की आँखें किसी भूखे वन्य पशु की-सी थीं। कभी-कभी वह आँख की पुतलियों को लट्टू-सा घुमाता, मेरी ओर देखकर ही-ही कर हँस देता और अपने हण्डे-सा भीम मस्तक हिलाने लगता। मैं भय से काँप उठती। बड़ी ननद कलकत्ता के एक समृद्ध कुमाउनी परिवार में ब्याही थीं, बंगाल के सुदीर्घ प्रवास ने उनके चेहरे की रही-सही कान्ति भी छीन ली थीं। अपने दो काले बच्चों की और भी काली आया के साथ वे एक दिन मुझे घेरकर बैठीं, ढोलक पर मेरे द्विरागमन के गाने से, मेरे मायके की दुर्गति-गाथा गाती मेरी दोनों जिठानियों को पुलकित कर रही थीं, "बन्नी की दादी को ले गया मुसल्ला, मुहल्ले में शोर मचा रे...!" मेरी दोनों जिठानियां, मेरी दादी के ही मुसल्ले के साथ भाग जाने से सन्तुष्ट नहीं थीं, वे तालियाँ बजातीं मेरी अम्मा, चाची, नानी सबको बारी-बारी मुसल्लों के साथ भगातीं, हँसी की लहर

से कमरा गुँजा रही थीं कि सहसा वही सुपुरुष, हमारे बीच आकर खड़ा हो गया, जिसने मुझे बस से उतारा था।

"मैं आपका देवर हूँ, भाभीजी! देखता हूँ, सुन्दरी भाभी को अशोक वाटिका की काली राक्षसियों ने घेर ही लिया। इनमें भी एक त्रिजटा है, भाभी, उन्हीं के चरण गहो, समझीं?"

आसपास के काले-श्रीहीन चेहरों के बीच, बड़ी अम्मा के हँसमुख चेहरे को मैंने पहली बार ठीक से देखा। उन उदार आँखों में न जाने क्या था कि मेरा माथा स्वयं नत हो गया।

"आग लगे, बज्जर पड़े इन देबूलला पर!" मेरी गजदन्ती जिठानी, बनावटी क्रोध के तेवर चढ़ाकर बोली, "जहाँ हम औरतों को बैठी देखा, वहीं घुस आए, हँसी-ठिठोली की भी तो एक उम्र होती है, लला, अब हमारी-तुम्हारी क्या वह उम्र रह गई है? पर चलो, घर में पहली बार सुन्दरी बहू आई है, तुम्हारे भी सात खून माफ करती हूँ।"

देबूलला बड़ी अम्मा के भतीजे थे, हाल ही में उनकी बदली भी नैनीताल की हो गई थी, इसी से अपनी बुआ के साथ रहने लगे थे। विवाह का भण्डार उन्हीं के पास था और मेरी दोनों जिठानियाँ वक्त-बेवक्त उन्हीं से उलझी रहती थीं।

"ए हो, लला, चाबी दे दो, नारियल निकालने हैं।" बड़ी जिठानी, देबूलला के चौड़े कन्धे पकड़कर हिला देतीं।

"नहीं, बाबा," देबूलला पान की पीक मुख में गुलगुलाते, ठिठोली की रसपूर्ण पिचकारी छोड़ देते। "राम भजो, तुम विधवा भाभियों की नीयत बिगड़ते क्या देर लगती है! गई नारियल निकालने और चट से चार लड्डू मुँह में धर लिए।"

"हाय राम, मैं मर गई। सुनती है, मँझली, आज इनके लिए एकादशी के दिन हम अपना धर्म भ्रष्ट करेंगी, अनाज के लड्डू चुराकर!"

बलखाती दोनों जिठानियां, देबूलला पर अकारण ही ढुलक पड़तीं। उन दोनों का मुग्धा किशोरियों का-सा सस्ता अभिनय देखकर मुझे कभी बड़ी झुँझलाहट होती, पर कहती किससे? पति अपने कमरे में बन्द रहते, मेरे श्वसुर प्रायः ही अपने ठेकों के प्रसंग में तिब्बत और ताकलाकोट की ओर उतर जाते। मुझे बड़ी अम्मा के कमरे में बैठकर, हलाहल छलकते ताल को देखना बड़ा अच्छा लगता। उस हवादार कमरे में, सर्वदा एक अद्‌भुत शान्त वातावरण छाया रहता। कमरे की दीवारें असंख्य देवी-देवताओं की तस्वीरों से भरी रहतीं, उन्हीं के बीच टँगी

रहती बड़े बाबू की एक आदमकद तस्वीर। बन्द गले के कोट, गोल टोपी और घनी मूँछों वाले उस रोबदार व्यक्ति का, एक-एक नक्शा मेरे पति से मिलता था। उनके जीवन-काल में घर की बहुएँ ठोंक-पीटकर बदसूरत ही छांटी जाती थीं।

"सुन्दरी बहुओं पर कम विश्वास था उन्हें, वे आज होते तो तुम इस घर में न आ पातीं," मँझली जिठानी ने मुझसे हँस-हँसकर कहा था। पर फिर बड़ी अम्मा इस घर में कैसे आ गईं? क्या सुन्दरी बड़ी अम्मा पर भी बड़े बाबू ने विश्वास नहीं किया? बड़ी अम्मा का चिकना चेहरा, किसी विदेशी नन के निष्पाप चेहरे की ही भाँति सुन्दर था। मैंने उन्हें कभी झल्लाते नहीं देखा। उनके पास बैठना मुझे बड़ा अच्छा लगता था, पर बैठ ही कहाँ पाती थी। पल-भर में ही चिड़चिड़े पति चीखने लगते "कहाँ गई हो? अँगूर का रस अब क्या खाक पिऊँगा? तुम क्या कर रही थीं बड़ी अम्मा के विधवाश्रम में? क्या तुम्हें भी उसकी सदस्या बनने का शौक चर्राया है?" और मैं उस निर्दयी व्यक्ति के निर्मम व्यंग्य से तिलमिला जाती। इधर नियमित रूप से पी. पी. लगने से उनकी तोंद निकल आई थी। कभी-कभी ठंडी हवा लगने के भय से वे कानों पर मोटा मफलर लपेट लेते तो मुझे लगता बड़ी अम्मा के कमरे में टँगे तैलचित्र से, बड़े बाबू उतर आए हैं। कभी-कभी उनके लाड़ का अन्त नहीं रहता। कहते, "चटपट तैयार हो जाओ, सिनेमा देखने चलेंगे।" लाल बेलोर की ज़रीदार वर्दी में, मेरे श्वसुर के झपानी कुली, मेरी डान्डी को हवा में उड़ा ले जाते, पीछे-पीछे अपने चेस्टनट घोड़े में, गरम कपड़ों के ज़िरहबख्तर में ऐंठे चले आते मेरे पति। सिनेमा-घर में हमारे बॉक्स के सम्मुख मेरे पति के देशी-विदेशी मित्रों की भीड़ लग जाती। कितनी ही रानी-महारानियों से मुझे हाथ मिलाना पड़ता, सब मेरे पति को मुझ-सी रूपवती पत्नी पाने के लिए बधाइयाँ देते, तो मैं लज्जा से गड़ जाती। अंग्रेज़ी सिनेमा की उत्तेजना से कभी-कभी मेरे पति को वही खाँसी का विकट दौरा पड़ जाता और हमें लौटना पड़ता। उनकी इस गिरती हालत का समाचार सुनकर, बाबूजी भी भागते चले आए थे। उन्हें देखकर, क्षण-भर को बाबूजी के गौर मुखमण्डल पर विषाद की झुर्रियाँ उभर आई थीं। पश्चात्ताप से उनका चेहरा कुछ क्षणों को विकृत हो उठा था, पर दूसरे ही क्षण उन्होंने अपने को संयत कर मुझे आश्वासन दिया था, "सब मंगल होगा छोटी, मैं जाते ही महाकाल के मन्दिर में दामाद के लिए मृत्युंजय का अमृतजाप करूँगा।" किन्तु बाबूजी का अमृतजाप भी उनकी मृत्यु को नहीं जीत पाया।

कहते हैं कि यक्ष्मा के रोगी को, अन्त समय तक ज्ञान बना रहता है। मेरे पति की मृत्यु भी बोलते-बोलते हुई थी, "मेरी घड़ी कहाँ है?" उन्होंने चीखकर पूछा था और उसी चीख के साथ उनकी आँख की पुतलियाँ अचल हो गई थीं। मैं भय से सहमी उनके सिरहाने खड़ी ही रह गई थी। बड़ी अम्मा की दबी सिसकियाँ, दोनों जिठानियों का सटीक विलाप, सब सुनकर भी नहीं रो पाई। उस कठोर, निर्मम व्यक्ति के साथ बिताए गए सात महीने की अवधि में मुझे एक भी ऐसा प्रणय-प्रसंग स्मरण नहीं आ रहा था, जिसका आधार लेकर मैं बिलख सकती।

घर के अन्य पुरुषों का आना असम्भव था, उन्हें खबर भेजने में ही तीन दिन लग जाते। फिर अलकनन्दा की जिस रस्सी के पुल से होकर डाक का हरकारा जाता था, वह भी कुछ दिनों से बन्द था। देबूलला ही कर्त्ता बने। कभी श्मशानघाट की यात्रा के लिए चाय-चीनी जुटा रहे थे, कभी अर्थी में बँधी मेरे पति की लम्बी देह की निरर्थक परिक्रमा कर रहे थे। मैं सोच रही थी, कितना स्वार्थी है मानव, श्मशानघाट की नीरस यात्रा के लिए भी चाय-चीनी जुटाना वह नहीं भूलता। घर में अनोखी निस्तब्धता छा गई थी। स्त्रियों के विलाप के स्वर अवरोह में उतर चुके थे, देहरी पर प्रदीप जलाकर रख दिया गया था, जिससे दूसरे लोक को महाप्रस्थान कर गई आत्मा, मार्ग पर प्रकाश पाती रहे, किन्तु इस लोक में जिस अभागिनी के कक्ष का ज्योति-पुंज सदा के लिए बुझ गया था, उसके लिए प्रकाश की हिन्दू शास्त्र में कोई व्यवस्था नहीं थी। दसवें दिन, पीपल के वृक्ष के नीचे मृत पति को अंजलि देते, मैंने अपने हाथों को देखा, तो स्वयं काँप गई थी। बिना चूड़ियों के मेरे नंगे हाथ मूसल-से लग रहे थे। रंग-बिरंगे सूत की धज्जियों से सँवरा पीपल अपने घने पत्तों की छाँव से आधी पगडण्डी घेरे था। पंडित जी की श्लोकावृत्ति के साथ पति की प्रेत-मुक्ति के लिए, दोनों हाथों में जल भरकर मुझे दक्षिण दिशा को छोड़ने का आदेश मिला, तो मैं भय से सहमी हाथ का पानी भी छोड़ना भूल गई थी।

बड़ी अम्मा प्रायः मेरे पास ही बैठी रहतीं। तेरहवीं के पश्चात, उन्हीं ने मेरा पक्ष लेकर पुत्र-शोक से जर्जरित मेरे श्वसुर के सम्मुख मेरी शिक्षा को पुनर्नवीभूत करने का प्रस्ताव रखा था। मुझे छोटी ननद के साथ कालेज जाने की अनुमति मिली तो मेरी दोनों जिठानियाँ कुढ़कर रह गई थीं। "पर लग गए हैं छोटी के, अब देखो कब उड़ती है," मझली दिज्यू ने हँसकर कहा था। कैसी विचित्र भविष्यवाणी थी!

धीरे-धीरे मेरे पति की बरसी की तिथि भी आ गई। और मेरी दोनों जिठानियाँ, देबूलला को अपने कटाक्षों से रससिक्त कर फिर भण्डारघर में चक्कर काटने लगीं। मुझे उन दोनों को देखकर उबकाई आने लगती। एक ओर तो उनके व्रत और कोरे अनुष्ठानों का अन्त नहीं रहता, दूसरी ओर रंगीले देवर से उनका मर्यादाहीन आचरण देखकर मैं दंग रह जाती। दिन में जिस चादर को बिछाकर, भक्ति-भाव से सिर हिलाती और कृपालदत्त पंडित जी से शिवपुराण सुनतीं, रात को उसी चादर की चाँदनी बिछाकर देबूलला और उनके एक रसिक प्रवर मित्र को लेकर, ताश की ब्रिजलीला जमातीं। दोनों जिठानियाँ अंग्रेज़ी के नाम पर ए, बी भी नहीं पहचानती थीं, किन्तु आक्शन और काण्ट्रैक्ट ब्रिज के अखाड़े में कुशल से कुशल खिलाड़ी को भी वे बुरी भाँति पछाड़ देती थीं।

देबूलला बार-बार मुझे भी आमन्त्रित करते रहते, पर मैं बड़ी अम्मा के पास बैठी रहती। कभी-कभी देबूलला के आग्रह से बड़ी दिज्यू बुरी तरह झुंझला उठतीं, "नहीं आती, तो बेकार क्यों खींच रहे हो—ताश खेलना क्या दिमागी लोगों का काम है? छोटी ठहरी कॉलेज की लड़की, वह क्यों खेलेगी! वह तो पढ़-लिखकर कलक्टर बनेगी, है न, छोटी?"

बड़ी दिज्यू, न जाने आज तुम कहाँ हो! यदि पास होतीं, तो दिखा देती, कलक्टर ही नहीं कमिश्नर ने भी मेरे पाँव धोए हैं। ऐसे ही एक विदेशी अतिथिदल को घुमाने कश्मीर ले गई थी। वहाँ की स्वर्गीय झील में हमारी हाउसबोट 'स्वीट किस' नीले-पीले फूलों से सजाई गई थी। ऐंठी-मरोड़ी मूँछों का स्वामी, एक अवकाश प्राप्त आई. सी. एस. कमिश्नर भी हमारे दल में था। नौकरी से अवकाश प्राप्त करने पर भी वह जीवन की मौज-मस्ती से अवकाश प्राप्त करने के मूड में एकदम ही नहीं था। कभी लड़खड़ाती किश्ती का बहाना ढूँढ़, अकारण ही मुझे बाँहों में सँभाल लेता, कभी ज़ोर-ज़ोर से इकबाल की कविता की आवृत्ति करने लगता और कभी मेरे पास झुककर पूछ बैठता, "बता सकती हैं, यहाँ हाउसबोट का चलन कब से हुआ?"

मेरे विदेशी पर्यटक भी, मेरी व्याख्या सुनने मेरे इर्द-गिर्द घेरा बनाकर खड़े हो जाते। अपने धूप के चश्मे को साधकर मैं अपनी कण्ठनली का टेपरिकार्ड चालू कर देती कि किस प्रकार एक विदेशी ने कश्मीर की धरा पर प्रासाद बनाने की अनुमति माँगी थी, कश्मीर-नरेश का चतुर मस्तिष्क विदेशी की चाल को भाँप गया था।—छोटा-सा प्रासाद बनाकर वह चतुर विदेशी किसी दिन कश्मीर की धरा को अपने प्रासादों से भर देगा। रात ही रात में एक नए कानून की सृष्टि हुई

थी, विदेशी प्रासाद अवश्य बना सकता है, पर उस धरा पर उसका अधिकार नहीं रहेगा। विदेशी ने फिर भी बौद्धिक शतरंज की बाज़ी जीत ली थी, एक चलता-फिरता प्रासाद जल में तैराकर। स्थल पर बने प्रासाद के अधिकार का प्रश्न उठ सकता था, जल पर तैरते प्रासाद पर कैसी आपत्ति?

मुसलमान कमिश्नर अपने चट किए गए प्रश्न का पट उत्तर पाकर खिल गया था। मेरी सलीमशाही जूती में कीचड़ लग गया था, चट से अपने रेशमी रूमाल निकालकर पोंछते हुए उसने कहा था, ''आपको एयर होस्टेस किसने बना दिया, आई ए. एस. में बैठी होतीं तो निश्चय ही कलक्टर बन जातीं।''

मैं कैसे कहती, कभी यही मेरी बड़ी दिज्यू ने भी कहा था।

प्रयाग के कुम्भ-स्नान के लिए जब मैं बड़ी अम्मा और जिठानियों के साथ त्रिवेणी तट पर गई थी, तब प्रयाग के पण्डे की विलक्षण स्मरण-शक्ति देखकर दंग रह गई थी। कुमायूँ का कोई भी ऐसा व्यक्ति नहीं था, जिसकी वंशवेलि की जड़ उसके मस्तिष्क में न हो, फलां जो फलां के बेटे, बाईं गाल पर तिल, एक आँख कानी! धन्य था वह पण्डा, किन्तु आज मैं उस पण्डे को भी मात दे सकती हूँ। बड़ी नाव में हमें भरकर वह संगम में डुबकी लगाने ले गया था। हाथ पकड़कर दोनों जिठानियां मुझे गहरे जल में खींच ले गई थीं, मिट्टी-रेत से सनी वह पुरानी खंखड़ नाव और फूलों से सजा कश्मीर का वह शिकारा, अन्तर था। अन्तर नहीं था, पुरुष की लोलुप दृष्टि में। जल में डुबकियां लगाने पर पतली साड़ी से झाँकते मेरे देह-लावण्य में उस प्रौढ़ पण्डे की भूखी दृष्टि और झील में तैरकर बाहर निकलने पर मुझे निगलती उस आई.सी.एस. प्रौढ़ कमिश्नर की भूखी दृष्टि में क्या कुछ अन्तर था? मेले की भीड़ को चीरती दोनों जिठानियों में मँझली के उत्साह का अन्त नहीं रहता। यह मानो उनके शुष्क जीवन की एक सुरम्य पिकनिक थी। भिखारियों की भीड़ की, शिव की बारात के सम्मुख वे ठगी-सी खड़ी रह जातीं। प्रत्येक अपंग, घिनौने भिखारी का इंटरव्यू लेते-लेते, कभी अपनी हृदयहीन हँसी से दिशाएँ गुँजा देतीं, ''मर, अभागे! नाक कहाँ गई रे तेरी! हाय-हाय छोटी, देख-देख, मुँह है ही नहीं...क्यों रे, खाना कैसे खाता है तू?'' लकड़ी की गाड़ी में लुंजपुंज मांस के किसी लोथड़े से वह ऐसे बेतुके प्रश्न पूछतीं कि पण्डा भी बड़बड़ाने लगता, ''बहूजी, तीरथ करने आई हो या मेला देखने!''

''चुप रहो, पण्डाजी, ऐसी चीज़ें क्या बार-बार मिलती हैं देखने को! बहुत हड़बड़ी मचाई, तो श्राप दे दूँगी, तुम्हारी भी ऐसी ही गति होगी अगले जनम में!''

हो-होकर रसिक पण्डा मेरी जिठानी के कान ही के पास मुँह ले जाकर न जाने क्या कहता कि वह हँसती-हँसती दुहरी हो जातीं। स्पष्ट न सुन पाने पर भी पण्डे के अस्पष्ट स्वर मैंने सुन लिए थे। उस अभागे नासिकाविहीन भिखारी की दुरवस्था का किसी नासिका-लोलुप बीभत्स रोग से सम्बन्ध जोड़कर त्रिपुण्डधारी पण्डा अपने अश्लील परिहास से रसिकचित्त का परिचय दे रहा था और मेरी दोनों जिठानियाँ अपने रामनामी दुपट्टे मुँह में ठूँसे हँसती-हँसती दुहरी हो गई थीं।

कभी-कभी मुझे बड़ी अम्मा की तटस्थता पर झुंझलाहट हो आती। सब कुछ देखकर भी वे निरन्तर माला जपती रहतीं।

आए दिन हमारे यहाँ कीर्तन-सभा होती। मार्बल-मंडित गोल कमरे को गंगाजल से धोकर, बीच में यज्ञवेदी सजाई जाती। कर्मकांडी ब्राह्मणों की उदर-पूर्ति के हेतु मेवे की खीर लबालब कड़ाही में छलकने लगती। उपासना-सभा का सभापतित्व ग्रहण करता, गैरिकवसनधारी सौम्याकृति का पाखंडी स्वामी आत्मानन्द। उसके गौर ललाट पर गोरोचन का टीका रोली से सँवरा रहता, दोनों बड़ी-बड़ी आँखों की रेशमी पलकों का सौन्दर्य, किसी भी सुन्दरी की पलकों से होड़ ले सकता था। निकट से देखने पर भी उसकी वयस की मरीचिका, चतुर से चतुर व्यक्ति को भी भटका सकती थी। उसके आने का समाचार, पूरे शहर में हवा की भाँति उड़कर फैल जाता और देखते ही देखते, हमारा दालान डान्डी और घोड़ों से भर जाता। भजन-कीर्तन और झाँझ-करताल के संगीत से ऊबकर मैं सीमान्त के कमरे में बन्द हो जाती। उस धूर्त स्वामी की मैं नस-नस पहचानती थी। मुझसे कहता था, "राधिका!" जयदेव के पद गुनगुनाता वह निर्लज्ज, कभी बड़ी अम्मा के सामने ही कहता, "राधे, मेरे पैर दाब दे!"

बड़ी अम्मा मेरी चुप्पी का दूसरा ही अर्थ लगातीं, शायद उतने बड़े महात्मा के चरण छूने में मुझे संकोच हो रहा था।

"देख क्या रही है, बहू, दाब दे न पैर!" बड़ी अम्मा का आदेश मैं कैसे टाल सकती थी? सिर झुकाए उसके चरण दाबने लगती, तो मुझे लगता असंख्य घिनौने कीड़े मेरी हथेलियों में कुलबुलाने लगे हैं। कभी-कभी सबकी दृष्टि बचाकर, वह मेरी हथेली अपने पैरों के बीच दबा लेता, उसकी भूखी आँखों की दुनाली से वासना की गोलियाँ दनदनाने लगतीं, दूसरे ही क्षण मेरी कठोर मुखमुद्रा देख, वह नट की फुर्ती से अपने को संयम की रस्सी पर साध लेता और ऊँचे स्वर में गीता के श्लोकों की आवृत्ति करने लगता। मेरे जी में आता, उसकी स्वर्ण-मंडित

पादुका उसके सिर पर दे मारूँ, पर लोगों की दृष्टि में उस परमहंस बाबा की महिमा अपार थी, उसका चरणोदक शीशियों में भरकर विदेश तक भेजा जाता था। मैं कुछ कहती, तो वह लंपट मुझे ही लपेट लेता। फिर एक बात और थी, उस तान्त्रिक की अघोरी दृष्टि में कुछ ऐसी सम्मोहिनी थी कि वह एक बार आँखें चार होने पर देखने वाले को मनमानी उठक-बैठक करवा सकता था। मैं कभी भूलकर भी उसकी ओर नहीं देखती थी। उसने भाँति-भाँति की चेष्टाएँ कर ली थीं। कभी कहता, ''राधे, देख तो मेरी आँख में शायद तिनका पड़ गया है, बड़ा गड़ रहा है।'' मैं बड़ी दिज्यू को भेज देती। कभी वह फिर पुकार लगाता, ''राधे, मेरी आँखों में चन्द्रोदय बूटी तू ही डाल दे, बड़ी और मंझली ठीक से नहीं डाल पातीं।'' मैं कोई न कोई बहाना बनाकर टाल जाती। कई बार साहस बटोरकर बड़ी अम्मा से कहने भी गई, किन्तु लाल थैली में छिपे उनके हाथ माला फेरते रहते, आँखों में उनके अन्तर की शुचिता छलक उठती, पाठ करते-करते वे दर्शन के झटके से ही पूछतीं, ''कुछ काम है?''

उनकी भोले शिशु की-सी अम्लान हँसी देखकर मुझे कुछ कहने का साहस ही न होता और मैं चुपचाप लौट आती। देबूलला पर बड़ी अम्मा का अगाध स्नेह था, फिर एक लम्बे अरसे से वे मेरी जिठानियों के साथ रहते आए थे, कभी किसी को उनके विरुद्ध शिकायत नहीं रही थी, मेरे ही लिए वे एकाएक इतने बुरे कैसे हो गए? फिर मेरे पास सबूत ही क्या था? कहीं बड़ी अम्मा भी मुझे गलत समझ बैठीं तो मेरा कहाँ ठिकाना रह जाएगा? जल में रहकर मगर से वैर नहीं हो सकता, फिर मगर क्या एक ही था?

मुक्ति का एक ही उपाय था। चन्द्रावती मसीह मेरे साथ पढ़ती थी। हम दोनों की मैत्री, विमाता की पैनी दृष्टि की लपटों से भी नहीं झुलस पाई थी। मिशन की नाना सुविधाओं की सीढ़ियाँ पार कर वह एक ऊँची नौकरी पा गई थी। दिल्ली में वह अपने मामा के साथ रहती थी, ''मामा बहुत बड़े-बड़े लोगों को जानते हैं, मुझे अनायास ही हवाई जहाज़ में एयर होस्टेस बना देते,'' उसने लिखा था, ''पर यह काला-कलूटा चेहरा निगोड़ा बैरी बन जाता है। तू यहाँ चली आ और तेरे परी-से चेहरे को देखते ही वे तुझे एयर होस्टेस बना लेंगे।''

कितना सुन्दर प्रस्ताव था! पृथ्वी के भूखे भेड़ियों की पहुँच से दूर उड़कर एकदम आकाश में! मेरी दोनों जिठानियाँ स्वामी जी के साथ, सुदीर्घ तीर्थयात्राभ्रमण

पर चली गई थीं। बड़ी अम्मा के दोनों हाथ रहते लाल थैली में और आँखों ने छल-प्रपंच को पकड़ना नहीं सीखा था।

मैं भाग गई, क्षण-भर को संस्कारों की बेड़ियों ने पैरों को जकड़ लिया, अन्तरात्मा धिक्कार उठी, 'छिः-छिः, जिस थाली में खाया, उसी में छेद कर रही है। जिस बड़ी अम्मा ने पढ़ाया, स्वतन्त्रता दी, उसी को छलकर भाग रही है।' फिर आँखों में तैरने लगती बाबूजी की कर्मनिष्ठ सतर पीठ, लोगों के व्यंग्यबाणों से छिदता मौसी का करुण चेहरा, पीलिया रोग से उठे रुग्ण मातृत्वहीन कुन्दन की सहमी-सहमी आँखें। कभी-कभी वह भागकर मुझसे मिलने चला आता था, अब किसके पास जाएगा...?'

पर आँसुओं के साथ-साथ धुंधली आकृतियाँ धीरे-धीरे बह गईं—मैं अब पृथ्वी छोड़कर आकाश पर आ गई हूँ। दरिद्र भाई की व्यथा हृदय को अभी भी कचोटती है। जब अन्तिम बार वह मुझसे मिलने आया, तो मौसी के बेटे की उतरन का अधरंगा वही नीला ब्लेज़र पहने था, जिसकी दोनों कुहनियों पर मैंने लाल पैबन्द लगा दिए थे। अब पैबन्द भी फटकर फड़फड़ाने लगे थे। उसकी आँखों की नीली पुतलियाँ, काँच की नीली गोलियों-सी चमक उठी थीं। हम दोनों भाई-बहनों की आँखें एक ही-सी थीं—गहरी नीली।

चार मील दूर गणनाथ के स्कूल का उतार वह अपने लोहे के पहिए को, तार के चाबुक से भगाता मिनटों में पार कर लेता, किन्तु लौटने की चढ़ाई का मार्ग लोहे के निर्जीव अश्व और सजीव अश्वपति दोनों को क्लांत कर देता।

दिन डूबते ही उसकी बालसुलभ उत्सुकता और बढ़ जाती, "दीदी, तुम क्या आसमान के सितारों में अम्मा का सितारा पहचान सकती हो?" वह लेटा-लेटा मुझसे पूछता। न जाने किसने उससे कह दिया था कि मरने के बाद सब सितारे बनकर टिमटिमाने लगते हैं। "दीदी, तुम्हें कोई दस लाख रुपए दे, तो क्या तुम अकेली जागेश्वर के श्मशानघाट तक जा सकती हो?" "हाँ," मैं उसके निरर्थक प्रश्न का निरर्थक उत्तर देती और वह मेरे पास सरक आता।

दस लाख रुपए के लोभ में, श्मशानघाट की यात्रा अकेली ही कर लेने की दुःसाहसिनी दीदी का दृढ़ संकल्प उसे विचलित कर देता।

कभी-कभी हमारे ग्राम के आकाश का वक्ष विदीर्ण कर धुआँ छोड़ता जेट विमान निकल जाता, तो वह पगला-सा आता, "अरे, मदनिया-हिरुवा, देखो चीलगाड़ी! दीदी, चीलगाड़ी, आहा रे, चीलगाड़ी! ओ हो रे चीलगाड़ी!"

अपनी पतली सींक-सी बाँहें आकाश की ओर नचाता वह गोल-गोल घूमने लगता, "चीलगाड़ी रे चीलगाड़ी।"

आज उसकी दीदी उसी चीलगाड़ी में न जाने कितने देश-विदेश घूम चुकी है। राजसी अतिथियों के वायुयान में मेरी उपस्थिति अनिवार्य हो उठी है। मेरी नीली आँखें, गोरा रंग कभी-कभी किसी विदेशी अतिथि को उलझन में डाल देते हैं। "एक्सक्यूज मी, क्या आप तुर्की हैं?" वह मुझसे पूछता है—मैं हँस देती हूँ। अपनी भुवनमोहिनी हँसी को मैंने अब पहचान लिया है। भारत के वेदान्त, दर्शन, संगीत से लेकर करी-पाउडर की भोजन-सामग्री, साड़ी पहनने की शिक्षा, सबका विस्तृत विवरण देकर मैं अतिथियों की आकाश-यात्रा को आश्चर्यजनक रूप से मनोरंजक बना देती हूँ। किन्तु अचानक हँसी-कहकहों और प्रश्नोत्तरों के बीच मैं उदासी में डूब जाती हूँ। क्या पता नीचे विराट् धरती पर वायुयान का शब्द सुन, नीले ब्लेज़र के लाल पैबन्द फड़फड़ाता अपने लोहे के अश्व को तार के चाबुक से साधे कोई चीख-चीखकर अपने साथियों को पुकार रहा है, "अरे, मदनिया, हिरुवा, देखो चीलगाड़ी..."

सहसा मैं परिश्रम से मुखस्थ किया गया अपना वेदान्त-दर्शन और साड़ी-शिक्षा का पाठ भूल जाती हूँ, मुझे लगता है, आकाश के नीले ब्लेज़र में डूबते सूर्य की अरुणशिखा के दो फटे पैबन्द फड़फड़ा रहे हैं और दो दुबले सींक-से हाथ आकाश की ओर उठा-उठाकर कोई नाचता-घूमता गा रहा है, "आहा रे, चीलगाड़ी! ओहो रे, चीलगाड़ी!"

# सती

गाड़ी ठसाठस भरी थी, स्टेशन पर तीर्थयात्रियों का उफान-सा उमड़ रहा था। एक तो माघ की पुण्यतिथि में अर्ध-कुम्भी का मेला, उसपर प्रयाग का स्टेशन। मैंने रिज़र्वेशन स्लिप में अपना नाम ढूँढ़ा और बड़ी तसल्ली से अन्य तीन नामों की सूची देखी। चलिए तीनों महिलाएँ ही थीं, पुरुष सहयात्रियों के नासिकागर्जन से तो छुट्टी मिली। दो महिलाएँ आ चुकी थीं, एक जैसा कि मैंने नाम से ही अनुमान लगा लिया था, महाराष्ट्री थीं और दूसरी पंजाबी। तीसरी मैं थी और चौथी अभी आई नहीं थी। मैं एक ही दिन के लिए बाहर जा रही थी, इसी से एक छोटा बटुआ ही साथ में था। आसपास बिखरे, दोनों महिलाओं के भारी-भरकम सूटकेस, स्टील के बक्स और मेरुपर्वत-से ऊँचे ठसे-कसे होल्डाल देखकर मैंने अपने को बहुत हल्का-फुल्का अनुभव किया। वैसे भी मैं सोचती हूँ, बक्स-होल्डालहीन यात्रा में जो सुख हैं, वह अन्य किसी में नहीं। चटपट चढ़ें और खटखट उतर गए, न कुलियों के हथेली पर धरे द्रव्य को अवज्ञापूर्ण दृष्टि से देखकर 'ये क्या दे रही हैं साहब' कहने का भय, न सहयात्रियों के उपालम्भ की चिन्ता! मेरे साथ ही महाराष्ट्री महिला ने अपने बृहदाकार स्टील के बक्स एक के ऊपर एक चुनकर पिरामिड से सजा दिए थे, लगता था वह प्रत्येक वस्तु के लिए स्थान और प्रत्येक स्थान के लिए वस्तु की उपादेयता में विश्वास रखती थीं। वह स्वयं, बड़ी शालीनता से लेटकर एक सीध में दो तकिए लगाए, एक मराठी पत्रिका पढ़ने में तल्लीन थी। दूसरी पंजाबी महिला के पास एक सूटकेस, टोकरी और बिस्तरा ही था, पर तीनों बेतरतीबी से बिखरे पड़े थे। उनका एक सुराहीदान, जिसकी एक टाँग, अधिकांश सुराहीदानों की भाँति कुछ छोटी थी, बार-बार लुढ़ककर उनको परेशान किए जा रहा था। वे बेचारी चश्मा उतारकर रखतीं, हाथ की जासूसी अंग्रेज़ी पुस्तक, जिसे पढ़ने में उन्हें पर्याप्त रस आ रहा था, औंधी कर बर्थ पर टिकातीं, झुंझलाकर सुराहीदान ठिकाने से लगाकर जैसे ही हाथ की पुस्तक में रस की डुबकी

लगातीं कि सुराहीदान फिर लुढ़क जाता। मुझे उनकी उलझन देखकर बड़ी हँसी आ रही थी, वैसे मैं उनकी परेशानी काफी हद तक दूर कर सकती थी, क्योंकि सुराहीदान मेरे पास ही धरा था। मैं उसकी लँगड़ी टाँग को अपनी बर्थ से टिकाकर लुढ़कने से रोक सकती थीं। पर सुराही को ऐसे बेतुकी काठ की सवारी में साथ लेकर चलने वालों से मुझे कभी सहानुभूति नहीं रहती। पंजाबी महिला सम्भवतः किसी मीटिंग में भाग लेने जा रही थीं, क्योंकि उनके साथ एक मोटी-सी फाइल भी चल रही थी, जिसे खोल वे बीच-बीच में हिल-हिलकर कुछ आँकड़ों को पहाड़ों की भाँति रटने लगतीं, और फिर बन्द कर उपन्यास पढ़ने लगतीं। उनकी सलवार, कमीज़, दुपट्टा यहाँ तक कि रूमाल भी खद्दर का था और शायद उसी के संघर्ष से उनकी लाल नाक का सिरा और भी अबीरी लग रहा था। उनके चेहरे पर रोब था, किन्तु लावण्य नहीं। रंग गोरा था, किन्तु खाल में हाथ की बुनी खादी का-सा खुरदरापन था। ठुड्डी पर एक बड़े-से तिल पर दो-तीन लम्बे बाल लटक रहे थे, जिन्हें वे अँगुली में लपेटती छल्ले-सा घुमा रही थीं। या वे प्रौढ़ा कुमारी थीं, या फिर विधवा, क्योंकि चेहरे पर एक अजीब रीतापन था, जीवन के उल्लास की एक-आध रेखा मुझे ढूँढ़ने से भी नहीं मिली। जासूसी पुस्तक को थामने वाले उनके हाथों की बनावट मर्दानी और पकड़ मज़बूत थी। ये वे हाथ नहीं हो सकते, मैं मन में सोच रही थी, जो बच्चों को मीठी लोरी की थपकनें देकर सुलाते हैं, पति की कमीज़ में बटन टाँकते हैं, या चिमटा-सनसी पकड़ते हैं। ये वे हाथ नहीं हैं, जिनकी हस्तरेखाओं को उनकी कर्म रेखाएँ धूल-कालिख की दरारों से मलिन कर देती हैं।

मेरा अनुमान ठीक था, स्वयं ही उन्होंने अपना परिचय दे दिया। वे पंजाब के एक विस्थापित स्त्रियों के लिए बनाए गए आश्रम की संचालिका थीं। हाल ही में विदेश से लौटी थीं और लखनऊ की किसी समाज-कल्याण गोष्ठी में भाग लेने जा रही थीं। समाज-सेविकाओं में उनका नाम अग्रणी था।

महाराष्ट्री महिला के परिचय का कोई प्रश्न ही नहीं उठता था। उस स्वल्पभाषिणी सुन्दरी प्रौढ़ा ने हममें से किसी को भी, मैत्री का हाथ बढ़ाकर प्रोत्साहित नहीं किया। हाथ की मराठी पत्रिका को पढ़तीं वे कभी स्वयं ही मुसकराती जा रही थीं और कभी गहरी उदासी से गर्दन मोड़ ले रही थीं। स्पष्ट था कि किसी कुशल मराठी कथा-लेखक की सिद्ध कलम का जादू उन्हें कठपुतली-सी नचा रहा था। वे हमारे डिब्बे में होकर भी नहीं थी। उनके गोरे रंग पर उनकी लाल शोलापुरी साड़ी लपटें-सी मार रही थी। गोल परिपाटी से बाँधा गया जूड़ा,

एड़ी-चुम्बी केशराशि के मूलधन का परिचय दे रहा था। कानों में सात मोतियों के वर्तुलाकार कर्णफूल थे और गले में दुहरी लड़ का मंगलसूत्र, जिसे वे अभ्यास-वंश बार-बार दाँतों में दबा ले रही थीं। उनके सामान पर, सम्भवतः उनके पति के नाम का लेबल लगा था—मेजर जनरल वनोलकर, और वे वास्तव में थीं भी मेजर जनरल की ही पत्नी होने के योग्य। पूरे चेहरे में, दोनों आँखें ही सबसे ज्वलन्त आभूषण थीं। वे कुछ भी नहीं बोल रही थीं, पर वे बड़ी-बड़ी आँखें निरन्तर हँसती-मुसकराती, परिचय देती, मज़ाक उड़ाती जा रही थीं। कभी वे मुझे देखतीं, कभी उस पंजाबी महिला को, पर आँखें चार होते ही बड़ी अवज्ञा से दृष्टि फेर, मंगलसूत्र दाँतों में दबा पत्रिका पढ़ने लगतीं।

गाड़ी ने सीटी दी और ठीक इसी समय, हमारे साथ की चौथी महिला ने डिब्बे में प्रवेश किया। गाड़ी मानो उन्हीं के लिए रुकी थी, डाँट-डपट की फुफकारें छोड़ती गाड़ी चली और उसी धक्के के साथ वे महिला, फद्द से सीट पर लुढ़क पड़ीं। उनके हाथ में बेंत की बनी एक छोटी-सी टोकरी थी और काँख में चौकोर बटुआ दबा था। "ओफ! लगता था गाड़ी छूट ही जाएगी। बाप रे बाप, कैसी दौड़ लगानी पड़ी!" मैं उन्हें देखती ही रह गई, समाज-सेविका ने जासूसी उपन्यास बन्द कर दिया, मराठी मोनालिसा ने चश्मा उतारकर हाथ में ले लिया और बैठ गई!

हम तीनों की ही दृष्टि उस चौथी पर आबद्ध हो गई। दोष हमारा नहीं था, वह चीज़ ही देखने लायक थी।

हमारा घूरना उन्होंने भाँप लिया, "केम बेन, बहुत लम्बी हूँ ना मैं।" वह हँसी, "छह फुट साढ़े दस इंच टु बी एकज़ैक्ट, शायद भारत की सबसे लम्बी नारी! चलिए, यह अच्छा है कि इस डिब्बे में आज हम चारों महिलाएँ ही हैं, नहीं तो मुए पुरुष भी मुझे घूरते।" फिर वे दनादन हमारा इण्टरव्यू लेने लगीं। पहला प्रहार मुझ पर ही हुआ। समाज-सेविका ने ठक-ठक कर दो-तीन रुखे उत्तरों के चाँटे धर दिए।

महाराष्ट्री महिला ने 'हिन्दी नहीं जानता' कह पीठ फेर ली, तो उस महिला ने त्रुटिहीन अंग्रेज़ी का धाराप्रवाह भाषण झाड़ दिया, "मुझे मदालसा कहते हैं, मदालसा सिंघाड़िया। कल ही प्रिटोरिया से आयी हूँ, अपने पति की मृत देह लेने।" मैं चौंक गई। समाज-सेविका ने अपने रूखे व्यवहार पर लज्जित होकर, चट आगे बढ़ उसके दोनों हाथ थाम लिए, "अरे राम-राम, कोई दुर्घटना हो गई थी क्या?" उन्होंने बड़े दर्द से पूछा।

मदालसा की वेशभूषा में सद्यःवैधव्य का कहीं कोई चिह्न नहीं था। वे लम्बी होने पर भी पठानिन-सी गठे-कसे शरीर की लावण्यमयी गतयौवना थीं। उनके बाल किसी दामी सैलून में कटे-सँवरे लग रहे थे। अपनी धानी रेशमी साड़ी को वे हाफ-पैन्ट की भाँति ऊपर चढ़ा, दोनों पैरों की पालथी मार, आराम से जम गईं।

''असल में पिछले वर्ष, एक पर्वतारोही दल के साथ मेरे पति भारत आए थे, वहीं एक एवलैंश (तूफान) के नीचे दबकर उनकी मृत्यु हो गई।''

''च्च च्च च्च, तो क्या मृत देह अब मिली?'' मैंने पूछा।

''हाँ, भारत सरकार ने मुझे सूचित किया, तो भागती आई। बर्फ में दबी देह, सुना ज्यों की त्यों मिली है। मेरे बुने स्वेटर का, जिसे उन्होंने पहना था, एक फन्दा भी नहीं टूटा।''

मृत पति की स्मृति ने उन्हें भाव-विभोर कर दिया। बटुए से मर्दाना रूमाल निकाल, वे कभी आँखें पोंछने लगीं, कभी अपनी सूर्पनखा-सी लम्बी नाक। बेचारी करतीं भी क्या! कोई भी ज़नाना रूमाल उस नाक का अस्तित्व नहीं संभाल सकता था।

अचानक हम तीनों को, बेचारी मदालसा का एक वर्ष पुराना वैधव्य, एकदम ताज़ा लगने लगा।

''तो क्या अब आप अपने 'हसबैण्ड' का 'डैड बॉडी' लेकर प्रिटोरिया 'फ्लाई' करेगा?'' महाराष्ट्री महिला ने पूछा।

''नहीं, बेन!'' मदालसा सीट पर लेट गईं, तो लगा एक लम्बे खजूर का कटा पेड़ ढह गया।

एक लम्बी साँस खींचकर उन्होंने कहा, ''मैं असल में सती होने भारत आई हूँ!'' हम तीनों को एक साथ अपने उस उत्तर का क्लोरोफार्म सुंघा, सती ने एकदम आँखें मूँद लीं, जैसे वह चाह रही थीं कि अब हम उन्हें शान्ति से पड़ी रहने दें।

ऐसा भी भला किसी ने सुना था इस युग में! सुस्पष्ट उच्चारण में अंग्रेज़ी बोलने वाली, छह फुट साढ़े दस इंच की यह काया, कल बर्फ में दबी पति की एक साल बासी लाश को छाती से लगा, जल-भुनकर राख हो जाएगी।

''नहीं, आपको ऐसी मूर्खता करने का कोई अधिकार नहीं है। यह एक अपराध है, क्या आप यह नहीं जानतीं?'' खादीधारी महिला उठकर मदालसा के सिरहाने बैठी, ऐसे गम्भीर भाषण की गोलाबारी झाड़ने लगीं, जैसे चिता सचमुच प्रज्वलित हो चुकी है और सती लपटों में कूदने को तत्पर है। ''भावावेश के दुर्बल क्षणों में नारी कभी बड़ा बचपना कर बैठती है, इसका मुझे व्यापक अनुभव है।

अभी हाल ही में मेरे आश्रम की दो युवतियाँ ऐसी मूर्खता कर बैठीं। मुझे ही देखिए, भारत-विभाजन के समय मेरे पति की हत्या कर दी गई, पर मैं क्या सती हो गई? सिली सेंटिमेंट? यदि मैं भी उस दिन आपकी भाँति सती हो जाती तो आज यह देह दीन-दुखियों के काम आ सकती थी? पहले मॉडल जेल की अध्यक्षा रही और अब गिरी बहनों के आश्रम की देख-रेख करती हूँ।''

''ना, बेन, ना।'' मदालसा ने करवट बदली, ''मैं तो सती होने ही भारत आयी हूँ। हाय मेरा नीलरतन, नीलू डार्लिंग!'' कह वह फिर मर्दाने रूमाल में मुँह छिपाकर सिसकने लगीं।

''आप चाहें तो मैं आपके साथ चल सकती हूँ, आपके पति के अन्तिम संस्कार में सहायता कर आपको अपने आश्रम में ले चलूँगी,'' समाज-सेविका ने अपने उदार प्रस्ताव का चुग्गा डालकर मदालसा को रिझाने की चेष्टा की।

मदालसा बड़ी उदासी से हँसी, ''धन्यवाद बेन, पर ब्रह्मा भी अब मुझे अपने निश्चय से नहीं डिगा सकते। यह रोग हमारे खानदान में चला आया है। मेरी परनानी तो राजा राममोहन राय और सर विलियम बेंटिक को भी घिस्सा देकर सती हो गई थीं। और नानी के लिए तो लोग कहते हैं कि नानाजी की मृत देह गोद में लेकर चिता में बैठते ही, स्वयं चिता धू-धूकर जल उठी थी। फिर मेरी माँ और अब मैं।

''खैर, हटाइए भी, पता नहीं किस धुन में आकर आप लोगों से कह गई। 'आई शुड नाट हैव टोल्ड यू' (मुझे आपसे नहीं कहना चाहिए था)। चलिए, हाथ-मुँह धोकर खाना खा लिया जाए। क्यों, क्या खयाल है?'' उन्होंने अपनी कदली स्तम्भ-सी जँघाओं पर दोनों हाथों से त्रिताल का टुकड़ा-सा बजाया।

हम तीनों को एक बार फिर आश्चर्य-उदधि में गोता लगाने को छोड़, वे टोकरी से एक स्वच्छ तौलिया, साबुन निकाल गुसलखाने में घुस गईं।

उनके जाते ही हम तीनों परम मैत्री की एक डोर-में गुँथ गए।

''अजीब औरत है! क्या आप सोचती हैं यह सचमुच सती होने जा रही है?'' मैंने मराठी महिला से पूछा।

''देखिए, मरनेवाला कभी ढिंढोरा पीटकर नहीं मरता।'' वह हँसकर बोलीं, ''हमको तो इसका यह स्क्रू ढीला लगता है,'' उन्होंने अपने माथे की ओर अँगुली घुमाई, ''इस ज़माने में ऐसे सती-फती कोई नहीं होती।''

''क्षमा कीजिएगा,'' खादीधारी महिला बड़ी गम्भीरता से बोलीं, ''मुझे औरतों का अनुभव आप दोनों से अधिक है। मैं ऐसी भावुक प्रकृति की भोली औरतों

को चेहरा देखते ही पहचान लेती हूँ। आँखें नहीं देखीं आपने? कितनी निष्पाप, पवित्र और उदार हैं। मुझे पक्का विश्वास है कि पति की मृत देह देखते ही यह वही मूर्खता कर बैठेगी, जिसका यह खुले-आम ऐलान कर रही है। लगता है मुझे अपना प्रोग्राम कैंसिल कर, इसके साथ जा पुलिस को खबर देनी होगी। तभी इसे बचाया जा सकता है।''

इतने ही में मदालसा, हाथ-मुँह धोकर ताज़ा चेहरा लिए आ गई। मेल-गाड़ी वन, ग्राम, नदी, नाले, पुल कूदती-फाँदी सर्राटे से भागी जा रही थी। मदालसा ने अपनी टोकरी खोलकर नाश्तादान निकाल लिया। जैसे खरबूजे को देखकर खरबूजा रंग पकड़ता है, ऐसे ही एक यात्री को खाते देख दूसरे सहयात्री को भी भूख लग आती है। क्षण-भर में सतीप्रथा पर चल रही बहस, कपूर धुएँ की भाँति उड़ गई और चटाचट नाश्तेदान खुलने लगे।

''आइए ना, एक साथ बैठकर खाया जाए।'' मदालसा ने कहा और बड़े यत्न से, स्वच्छ नैपकिन बिछा, छोटे-छोटे स्टील के कटोरदान सजाने लगीं।

''धन्यवाद!'' मैंने कहा, ''पर हमारे साथ भी तो खाना है, इसे कौन खाएगा?''

''वाह जी वाह, उसे हम खाएँगी, ईश्वर ने यह छह फुट साढ़े दस इंच दुर्ग आखिर बनाया किसलिए है?'' उनकी भुवनमोहिनी हँसी ने हमें पराजित कर दिया। वैसे भी हम तीनों ने, एक-दूसरी को, काकदृष्टि से, सती के घृत-पक्वान्न को, आँखों ही आँखों में घूरते-चखते पकड़ भी लिया था। सुनहरी मोयनदार कचौड़ियाँ थीं, मसालों की गहरी पर्त में डूबी सब्ज़ियाँ थी, रायता था, चटनी थी—और थे ठाँस-ठाँसकर बाँधे गए, मेवा-जड़े बूँदी के लड्डू! ''यह तो सफर का खाना नहीं, अच्छा-खासा विवाह-भोज है,'' समाज-सेविका की आँखों से लार टपक रही थी, ''बड़ा हैवी खाना लेकर चली हैं आप!'' उन्होंने कहा और कचौड़ियों पर टूट पड़ीं।

हम तीनों के पास, भारतीय रेल-यात्रियों के साथ युग-युगान्तर से चली आ रही वही पूरी-तरकारी और आम के अचार की फाँकें थीं। अपना खाना खाया ही किसने! मदालसा के स्वादिष्ट भोजन को चटखारे ले-लेकर हम तीनों ने साफ कर दिया, उधर वे अकेली ही हम तीनों के नाश्तादानों को जीभ से चाट गई थीं। विधाता ने सचमुच ही उनके शरीर के दुर्ग में, असीम गोला-बारूद भरने के लिए, अनेक कोष्ठ-प्रकोष्ठों की रचना की थी। महातृप्ति के कई तार और मन्द्र सप्तक के डकार लेकर, हाथ-मुँह धो, मदालसा ने टोकरी में से एक मस्जिद के गुम्बद के आकार का पानदान निकाला।

“यह मेरे नीलू ने मुझे बगदाद से लाकर भेंट किया था। उसे पान बेहद पसन्द थे, इसी से एक ढोली मघई पान और यह पानदान लेकर ही कल चिता में उतरूँगी।” इसी शहीदाना अदा से, हम तीनों को घायल कर उन्होंने केवड़ा, इलायची और मैनपुरी सुपारी से ठसा बीड़ा थमाया।

सतीप्रथा पर फिर ज़ोरदार बहस छिड़ गई—“हाय मेरे अन्तिम सफर की प्यारी साथिनो, तुम अब हमें नहीं रोक सकतीं,” मदालसा लेट गईं और बड़ी सधी आवाज़ में गाने लगीं, “ ‘न जांणयूं जानकी नाथे, सवारे शूं थवानूं छे,’ समझीं इसका अर्थ?” उन्होंने हँसकर मुझसे पूछा, “जानकीनाथ भी यह नहीं जान सके थे कि सुबह क्या होगा।”

अब मुझे लगता है, उस गुजराती पद की व्याख्या उन्होंने सम्भवतः हमारे ही हित में की थी! “चलो जी, अब सो जाओ सब, आज इस पृथ्वी पर मेरी यह अन्तिम निद्रा है बेन, बहस व्यर्थ है। चलो गुडनाइड और बहुत प्यारे-प्यारे सपने दिखें तुम तीनों को।” सचमुच ही उसकी शुभकामनाओं ने जादू का असर किया। ऐसी नींद तो पहले कभी आई ही नहीं थी! और सपने?

कभी लगता—जगमगाते आभूषणों के ढेर में गोते खा रही हूँ, हीरे के हारों से गर्दन टूटी जा रही है, बाजूबन्द-अँगूठियों के भार से हड्डियाँ खिसकी जा रही हैं। और साड़ियाँ? क्या-क्या रंग हैं, कैसा चिकना रेशम! साड़ियों के विशाल उदधि में रंगीन कीमती साड़ियों की तरंगें रह-रहकर उठ रही हैं। इससे प्यारे सपने और क्या दिख सकते थे? पर सपनों का अन्त भी समुद्र के ज्वारभाटे की ही भाँति हुआ—वास्तविकता की अन्तिम तरंग ने पटाक् से हम तीनों को धोबी-पछाड़ दी, आँखें खोलीं तो सती गायब थी।

“हाय मेरे स्टील का बक्स!” मिसेज़ वनोलकर बर्थ से उतरते ही लड़खड़ा गईं, “उसमें तो मेरे विवाह का जड़ाऊ सेट था। लगता है वह सती की बच्ची हमें कुछ विष खिला गई! सिर फटा जा रहा है।” उनका गला भर्रा गया। हाँ, ठीक ही तो कह रही थीं, मुझे कोई जैसे सावन के झूले की ऊँची-ऊँची पेंगें दे रहा था, पूरा डिब्बा गोल-गोल घूम रहा था, पंखें के चारों ओर बल्ब, बल्ब के चारों ओर छत और छत के इर्द-गिर्द कई रेशमी साड़ियाँ और भारी-भारी आभूषण पहने स्वयं मैं लट्टू-सी घूम रही थी। कभी जी में आ रहा था ज़ोर-ज़ोर से हँसूँ, कभी दहाड़े मारकर, रोने को तड़प रही थी। बहुत पहले एक बार भाभी ने भंग खिलाकर ऐसी ही व्यवस्था कर दी थी।

सुना गया है कि कुकुरमुत्तों को पीसकर बनाया गया विष भी ऐसे ही मीठे

सपने दिखाता है। उनको खाते ही गहरी नींद आ जाती है, जो कभी-कभी दिनों तक नहीं टूटती।

मीठे सपने दिखा, सजग मनुष्य को अर्द्धविक्षिप्त-सा कर देने वाला यह अवश्य वही विष होगा। समाज-सेविका दोनों हाथों से सिर थामे बिलख रही थीं, "हाय, मैं तो लुट गई! मेरे सूटकेस में आश्रम का दस हज़ार रुपया था।"

और मैं? सहसा गोल-गोल घूमते रेल के डिब्बे में गोल घूमते मेरे दिमाग ने मुझे सूचित किया, "तुम्हारा बटुआ ले गई है, बटुआ!"

और ले भी क्या जाती! सामान तो कुछ था नहीं पचपन रुपए और एक फर्स्ट क्लास का वापसी टिकट। सती की चिता में, मैं यही सामान्य-सी घृताहुति दे पाई। चेन खींचकर गाड़ी रोकी गई, सचमुच ही समाज सेविका को पुलिस को खबर देनी पड़ी, पर सती को बचाने नहीं, पकड़वाने के लिए। वह मिल जाती तो शायद, हम तीनों स्वयं उसकी चिता चुनकर उसे झोंक देतीं। पर कहना व्यर्थ है, आज तक पुलिस उस सती मैया के फूल नहीं चुन पाई!

# ज्येष्ठा

कभी-कभी, नारी ही नारी के लिए एक जटिल पहेली बन उठती है। वैसे एक नारी के जिस छलनामय स्वभाव का घनिष्ठ परिचय दूसरी नारी को अपने पारिवारिक जीवन में पग-पग पर मिलता रहता है, वह शायद किसी पुरुष को कभी नहीं मिल सकता। जिठानी, देवरानी, ननद, भाभी यहाँ तक कि एक माँ की जाई दो सगी बहनों को भी कभी-कभी ईर्ष्या, द्वेष, कामना या लोभ की आरी चीरकर विलग कर देती है। वैमनस्य के अखाड़े में जूझती वीरांगनाएँ किसी कुशल फेंसिंग के कलाकार की दक्षता से प्रद्विंद्विनी को कभी जिह्वा के प्रहार से धराशायिनी कर देती हैं और कभी छल-बल से। जहाँ मूर्ख पुरुष क्रोध से अँधे बन कभी-कभी फाँसी के फन्दे को भी भूलकर, शत्रुमुंड गंडासे से अलग कर देते हैं, वहाँ प्रतिशोध लेने के लिए नारी कभी ऐसी अविवेकपूर्ण मूर्खता नहीं करती। वह शत्रु की सुख्याति, सुनाम यहाँ तक कि उसका सर्वस्व भी हरण कर सकती है, केवल अपनी तीखी जिह्वा के कुटिल प्रहार से। इसमें कोई सन्देह नहीं कि नारी ही नारी की सबसे बड़ी शत्रु है। पिरी की सबसे बड़ी प्रतिद्वन्द्विनी थी स्वयं उसकी भावी सास। पूरे बीस वर्ष तक उसके विवाह-मार्ग में वह नागिन-सी अड़ी-खड़ी फुफकारती रही थी और उन बीस वर्षों में किस दुःसाहस से पिरी उसी मार्ग से लुक-छिपकर अपने प्रेमी से मिलती रही थी—मैं सब जानती थी। पर आज यह कैसे हो गया?

यह छलनामयी मुझे अपनी क्षणिक झलक दिखाकर नारी-स्वभाव के रहस्यमय अलतार्णव में डुबकियाँ लगाने छोड़ गई है। अब अपनी मूर्खता पर क्षोभ भी होता है। क्यों वहीं उसे कन्धे पकड़कर नहीं झकझोर दिया? कम से कम वह भोला चेहरा, पल-भर को तो फक् पड़ता। मूर्ख, हतबुद्धि-सी मैं फौवारे के पास खड़ी बेंच पर निर्लज्जता से चोंच में चोंच मिलाए उस कबूतरी जोड़े को देखती ही रह गई थी। सामान्य रूप से हाथ बढ़ाने पर ही मैं उस कँवु-कंठ में झूलते मंगलसूत्र के बीच गुँथे मूँगे को, बड़ी निर्ममता से खींच सकती थी, पर जोड़े के पीछे मुड़ने

से पहले ही मैं स्वेच्छा से स्वयं ही मुड़ गई। ऊपर की सड़क पर पहुँचकर देखा तो बेंच खाली थी। सीज़न की उद्देश्यहीन भीड़ के अथाह प्रवाह में प्रेमी-युगल खो चुके थे।

आज से कोई बीस वर्ष पूर्व, पिरी ने अपनी सगाई का समाचार मुझे स्वयं तार देकर दिया था। मैं सच कहती हूँ कि उस दिन, उसकी सगाई के समाचार से मुझे जितनी प्रसन्नता हुई थी, उतनी शायद अपनी सगाई के दिन भी नहीं हुई। न जाने कितनी बार ऐसे ही हर्डल पार करने में पिरी के शरीर और मन, दोनों बुरी तरह क्षत-विक्षत हो चुके थे।

लाखों में एक न होने पर भी उस चेहरे की लुनाई में एक अनुपम आकर्षण था, लम्बी छरहरी देह, गेहुँआ रंग, सुतवां नाक और ऊँचे उठे कपोल। आँखें बड़ी न होने पर भी चौबीसों घण्टे उज्ज्वल हँसी से चमकती रहतीं, भूरे रेशम की लच्छियों-से केश सामान्य हवा के झोंके से ही मनमोहक घेरे में चेहरे को बाँध लेते, उसपर उसका आनन्दी स्वभाव पल-भर के पाहुने को भी अटूट मैत्री के बन्धन में जकड़ लेता। पाँच मिनट के परिचय को भी वह पाँच वर्ष का परिचय बना सकती थी। इतने वर्षों में भी उस कमनीय चेहरे का केशौर्य नहीं गया है। जैसे कूर्मांचल का अस्ताचलगामी प्रौढ़ सूर्य, जाते-जाते भी डूबती किरणों का अद्भुत उज्ज्वल जाल बिछाता पर्वत श्रेणियों को अनोखी आभा से आलोकित कर जाता है, वैसे ही उससे विदा लेता यौवन बड़ी हठीली धृष्टता से अड़ता, उस लुभावने चेहरे को और भी लुभावना बनाता चला गया था। मैं तो उसे देखकर दंग रह गई थी। सामान्य गेहुआँ रंग ऐसी दूधिया शुभ्रता में कैसे बदल गया? सुना तो यही था कि बसन्त और यौवन, पद्मपत्र के जलबिन्दु से ही क्षण-स्थायी होते हैं—पर इन बीस वर्षों में पिरी क्या और भी सुन्दर नहीं बन गई है! वही बल खाती देहयष्टि, मोटी काली चोटी उसी कौमार्यावस्था की अल्हड़ता से सामने झूल रही थी, कान के पास चन्द्रमल्लिका का एक बड़ा-सा पुष्प सर्चलाइट-सा चमक रहा था, ठीक जैसे हवाई द्वीप की कोई लावण्यमयी धृष्टा किशोरी विदेशी पर्यटक के पार्श्व में कान में फूल खोंसे बैठी, किसी एयरलाइन्स का विज्ञापन बनी मुस्करा रही हो। क्या कहूँ, लिखने में तो निविढ़ ब्रीड़ा से लेखनी स्वयं संकुचित हो रही है, किन्तु मर्यादाहीन औदार्य से प्रदर्शित उस सुडौल नंगी पीठ पर आसपास खड़े कितने ही पर्यटकों की लोलुप दृष्टि गड़ते देख मैं लज्जा से गड़ गई। अविश्वास से मैंने अन्तिम बार फिर दोनों को देखा—नहीं, सन्देह के लिए सामान्य-सी भी गुंजाइश नहीं। दोनों वही थे।

पर यह हो कैसे गया? गत वर्ष जिसके स्पर्श से सिहरकर, वह मेरे पास भाग आई थी और जिसके अप्रत्याशित प्रणय-निवेदन की अद्भुत कहानी सुनाने में बार-बार भय से काँपती, सचकित दृष्टि से द्वार को ऐसे देखने लगती थी जैसे कहीं वह अचानक आकर खड़ा न हो गया हो; जिसकी मृत्युकामना के लिए उसने जाखन-देवी के वरदायी मन्दिर में निरन्तर तीन माह तक घृतदीप जलाया था, जो कभी स्वयं अपनी माँ के साथ, उसके सौभाग्य-द्वार का पथ अवरुद्ध कर, हठीला प्रहरी बन खड़ा हो गया था, क्या वह अन्त में उसी की प्रणय-डोर से खिंची चली गई?

पिरी का नाम था हरिप्रिया, एक ऐसा प्रचलित नाम, जो कभी पहाड़ की हर तीसरी लड़की का हुआ करता था, पर पिरी हर तीसरी लड़की-सी साधारण नहीं थी। शायद यही कारण था कि वह सोलह वर्ष की भी नहीं हुई थी कि उसकी कुंडली हाथों ही हाथों में तौली जाने लगी। पितामह मूँगफली बेचते थे किन्तु पिता ने कठोर दारिद्र्य को अपने चरित्रबल से दूर ठेलकर प्रतिष्ठा एवं समृद्धि पाई थी, इसी से थे कठोर मितव्ययी। लोग कहते थे, कि उनकी मितव्ययिता ही उनकी सरला पत्नी की अकाल मृत्यु का कारण थी। जो भी हो, उनकी मितव्ययिता से हार मानने वाली पिरी नहीं थी, प्रायः ही वह पिता के इधर-उधर छिपाए रेज़गारी के स्तूप से, मुट्ठी-भर चवन्नी-अठन्नियाँ बटोरकर, अपनी काँच के बटन-सी चमकती आँखें चमकाती छत से हमारी पथरीली छत पर कूद आती, "अभी-अभी मोहनलाल निकलेगा—तू बुला लेना, समझीं, छककर टिकिया खाएँगे।" मैं उसके दुःसाहस को देखकर काँप जाती, कहीं उसके पिता ने देख लिया तब? फटी कमीज़ उलटी कर, कब किस छत के पत्थर पर जमा बूढ़ा जुएँ बीनना छोड़, हमारी चोटी पकड़कर घसीट लेगा—क्या कुछ ठीक था? पर सन्ध्या ढलती और मीठे गले की सुरीली हाँक से मोहनलाल न जाने कितनी किशोरियों की चटोरी जिह्वाओं को आमन्त्रित कर देता, 'पोटेटो की टिकिया डबल में एक।'

मोहनलाल को भला तब अल्मोड़ा की कौन किशोरी नहीं जानती थी? अधेड़ चेहरा, स्याहरंग और सींक-सी अँगुलियों में गज़ब की फुर्ती, पतले, तवे पर सिंकती गुलाबी आलू की टिकियाँ, चुटकियों से छिड़का गया मसाला और खट्टी-मिट्ठी चटनी डाल बनाई गई अमृत बूटी? कैसा अदभुत व्यक्ति था वह! रामलीला में बनता था केवट, और उसी चौपाई के लहजे में जब मीठी हाँक लगाता—"पोटेटो की टिकिया—डबल में एक," तो एक से एक सनातनी महिलाएँ भी टिकिया खाने पिछवाड़े का द्वार खोल लेतीं, "रामचन्द्र जी का केवट है, भला उसके हाथ की

टिकिया खाने में कैसा दोष?'' निपुणिका पुत्री कब कितनी रेज़गारी पार कर लेती है, पिता को पता भी नहीं रहता।

पहली बार सुन्दरी पुत्री की कुंडली माँगी गई तो बेचारे बड़े उत्साह से मृत पत्नी के हरिण के चमड़े से मढ़े जीर्ण पिटारे से कुंडली निकाल चटपट दे आए थे। उसी सन्ध्या को खोटे सिक्के-सी कुंडली लौट आई तो उनका माथा ठनका। देने वालों ने तो यह कहकर लौटा दी थी कि कन्या के तीन ग्रह लड़के से बड़े हैं, पर अल्मोड़ा-भर की कुंडलियों की रेखाओं का लेखा-जोखा रखने वाले भट्टजी ने कुंडली का भेद खोल दिया, "जहाँ-जहाँ पात्र से बड़ा भाई होगा वहाँ-वहाँ से कुंडली ऐसे ही लौट आएगी पंतजी, कन्या का ज्येष्ठा नक्षत्र है।'' मूर्खा पत्नी पर मन ही मन उन्हें क्रोध भी आया था, क्या मरने से पहले किसी-को कुंडली दिखा नहीं सकती थी अभागी? उन्हें पहले पता होता तो दस-पाँच रुपया देकर भट्टजीसे ही दुष्ट ग्रह को मटियामेट करा देते, उनके पुत्र अम्बी ने क्या पुत्री का अष्टम मंगल, भट्टजी के दक्ष स्याहीमेट रबर से नहीं मेट दिया? पर दूसरा कटु सत्य अचानक पंतजी को भी अँगूठा दिखाने लगा—क्या कर लिया था कन्या की कुंडली में जालसाज़ी करके? क्या भाग्य का लिखा ग्रह भी मिटा सके थे उत्कोच से? विवाह के तीसरे ही महीने पुत्री विधवा हो गई थी। फिर उन्होंने बड़े चातुर्य से कुंडली प्रवासी-बिरादरी में भेजी, पर पिरी का ज्येष्ठा नक्षत्र, फन उठाए डसने को तत्पर घातक पद्मनाग-सा ही भावी पति के ज्येष्ठ भाई की ओर जीभ लपलपाता दौड़ पड़ता और एक न एक बहाना बनाकर कुंडली फेर दी जाती। फिर ऐसी बात क्या छिपाए छिपती है? कूर्मांचल के कर्मकांडी परिवार तो विवाह योग्य कन्याओं के मंगल, ज्येष्ठ, अश्लेषा नक्षत्र कंठस्थ रखते हैं और अवसर पाते ही अपनी विवाह योग्य कन्याओं की तुरुप लगाने में नहीं चूकते। इसी बीच, अचानक पिरी को कुछ क्षणों के लिए बृहस्पति की दशा आ गई।

हमारे मकान से लगा मकान था पिरी के पिता का, और उससे नए दुमंज़िले मकान में पांडे जी रहते थे। उनका ज्येष्ठ पुत्र राजेश, वर्षों पूर्व, हाईस्कूल की परीक्षा में नकल करते पकड़े जाने पर, लज्जा से गृह त्यागकर अदृश्य हो गया था। तब का विद्यार्थी, क्या आज के विद्यार्थी-सा दुःसाहसी था जो पकड़ने वाले गुरुजनों का पेट फाड़, परीक्षा-भवन में ही उनकी आँतें फैला देता या कलेजा फाड़कर फेफड़े? पकड़े जाने पर, तब का संस्कारशील किशोर, या तो तालतलैया में कूदकर स्वयं को दण्ड दे लेता या गृहत्यागी बन, देश-विदेश में अलख जगाए घूमता रहता। धीरे-धीरे पन्द्रह वर्ष बीत गए, इसी बीच काशी के प्रसिद्ध तान्त्रिक, पांडेजी के

अतिथि बनकर आए। एकदम पहुँचे सिद्ध, अखरोट के वृक्ष के नीचे धूनी रमा ली और देखते ही देखते, पहाड़ की धर्मभीरू सहज विश्वासी भीड़ ने घेर लिया। कैसे ही विषम प्रश्न पूछो, चट उत्तर दे देते। पांडेजी ने भी गृहत्यागी पुत्र के लिए गुप्त प्रश्न किया, उत्तर मिला—"तुम्हारा पुत्र दक्षिण दिशा में जाकर एक जहाज़ में बैठा था, जहाज़ डूब गया, मृत्यु का संकेत स्पष्ट है।" कर्मकांडी पांडेजी ने चटपट कुश का पुतला बनाया और गतिक्रिया कर दी। माँ जिस पुत्र का चेहरा भी भूलने लगी थी, उसी के लिए छाती पीट-पीट कर ऐसे विलाप करने लगी जैसे लाश अभी आँगन में धरी हो। राजेश की काल्पनिक मृत्यु की तेरहवीं के दूसरे ही दिन, गृह के दूसरे पुत्र देवेश के लिए, पिरी की कुंडली लेकर पंतजी पहुँच गए। पिरी को सबने देखा था पर भावी सास को आपत्ति थी। ऐसी रूपवती बहू के सौ नखरे भला वह कैसे सहेगी; फिर उसकी बहन की तीन-तीन रूपवती बहुएँ उसे सबक सिखा चुकी थीं—तीनों बहनौत, रूपवती पत्नियों के गुलाम बनकर रह गए थे।

"बहू के रूप को क्या मैं चाटूँगी?" उसने तुनककर कहा था, "मुझे तो गुण चाहिए, गुण!"

पर पांडेजी ने मूर्खा पत्नी को मना लिया, "कैसी बात करती है, मक्खीचूस की एक ही लड़की है, आखिर कितने दिन जिएगा? सब सम्पत्ति हमारे देबू को मिलेगी"—बस चटपट मँगनी हो गई थी।

पर किसी शक्तिशाली, कीलक गाड़कर पल-भर में अवश बना दिए गए ग्रह ने फिर करवट बदली। विवाह के आठ दिन रह गए थे। पिरी की प्रसन्नता आकाश छू रही थी। छूती भी क्यों नहीं? देबू-सा सजीला तरुण मुहल्ले-टोले में ढूँढ़ने पर भी नहीं मिल सकता था, बचपन से ही वह पिरी को परी-परी कहकर चिढ़ाता था और एक बार जब मुहल्ले के रिश्ते से हम सब पड़ोस की लड़कियाँ उसे भाई दूज का टीका लगाने पहुँची तो उसने हँसकर कहा था, "सबसे रोली का तिलक लगवा लूँगा पर इस परी से नहीं—इसे मैं क्या कभी बहन कह सकता हूँ।"

"हाय-हाय, कैसा बेहया है ये देबूदा। रुक जा, अभी कहती हूँ चाची से" पिरी बनावटी रोष से कहती बिना तिलक किए ही लौट आई थी। उस दिन से हम नित्य छेड़ती रहतीं, "ए परी, जा न, तेरी ससुराल के दाड़िम में खूब फल आया है। ले आ ना आँचल भरकर।"

"और क्या, बुढ़िया मुझे वहीं जीता गाड़ देगी!"

“बुढ़िया का बेटा तो नहीं गाड़ेगा अपनी परी को।”

“इतना मैं तुझे लिखकर दे सकती हूँ,” वह मुझसे कहती और उसकी सदाबहार आँखें डबडबा आतीं, “बुढ़िया मुझे कभी बहू नहीं बनने देगी।”

पर जब एक दिन सुना कि सचमुच ही पिरी की सगाई वहीं हो रही है जहाँ वह चाहती थी तो मैं प्रसन्नता से उछल पड़ी और उसी विवाहोत्सव के लिए, परीक्षा से पहले छुट्टी लेकर घर आ गई। आसन्न विवाह-तिथि ने पिरी को सचमुच ही परी बना दिया। उसका वैसा रूप, फिर मैंने कभी नहीं देखा। एक तो उसने कभी पहाड़ की देहरी नहीं लाँघी थी, इसी से गालों की पहाड़ी सेबों की कुँआरी लालिमा, आँखों की निर्दोष चावनी, स्वच्छ दंतपंक्ति और स्वस्थ गुदगुदी देह में कुमायूँ की वन-लक्ष्मी का सरल सौन्दर्य साकार हो उठा था। उधर प्रेम-ज्वर सन्निपात की अन्तिम अवस्था में पहुँच चुका था, हृदय के उल्लास ने उसे और भी उदार बना दिया था। महाऔदार्य से वह दाएँ-बाएँ अपनी प्रसन्नता का सीमित भंडार लुटाए दे रही थी।

बात-बात पर हृदय लुभाने वाली हँसी, पदचाप से ही मुनियों का तपोभंग करने वाली पिरी के कटाक्ष जैसे और भी घातक बन गए थे। मैंने उसे एक बार टोक भी दिया था, “इतना मत हँस पिरी, इतना हँसना अच्छा नहीं होता। बहुत हँसने से बहुत रोना भी पड़ता है, ऐसा मेरी नानी कहती थीं।”

“रोएँगे मेरे दुश्मन, समझी? रोएँगे ताई, चाची और मामी जी, जो अपनी लड़कियों के लिए मेरे इसी राजकुमार के सपने देखती रहीं।” पर हुआ उल्टा।

पिरी रोई और दुश्मन हँस उठे। हम सबको लेकर, महा उत्साह से 'कर्क एण्ड टैप्ले' की समाधि पर पिकनिक मनाने ले गई थी पिरी। सिटोली के उस गहन वन में, उन दो विदेशियों की कब्र के पास बिताया गया वह दिन, आज भी नहीं भूलता। ढालू पहाड़ पर हमारी अल्हड़ अठखेलियाँ—संसार के अनुभवों से अछूता निर्मल चित्त का उल्लास हमें घर लौटने की सुधबुध भी भुला बैठा। जब लौटे तो दिन डूब चुका था। पिरी ने घर की देहरी लाँघी भी नहीं थी कि आँचल-घर्षण से जवा-पुष्प-सी लाल, सूजी नासिका पोंछकर चाची ने टोक दिया, “लो शहज़ादी, धेंगड़ी-सी वन-जंगलों में नाचकर अब घर लौटी है।”

बीच के कमरे में पहुँचने तक लाल नाक का रहस्य खुल गया। पन्द्रह वर्ष पूर्व का गृहत्यागी पर्वतपुत्र, अचानक बिना किसी सूचना के दुःस्वप्न की भाँति, भरी दोपहरी में द्वार पर खड़ा हो गया था। इतने वर्षों तक सिंगापुर में था, प्रचुर रुपया कमाकर ही नहीं लौटा, जिस नगाड़े-से पेट और सींक-सी पतली टाँगों को

लेकर घर से गया था, उनको भी सुदूर विदेश में कहीं बहा आया था। अब वह ऊँचा-अगला गबरू जवान था।

"अब क्या होगा पिरी?" मैं उसे ढाढ़स बंधाने उस दिन उसी के यहाँ रह गई थी।

"होगा क्या?" उसका विश्वास अटूट और दृढ़ था, उसका प्रेमी उसे कभी प्रवंचना की चकरघिन्नी नहीं देगा, "देखती नहीं, दिन-भर में तीन चिट्ठियाँ लिखता है! एक सुबह, एक दोपहर, एक शाम, कभी-कभी रात को भी मेरी छत पर एक लिफाफा आ गिरता है। तू क्या सोचती है, वह अब मेरे ज्येष्ठा-वेष्ठा से डरेगा?"

पर पांडेजी ने दूसरे दिन सुबह ही चिट्ठी भेज दी थी, "इतने वर्षों में ज्येष्ठ पुत्र के सकुशल घर लौटने पर, अब हम जान-बूझकर उसके लिए अमंगलकारी ग्रहों का संयोग कैसे न्यौत लें? फिर उसकी माँ कहती है कि उसके पुत्र का दूसरा जन्म हुआ है। अब वह उसे मौत के मुँह में कैसे ढकेल देगी! जान-बूझकर मक्खी नहीं निगली जाती। पन्त जी, हमें क्षमा करें..."

"यानी मैं मौत हूँ, मैं मौत हूँ," बेचारी पिरी क्रोध से काँपती एकदम बौरा गई थी।

उसके पिता पत्र हाथ में लिए, भावी समधी के पैरों पर टोपी रखने का संकल्प कर भागते गए और उलटे पैरों लौट आए। द्वार पर ताला पड़ा था। पांडेजी असमय ही कर दी गई जीवित पुत्र की अंत्येष्टि का प्रायश्चित्त करने, सपरिवार गया चले गए थे। तीसरे ही दिन जिस अमानवीय धैर्य से बस्ता उठाकर वह कॉलेज चली गई, उसे देखकर हम सब दंग रह गई थीं। एक दिन पहले बात-बात पर रसीले अधरों पर उतर आने वाली हँसी, पहाड़ के क्षणिक सूर्यालोक-सी ही आकर फिर विलीन हो गई थी। धनु-विषम मेघखंडों ने निर्मल उत्फुल्ल चन्द्रबिम्ब को ग्रस लिया था। पिता के हाथों से कुंडली छीनकर उसने एक दिन जलते चूल्हे में झोंक दी और कठोर स्वर में, चिरकौमार्य व्रत की घोषणा कर दी।

पांडे परिवार लौट आया पर देवेश को शायद जान-बूझकर ही ताऊ के पास इलाहाबाद भेज दिया गया, और उसके इसी पलायन से पिरी बौखला गई। एक दिन वह अपनी छत पर खड़ी हुई, तो देखा, दूसरी छत पर कोई खड़ा है। तब क्या देब लौट आया? वह उत्साह से मुस्कराती आगे बढ़ी और फिर दो कदम पीछे हट गई—वह देबू नहीं, उसका बड़ा भाई राजेश था, वही जिसने उसके बहुप्रतीक्षित विवाह के ठीक आठवें दिन से एक दिन पहले आकर उसके समस्त स्वर्णिम स्वप्न चूर-चूर कर दिए थे। वह धृष्ट युवक, उसे निर्लज्जता से घूरता,

मुस्कराता सहसा मुंडेर पर चढ़ आया और देखते ही देखते, दोनों छतों को घेरे अखरोट की पुष्ट डालियों को पकड़ता, किसी ट्रैपीज़ के दक्ष कलाकार की भाँति उसके पास ही धम्म से कूदकर खड़ा हो गया।

उसका दुःसाहस देखकर पिरी स्तब्ध रह गई पर दूसरे ही क्षण उसकी आँखों से घृणा, तिरस्कार और क्रोध की लपटें भड़क उठीं, ''जहाँ पन्द्रह वर्ष सिंगापुर में रहे, वहाँ क्या आठ दिन और नहीं रह सकते थे?'' वह क्रोध से थर-थर काँप रही थी। ''नहीं।'' उस निर्लज्ज बेहया का एक-एक नैन-नक्श अपने सुदर्शन भाई का था, अन्तर था केवल शरीर की गढ़न में। जहाँ छोटा भाई, बचपन में सुकुमारी सीता का अभिनय करते-करते, चेष्टा करने पर भी वास्तविक जीवन में कभी राम नहीं बन पाया, रामलीला के सुदीर्घ अभिनय ने स्त्री-सुलभ शील-सौजन्य के अमिट अक्षर लिख, उसके चेहरे को एक बाल सुलभ जिज्ञासा का साकार रूप दे, अद्भुत रूप से आकर्षक बना दिया था, वहाँ बड़े भाई की घनी कप्तानी मूँछों के नीचे, रसीले अधर द्वय का अस्तित्व ही मिटकर रह गया था, ''आप क्या अपनी माँ को नहीं समझा सकते कि यह सब कुंडली का ढकोसला आप नहीं मानते? मैं जानती हूँ कि आपके पिता को कोई आपत्ति नहीं है।''

पिरी ने बाद में मुझे बताया कि वह अपना यह प्रश्न पूछने के साथ ही, उसी के सामने रो पड़ी थी।

''मेरी माँ कभी नहीं मानेगी,'' दृढ़ स्वर में उसने कहा और फिर बड़ी उदासीनता से जेब से सिगरेट निकालकर जलाने लगा, ''अब एक ही उपाय है जो तुम्हें आजन्म के अनावश्यक कौमार्य-व्रत से बचा सकता है।'' उसका स्वर गम्भीर था, लग रहा था इस बार वह सचमुच ही उसकी हँसी नहीं उड़ा रहा है।

''क्या?'' पिरी शायद दो कदम आगे बढ़ भी गई होगी, उस चंचल किशोरी को मैं खूब जानती थी। आकस्मिक उत्तेजना से उसकी बोटी-बोटी फड़क उठती थी। ''यही कि तुम मुझसे विवाह कर लो,'' और वह अपनी उसी धृष्ट मुद्रा में खड़ा हँसने लगा।

पिरी का गुस्सा हमेशा उसकी नाक पर बैठा रहता था; उसके मर्यादाहीन अविवेकी प्रस्ताव से उसका सर चकरा गया।

''मैंने उसे खींचकर ऐसा तमाचा मारा कि चूड़ियाँ टूटकर, दूर तक झनझना गईं, फिर मैं पागलों की तरह सीढ़ियाँ, फाँद गई।'' पिरी ने मुझे लिखा था। इसके बाद वह उस छत पर कभी नहीं गई।

धीरे-धीरे उसकी सब मौसेरी-फुफेरी बहनों के विवाह हो गए। समय बीतने

पर सब माँ बनीं, फिर लड़कों की मूँछें निकल आईं, लड़कियों के विवाह हो गए और पिरी की हमजोलियाँ, प्रौढ़ा बन पान-तम्बाकू, गुलगुलातीं अपने मेदबहुल शरीर पर चर्बी की तहों पर तहें बिछातीं, पास-पड़ौस में हाथ नचा, आँखें मटका वैसी ही निरर्थक बातों की गन्दी पोटलियाँ खोलने लगीं, जैसी उनकी माँ, चाची और ताइयाँ खोला करती थीं। किसकी लड़की किसके साथ भाग गई, किसकी बहू ने सास के साथ दुर्व्यवहार किया, किस सास ने नई बहू को उसके दहेज का एक लोटा भी नहीं दिया, आदि-आदि।

पर पिरी को छूने में, जीवन का प्रौढ़ दस्यु भी जैसे सहमकर दो कदम पीछे हट गया था। वह मेडिकल कॉलिज से छुट्टियों में लौटती भी तो अपने ही कमरे में बन्द रहती। एक बार संध्या को वह अकेली मन्दिर से लौट रही थी कि उसकी टक्कर भूले-बिसरे प्रणयी से हो गई। मान-अभिमान के कई रसीले प्रकरणों के पश्चात् अधूरे उपाख्यान की नवीन सृष्टि हुई। इन्हीं दिनों मैं भी पहाड़ी गई थी।

पिरी से अचानक भेंट हो गई, जाखनदेवी के मन्दिर में, हाथ में धूपदीप लिए वह देवी के सम्मुख नतमुखी खड़ी थी।

"किसके लिए जला रही है आज यह?" मैंने हँसकर उसके कन्धे पर हाथ धरा और वह चौंककर मुड़ी।

मन्दिर की टूटी सीढ़ियों पर बैठकर, फिर मैंने उसके दुःसाहसी प्रेमी की एक-एक भीष्म-प्रतिज्ञा सुनी।

"वह कहता है, विवाह करेगा तो मुझी से या जीवन-भर कुँवारा रहेगा। उसके पिता तो पिछले साल नहीं रहे, तू सुन ही चुकी है; पर बुढ़िया का जैसा स्वास्थ्य है शायद दो सौ साल की होकर भी नहीं टलेगी। और वह ससुर के जेठ बहादुर नेपाल में ठेकेदारी कर रहे हैं। सुना, ठीकरा भी उठाते हैं तो सोना बन जाता है। बुढ़िया ने बहुत टेसुवे बहाए पर वह भी कहता है—कुँवारा ही रहेगा। उसी के लिए तो जलाती हूँ दीया।" वह हँसने लगी थी। उस मन्दिर में जलाए गए घृत की महिमा भला कौन नहीं जानता था!

बहुत पहले, एक प्रणयोन्मत्ता किशोरी ने वहीं दीया जलाया था। जिस घर की कामना हेतु वह प्रदीप लेकर, नित्य संध्या को पहुँचती थी उसका एक दिन कहीं विवाह भी हो गया, पर किशोरी का था देवी पर अगाध विश्वास। वह नियमपूर्वक प्रदीप जलाती रही। एक दिन किसी ने शायद छेड़ भी दिया, अब क्या करेगी दीया जलाकर—देवी तुझपर प्रसन्न नहीं हुई।

देवी प्रसन्न हुई। जिसे उसने मन ही मन वरा था, वही उसका पति बना।

नई बहू तीसरे ही महीने गोलोकवासिनी हो गई थी, दूसरा विवाह हुआ उसी किशोरी से।

"तू किस सौत की मृत्युकामना करने को दीया जला रही है..." मैंने पूछा।

"क्यों?" अबोध शिशु-सी आँखों में था अगाध विश्वास, "मेरी सौत कौन है, तू नहीं जानती? मेरा जेठ..."

मैं काँप गई थी।

"छिः छिः—ऐसा मत कर पिरी।" मेरे कहने से क्या पिरी रुकती?

मन्दिर में नित्य घी का दीया जलने लगा—फिर भी देवी प्रसन्न नहीं हुईं। दोनों दर्शनीय कुँवारे भाइयों की राम-लक्ष्मण की-सी जोड़ी, कन्यादायग्रस्त माता-पिताओं की छाती पर मूँग दलती रही। धीरे-धीरे माताओं की कुंठा पिरी के प्रति गहरे आक्रोश में, शतमुखी कुत्सा बन, कुटिल प्रचार करने लगी।

"देखती नहीं, दायाँ पैर बढ़ाकर चलती है।"

"ठीक कहती हो चाची, कल मेरे घर की गली से होकर, अस्पताल जा रही थी, मेरी कढ़ाई में तेल जल रहा था, चट से इसने नाक पर रूमाल धर दिया। मैं कहती हूँ सारा दोष बुढ़िया का है, अरे दिन-दहाड़े जो यह डाक्टरनी उसके बेटे के साथ मुँह काला किए फिर रही है, उससे अच्छा यह नहीं है कि इसे बहू बना ले? चाल-ढाल से तो यही लगता है कि कम से कम पाँचवाँ महीना है।"

एक दिन मैंने सुना और सन्न रह गई। क्या पता बेचारी पिरी को पता भी न हो कि समाज को उसने किस हद तक अपना घातक शत्रु बना लिया है।

मैंने जब उससे यह सब कही तो वह हँसने लगी, "मूर्ख औरतें—इतना भी नहीं समझतीं? मैं परिवार नियोजन केन्द्र में काम करती हूँ—जो जिरह-बख्तर इन्हें पहना चुकी हूँ वह क्या स्वयं नहीं पहन सकती?"

तब क्या सचमुच पिरी उस कायर व्यक्ति की मिस्ट्रेस बनकर रहने लगी थी?

"यू आर शेमलैस पिरी," मैंने उसे डपट दिया था, "जब उस व्यक्ति में इतना भी साहस नहीं है कि वह तुझसे विवाह कर ले, तब वह जिस ज़िले में तेरी बदली होती है वहीं क्यों भागता है, क्यों तुझे बदनाम करता फिरता है?"

"इसलिए कि वह मेरे बिना जी नहीं सकता और अपनी खूसट माँ से बेहद डरता है। कहती है, उसने यदि मुझसे विवाह किया तो वह ताल में कूद पड़ेगी, पर हम दोनों के मिलने पर अब विधाता भी प्रतिबंध नहीं लगा सकता...समझी?"

यही नास्तिक पिरी के स्वभाव का सबसे बड़ा दुर्गुण था, बात-बात पर विधाता को दी गई चुनौती और स्वयं अपने अहंकारी स्वभाव पर अटूट आस्था। इसी

बीच पिरी का तबादला हमीरपुर को हो गया, उधर उसके प्रेमी मुंसिफ देवेश पांडे ने भी बड़ी चेष्टा से अपनी बदली वहीं करवा ली। इस बार, पुत्र को शैडो करने माँ नहीं जा पाई। बड़ा पुत्र सन्निपात ज्वर से ग्रस्त हो, नेपाल से स्वदेश आ गया था।

"लगता है इस बार मेरा ज्येष्ठा नक्षत्र रंग पकड़ रहा है," पिरी ने मुझे उस बार लिखा था, "लाख हो, फेरे फिरने से ही क्या सप्तपदी सम्पूर्ण होती है? चाहने पर, मैं अब अपने विवाह की रजत-जयन्ती मना सकती हूँ। संयम के चाबुक से अपने को न साधा होता तो शायद मैं भी तेरी तरह दो कन्यादान निबटा चुकी होती। जेठ बहादुर की अवस्था बहुत सुविधा की नहीं है, सन्निपात का चौथा हफ्ता ही सबसे खतरनाक होता है और उसी में झूल रहे हैं जेठ जी।"

मैंने उसे डपटकर चिट्ठी लिखी थी, "ऐसी चिट्ठियाँ मुझे मत लिखा कर, भगवान से तो डर।"

खुले कार्ड में उस नास्तिक का एक पंक्ति का नंगा सन्देश आया था—"तेरे भगवान की ऐसी-तैसी।"

अब तक नादान बालिका के-से प्रलाप को सुनी-अनसुनी करने वाला धीरमति विधाता भी शायद उस बार बौखला गया।

उसी दैवी पादप्रहार से लड़खड़ाकर पिरी ऐसी गिरी, कि विमूढ़-विपन्न बनी, किसी अनजान धरातल में धँसती सहसा अदृश्य हो गई।

बड़े भाई को देखने गया छोटा भाई, जब लौटा तो सन्निपात का विषधर उसे भी डस चुका था।

पिरी की सेवा, सन्निपात की आधुनिकतम संजीवनी, जिससे आजकल एक साधारण कम्पाउंडर भी इस विषम ज्वर को जीत लेता है, उसे नहीं बचा सकी।

उसकी मृत्यु के पश्चात् पिरी कहाँ गई, कब गई—कोई भी नहीं जान पाया। लम्बी छुट्टी की एक अरज़ी देकर, वह जैसे एक ही रात में पर उगाकर किसी अनजान दिशा में उड़ती अदृश्य हो गई थी।

गत वर्ष अचानक धूमकेतु-सी ही वह कूर्मांचल के गगनांगन में एक बार फिर चमक उठी। सफेद साड़ी, रिक्त कलाइयाँ, बिंदीविहीन वैधव्य-दग्ध ललाट और वेदना-विधुर सूखा चेहरा लिए, वह अपने श्वसुर-गृह की सांकल खटखटाने, बिना किसी पूर्व सूचना के ही पहुँच गई थी।

उसी श्वसुर-गृह में, जहाँ कल्पना-लोक की पालकी उस नवोढ़ा को गुलेनारी रंग वाले दुपट्टे से ढाँप-ढूँप न जाने कितनी बार पहुँचा आई थी; जहाँ उस किशोरी

के कौमार्यावस्था के सहस्र दिवास्वप्न, एक साथ ही, हाथ से छूट गई ट्रे पर धरे काँच के पात्रों की ही भाँति टूटकर चकनाचूर हो गए थे; जहाँ कल्पना ने उसे नवेली बहू बनाकर खड़ा किया था, वहाँ ठोस यथार्थ के धरातल पर, वह खड़ी थी विधवा के वेश में। जो विवाह न होने पर भी सधवा थी वह आज अग्नि-साक्षी न होने पर भी विधवा थी। उसने फिर सांकल खटखटाई।

द्वार सास ने नहीं खोला। खोला उसके बड़े पुत्र ने। पल-भर को वह चीख ही पड़ी थी। उसके सम्मुख जैसे सन्निपात ज्वर से रोगमुक्त हो, उसका स्वस्थ प्रेमी ही खड़ा था—वैसी ही स्निग्धतरल बादामी आँखें, और रामलीला की सीता की सुकुमार हँसी। शायद मूँछें मुँड़ा ली थीं, उसी से शक्ल छोटे भाई से इतनी मिलने लगी थी।

''आइए,'' उसने कहा और सहमी पिरी उसके पीछे-पीछे चली गई थी। पिरी ने डरते-डरते ही पूछा था, ''आपकी माँ क्या यहीं होंगी? आपके भाई का सामान...'' और उसका गला रुंध गया था! बन्द खिड़की, बन्द द्वार, भयावह अन्धकारपूर्ण विचित्र सीलन-भरा कमरा। उसके काँपते कंठस्वर को संयत होने का समय देने ही, शायद वह बड़ी समझदारी से अपने भीतर के कमरे में चला गया। थोड़ी ही देर में लौटा तो हाथ में गर्म चाय का प्याला था, ''लीजिए, आप पहले चाय पीजिए। डाक्टरनियाँ तो सुना बहुत चाय पीती हैं—क्यों, है ना?'' वह फिर हँसा—और इस बार पिरी का चेहरा एकदम फक् पड़ गया, हाथ काँपकर...चाय, शायद कुछ छलक भी गई। कहीं इसके छोटे भाई का प्रेत ही तो परकाया-प्रवेश कर, उसे छलने नहीं आ गया?

एकदम वैसी ही हँसी, और पतली नाक पर पड़ती हूबहू वैसी ही झुर्रियाँ!

''अपनी माँ को बुला सकेंगे क्या? मुझे इसी बस से नैनीताल जाना है,'' पिरी ने अधैर्य से अपनी घड़ी देखी, ''आपके भाई की पासबुक, अँगूठी और बक्सा मेरे पास था, सोचा पहाड़ जा रही हूँ तो अपने हाथ से आपकी माँ को सौंपूँगी।'' गला पल-भर को फिर रुँध गया पर दूसरे ही क्षण बड़ी स्वाभाविकता से कंठस्वर वैसा ही रोबीला बना लिया, जिसमें वह मृतप्राय रोगिणियों के मूर्ख अभिभावकों को समय रहते उन्हें अस्पताल न लाने के लिए डाँटा करती थी, ''मेरे पास फिजूल का समय नहीं—उन्हें ज़रा जल्दी बुला देंगे क्या?''

''बुला तो अवश्य देता,'' इस बार उसके प्रेमी का पठान-सा ऊँचा अगला अग्रज और भी मनमोहक हँसी से उत्तर को सँवार उठा, ''पर मुझे बड़ी दूर जाना पड़ेगा।''

"कितनी दूर?" इस बार पिरी के कंठस्वर में कुंठाग्रस्त अविवाहित नारी की रूखी झंकार स्पष्ट हो उठी। अब तक माधुर्य की रसवृष्टि करती किसी सधे वीणावादक की अगुलियाँ, जैसे अनजाने एक बेसुरी मींड़ खींच गईं।

"मेरी जीप बाहर खड़ी है, आप उसी में जाकर उन्हें बुला लाइए।"

"आपकी जीप है?" वह बड़े ज़ोर से हँसा और इस बार वह अपना चेहरा पिरी के एकदम पास ले आया।

वह इस बार अपनी चीख नहीं रोक पाई। निश्चय ही यह उसके प्रेमी का प्रेत था, अँधेरा कमरा, पास आते अधरों का परिचित श्वास-प्रश्वास!

उसकी चीख से सहमकर वह परम दुःसाहसी, दो कदम पीछे हट गया, "आई एम सॉरी—आई नेवर मेंट इट—बात ये है कि जहाँ मेरी माँ है, वहाँ आज तक संसार की कोई भी जीप नहीं जा सकी है। बुलाने स्वयं मुझे जाना पड़ेगा, वह भी चार कन्धों पर—आप क्यों मुझे भी वहीं भेजना चाहती हैं? सुना, आप अपनी कुंडली में, ऐसे ही किसी घातक ग्रह की सिरिंज लिए घूमती रहती हैं!"

पिरी तिलमिलाकर उठ गई थी। ओह, तो बुढ़िया उसी के जीवन में विष घोलने को जी रही थी। चलो अच्छा ही हुआ, मिलती तो क्या निर्मल चित्त से उसका स्वागत कर पाती?

"यह रही पासबुक, यह अँगूठी और बाहर बक्सा धरा है," काँपते हाथों से बटुआ खोल वह चाबी मेज़ पर पटककर भागी और गिरती-पड़ती, जीप भगाती सीधी मेरे पास चली आई थी। उसे लगा था, वह पल-भर भी वहाँ रुकी तो उसके प्रेमी का अदर्शी प्रेत उसे फिर जकड़ लेगा।

"अच्छा हुआ, मैं सब सामान सौंप आई। अब पहाड़ के लिए पत्थर पलटा आई हूँ—अभी नहीं लौटूँगी..."

पास ही धरे, मेरे छोटे कलमदान का ढकना कभी खोलती, कभी बन्द करती वह मुझे अपनी कहानी सुना रही थी कि उसमें धरी एक छोटी पुड़िया उसकी गोद में गिर पड़ी—"अरे, यह मूँगा कैसा है?" उसने पूछा। जब मैंने उसे उस मूँगे का इतिहास बताया तो उसकी आँखों में एक बार फिर वही कैशोर्य की चमक आ गई।

इस बार अल्मोड़ा जाने पर मैं अपनी माँ से यह मूँगा ले आई थी। वर्षों पूर्व मेरी पितामही ने, एक प्रसिद्ध वेश्या से, उसके कंठ की प्रवालमाला खरीदी थी। पहाड़ में एक लोकोक्ति है कि वेश्या के गले का एक अप्राप्य मूँगा, यदि सुहागिनी पहन ले तो वह वेश्या का-सा ही अटल अहिवात पाती है अर्थात् अखण्ड सौभाग्य!

"वेश्या का सौभाग्य?" पिरी कुछ समझ नहीं पाई।

"समझी नहीं मूर्ख," मैंने हँसकर कहा, "वेश्या क्या कभी विधवा हो सकती है?"

"तू क्या सचमुच इसे पहनेगी?" उसने पूछा और पल-भर को मुझे लगा कि उसकी ईर्ष्याकातर लोलुप दृष्टि में याचना मुखर हो उठी है?

"और नहीं तो क्या! वेश्या के गले का मूँगा क्या सहज ही में जुटता है?"

मैंने पुड़िया में बन्द मूँगा, कलमदान में सहेज दिया।

तीसरे दिन पिरी चली गई। उसी दिन घर का सुनार आया। अपने मंगलसूत्र के बीच मूँगा गुँथवाने, मैंने कलमदान खोला तो कलेजा धक्-से रह गया। पुड़िया के बीच से मूँगा जादुई बजरबट्टू-सा अदृश्य हो चुका था।

पल-भर में, मेरे अविवेकी चित्त ने चट से चुगली खाई–वही ले गई है, वेश्या का मूँगा क्या सहज में जुटता है?

छिः! कैसी नीच थी मैं! जो तीन दिन रहकर, मुझे तीन सौ का सामान दे गई थी वह भला कीड़े का घुना, काले पड़ गए घुने दाँत-सा मलिन मूँगा चुराएगी?

और भला, अब किस सौभाग्य की आकांक्षा हो सकती थी उसे?

पर अंतरात्मा भी पुलिस के कुत्ते की भाँति अपराधी को सूँघकर कभी ठीक ही पकड़ती है।

अपनी आँखों से ही तो मूँगे की महिमा देख आई हूँ। शायद इसीलिए वह नैनीताल आकर भी मुझसे मिलने नहीं आई–जिस मूँगे के सूत्र से उसने अचानक नवीन सौभाग्य दस्यु को पकड़ा था; उसे मैं पहचानने पर, कहीं खुलवा न लूँ। मुझे एक ही शंका रह-रहकर चिन्तातुर बना उठती है–पूर्वस्वामिनी के कंठहार का यह मूँगा कहीं पिरी के सीमन्त सिन्दूर को भी वारवनिता के सिन्दूर-सा ही क्षणस्थायी न बना दे!

# शपथ

पीछे से आकर, उसने धीरे से मेरे कन्धे पर हाथ धरा और मैं चौंककर मुड़ी। एक पल के लिए मैं उसे देखती ही रही। मैं कुछ कहती, इससे पहले ही वह हँसी, ''वाह जी वाह, हमने तो तुम्हारी पीठ देखकर ही पहचान लिया और तुम हमारा चेहरा देखकर भी नहीं पहचान पाईं?''

''ओह शुभ्रा, पर कितनी बदल गई हो तुम!'' मैंने कहा।

वह क्या बीस वर्ष पूर्व की शुभ्रा थी! तब का गोल-गोल आनन्दी चेहरा लम्बोतरा होकर और भी आकर्षक बन गया था। सुघड़ जूड़े में मंडित घने केशपाश की गरिमा क्षीण होने से ही सम्भवतः उन्हें काट-छाँटकर यत्न से टीज़ कर दिया गया था। उन अधरों की स्वाभाविक लालिमा को, मैंने बहुत निकट से देखा था। उन्हें निरन्तर रंगकर ही क्या स्वामिनी ने ऐसा धूमिल बना दिया था! सूखे पपड़ी-पड़े क्लान्त अधरों पर अवसन्न स्मित की रेखा सहसा उज्ज्वल हो उठी।

''यहाँ बड़ी भीड़ है। चल न, कार में चलकर बैठें।'' और मैं कुछ कहती, इससे पूर्व वह मुझे अनेक कारों की पंक्ति में भी विशिष्ट रूप से चमकती अपनी काली लम्बी गाड़ी में खींच ले गई।

''मैंने कभी सोचा भी नहीं था कि तू यहाँ मिल जाएगी!'' कार की हल्की रोशनी जलाकर वह मुझसे सट गई।

अपनी क्षीण कटि के कौमार्य को, वह निश्चय ही मुट्ठी में बाँधकर सेंतती आई थी, पर फिगर को जकड़े रहने पर भी संस्कृति, जैसे उसकी पकड़ से छूटकर बहुत दूर छिटक गई थी। पट्टी-से ब्लाउज़ पर, बड़ी उदासीनता से पड़ा उसकी पारदर्शी साड़ी का आँचल, अँगुलियों पर हीरे की वर्तुलाकार जगमगाती अँगूठी से उज्ज्वल हो उठी निकोटीन के इतिहास की निर्लज्ज कालिमा, और आँखों के नीचे रात्रिजागरण से उभरी काली झाईं, जिसे उसका मस्करा कौशल भी नहीं छिपा सका था।

“आखिरी बार कब मिले थे?” उसने पूछा।

“बीस वर्ष पूर्व।” मैंने कहा, “जब तूने हमारी वार्डन को अपने अपूर्व अभिनय से पसीना-पसीना कर दिया था...”

वह ज़ोर से हँसी और उसी परिचित हास्यधारा ने हम दोनों के भूले-बिसरे कैशोर्य को खींचकर एक बार फिर सामने खड़ा कर दिया।

शुभ्रा हमारे होस्टल की सबसे आनन्दी लड़की थी। उसके परिहास-रसिक चित्त ने उसे पूरे आश्रम का क्रेज़ बना दिया था। ऐसे-ऐसे मज़ाक करेगी कि सब हँसते-हँसते दुहरे हो जाएँगे, पर स्वयं ऐसी सूरत बनाए बैठ जाएगी, जैसे कुछ जानती ही न हो।

उस पहली अप्रैल को पूरे छात्रावास में हवा की भाँति यह समाचार फैल गया था कि सुन्दर शुभ्रा को गर्दनतोड़ ज्वर हो गया है। दो ही दिन पूर्व इसी विषम ज्वर ने छात्रावास की एक प्रतिभाशालिनी छात्रा के प्राण लिए थे। प्राणांतक सिरदर्द में इधर-उधर सिर पटकती जूथी दी ही की भाँति शुभ्रा भी तड़पती, सिर फेंकती, दम तोड़ने लगी थी। उसके उस परिहास का रहस्य सीमित था, केवल हम दोनों तक। कैसी शोख, जन्मजात अभिनेत्री थी वह। जब हम शान्त जूथी दी की मृत्युशय्या के पास विवश खड़ी सिसक रही थीं, तब क्या वह अभागी तीन दिन बाद के अभिनय का मूक रिहर्सल कंठस्थ कर रही होगी! जब वार्डन उसके घर को तार करने भागी, तभी वह हँसती-हँसती उठ बैठी थी।

दूसरे ही दिन मैं अपने पिता की बीमारी का तार पाकर चली गई और फिर कभी उससे नहीं मिल पाई। बीच-बीच में वह पत्र लिखती रहती और उसके पत्रों की भी उसी की भाँति बोटी-बोटी फड़कती थी। उसी के एक पत्र ने मुझे उसके विवाह का समाचार भी दिया था। उसके समृद्ध प्रतिवेशी परिवार की बड़ी बहू कालिन्दी ने ही विचित्र परिस्थितियों में उसे अपने उस छोटे देवर के लिए पसन्द कर लिया था, जिसके लिए बहुत बड़े-बड़े परिवारों से रिश्ते चले आ रहे थे।

“अप्पा साहब की हवेली के अमरूदों की प्रसिद्धि दूर-दूर तक थी,” उसने लिखा था, “किन्तु उस बगिया के अमरूदों से मीठा उस गृह का छोटा पुत्र है, यह मैं खूब अच्छी तरह जानती थी; पर जिन अँगूरों को विवश हो बाद में खट्टा कहना पड़े, उनपर लपकने की मूर्खता भला मैं कभी क्यों करती? मैं जानती थी कि मैं एक अध्यापक की पुत्री हूँ। अप्पा साहब की बड़ी बहू कालिन्दी थी स्वयं एक प्रतिष्ठित परिवार की कन्या और मँझली बहू के पिता थे—चीफ जस्टिस।

तब तू ही बता, मेरी क्या बिसात थी जो उस गृह की बहू बनने के सपने देखती? मैं तुझे विश्वास दिलाती हूँ, कि मैं केवल अमरूद चुराने ही गई थी, उस गृह के पुत्र को चुराने की बदनीयत से नहीं। मैं जानती थी कि सास-श्वसुरविहीन उस विराट साम्राज्य की एकछत्र स्वामिनी कालिन्दी भाभी अत्यन्त उग्र स्वभाव की हैं और उन अलभ्य किसी किशोरी के से गुलाबी गालों वाले इलाहाबादी अमरूदों का एक-एक बेटा उन्हीं के हाथों सँवरा-सजा है। यही नहीं, एक-एक दाने पर उनकी सील लगी रहती है। और पकने पर अपने ही ऊँचे तबके के इष्टमित्रों के यहाँ वे गिन-गिनकर डालियाँ भेजती हैं। वह भी ऐसे, जैसे अमरूद नहीं, अशर्फियां लुट रही हों! सोमवार को वे नित्य आठ बजे, अपनी देवरानी मालिनी को लेकर गृह के इष्ट शिव के पूजन को जाती हैं, यह मैं जानती थी। माली खाट पर बेसुध पड़ा सो रहा था, यह भी मैंने अपनी खिड़की से देख लिया था। लाल गुलाबी फलों से लदे पेड़ की डाल मैंने लपककर खींची और मन भरके अमरूद खाए। आधा अमरूद कुतरती मैं अपने पैर में चुभ गए काँटे को निकाल ही रही थी कि कालिन्दी भाभी अपने पति, दोनों देवर और देवरानी के साथ कार से उतर सीधी मेरे सामने खड़ी हो गईं।

''अब समझ में आया कि दस नम्बर के पेड़ के सत्रह दाने उस दिन कौन ले गया! यही बाबूराव मास्टर की भुखमरी कँगली रही होगी!''

''मेरे जी में आया, मैं उसी क्षण उस अहंकारी महिला के पट्टांबर परिधानों को चीरकर धज्जियाँ उड़ा दूँ। यह ठीक था कि मेरे पिता अध्यापक थे, किन्तु उन तीन सुदर्शन पुरुषों के सम्मुख मेरे दरिद्र कुल की ऐसी निर्लज्ज व्याख्या करने का उन्हें क्या अधिकार था भला!

''बता छोकरी, तू अमरूद चुराने यहाँ आई क्यों?'' कालिन्दी भाभी तनकर खड़ी हो गईं।

''क्योंकि ऐसे मीठे अमरूद और किसी की बगिया में नहीं है।'' मैंने कहा और उनके रोबदार तमतमाए चेहरे को बड़ी अवज्ञा की दृष्टि से देखती मैं हँसने लगी।''

''मेरे इस अभद्र प्रहार से बेचारी तिलमिला गईं। मुझे मारने को ही शायद उनकी पुष्ट भुजा हवा में उठी थी कि पीछे खड़े उनके पति ने अपनी रुष्टा चामुंडा को थाम लिया, 'आहा, जाने भी दो कालिंदी, इतने अमरूद तो लगे हैं, एक-आध खा भी लिया तो कौन-सा अँधेर हो गया!' मैं चुपचाप खिसक आई, पर पता नहीं, कालिन्दी भाभी ने कैसा शाप दिया कि उसी रात को मुझे तेज़ ज्वर आ

गया। पाँचवें दिन भी जब ज्वर नहीं उतरा, तो पिताजी मुझे मौसी के पास बरेली पहुँचा आए। वहीं मुझे एक दिन कालिन्दी भाभी का मधुर प्रस्ताव दूसरे सन्निपात ज्वर की बेहोशी में खींच ले गया। इसी अठारह अप्रैल को मेरा विवाह है, तू आएगी न?''

पर शुभ्रा के विवाह में मैं जा नहीं सकी। धीरे-धीरे उसके पत्र भी आने बन्द हो गए। श्वसुर-गृह की प्रभुता के मद ने ही शायद उसे विस्मृति के अंधकारपूर्ण कक्ष में मूँद दिया था।

और अचानक वह इतने वर्षों बाद यहाँ मिल गई।

''क्यों शुभ्रा,'' मैंने पूछा, ''अब भी पहली अप्रैल को अपने विलक्षण परिहास-रसिक चित्त का परिचय ससुराल वालों को देती है क्या?''

एकाएक उसका चेहरा फक् पड़ गया। सकपकाकर उसने इधर-उधर देखा, फिर ज़ोर से हाथ पकड़ लिया। उन सुन्दर आयत नयनों की सजल स्निग्धता, सहसा दो बूँद बन मेरे हाथों को भिगो गई।

''सबसे बड़ा मज़ाक मैं कर चुकी हूँ। अच्छा हुआ—तू मिल गई। जल्दी-जल्दी कह ही डालूँ...अच्युत आते होंगे और साथ में वही होगी। फिर क्या वह मुझे बोलने देगी! ऐसे मेरा मुँह ढाँपकर रख देगी।'' पसीने से तर, काँपती सफेद हथेली से शुभ्रा ने बड़े ज़ोर से मेरा मुँह बन्द कर दिया और मेरा दम-सा घुट गया।

''विवाह होते ही मैं समझ गई कि कालिन्दी भाभी मुझे जानबूझकर ही मध्यमवर्गीय परिवार से इसलिए लाई थीं जिससे मैं जीवन-भर उनका रोब मानती रहूँ। मातृहीन देवर को उन्होंने पुत्रवत् पाला था। कहीं ऊँचे गृह की कन्या लाई तो मंझले देवर की ही भाँति अपनी बहू के अँगूठे तले दबा मर्द बना, वह भी न हाथ से निकल जाए! प्रत्येक वर्ष दो माह की छुट्टियाँ हमें उन्हीं के साथ मनानी होतीं। यही नहीं, उनका आदेश अच्युत के लिए कानून की अमिट रेखा थी। संतानहीना कालिन्दी भाभी का स्वभाव दिन-प्रतिदिन उग्र होता जा रहा था। उनका प्रत्येक वाक्य मुझे बार-बार स्मरण दिलाता रहता कि आज जो मैं इतने बड़े अफसर की पत्नी हूँ, उसका श्रेय मेरे भाग्य को नहीं, स्वयं उन्हीं के औदार्य को है।

''दो गज़ की दूरी पर मायका था, किन्तु मुझे दस वर्ष के पुत्र की माँ बनने पर भी, इतनी स्वतन्त्रता नहीं थी कि अपने अन्धे वृद्ध विधुर पिता के पास एक रात भी बिता लूँ। रात-रात तक उनकी ब्रिजलीला चलती और मुझे कई बार कॉफी बनाने की हाँक लगती। कभी-कभी तो सबकी उपस्थिति में वे मुझे बुरी तरह

अपमानित कर देतीं, 'इतने साल हो गए शुभ्रा, पर ढंग से काँटा-चम्मच पकड़ना भी नहीं सीख पाई।'

''मैं मन ही मन उबल उठती। अपनी सम्पत्ति का लाख घमंड करें कालिन्दी भाभी, घर की बहुओं में मेरा ही पलड़ा सबसे भारी था। भारी चुम्बक की स्वाभाविकता से एक दिन मेरा ही पुत्र, अप्पा साहब की सम्पत्ति को खींच लेगा। मालिनी भाभी के एक ही पुत्री थी, उसे भी पोलियों ने पंगु बना दिया था। वैसे इसी बीच कालिन्दी भाभी एक और मूर्खता कर बैठी थीं। जेठजी के एक साले ज़िलाधीश थे। उन्होंने किसी अनाथालय में, एक सुन्दरी अनाथ बालिका देखकर कालिन्दी भाभी को फोन कर दिया था, 'तुमने कभी कहा था कि तुम किसी अनाथ बालिका को गोद लेना चाहती हो। क्या इस बच्ची को लेना चाहोगी?'

''स्वयं जेठजी ने उस प्रस्ताव का घोर विरोध किया था—पता नहीं, किसकी लड़की है! विवाह के समय पचास समस्याएँ खड़ी होंगी, फिर पराई सन्तान बटोरने की तुम्हें क्या पड़ी है? क्या शुभ्रा का बेटा, मालिनी की बेटी हमारी सन्तान नहीं हैं?—किन्तु कालिन्दी भाभी का बढ़ता रक्तचाप ही उनका ब्रह्मास्त्र था। उसी के प्रयोग से उन्होंने अपनी उस बचकानी ज़िद को भी पूरा कर लिया।

''लड़की वास्तव में सुन्दर थी। भूरे बाल, बहुत गोरा रंग और मछली-सी तिरछी आँखें। कुछ दिनों तक वह अपने परिचित परिवेश के पश्चात् हमारे गृह के वैभव को देखकर सहम-सी गई थी, पर फिर उसके स्वभाव की चंचलता स्पष्ट हो उठी। चार ही दिन में कालिन्दी भाभी ने उस पर जादू की छड़ी-सी फेर दी थी। नए ढंग से कटे केश, एक से एक सुन्दर फ्रॉक और शिफ्ट में वह अब पहचानी ही नहीं जाती थी।

''एक दिन अच्युत ने कालिन्दी भाभी को छेड़ दिया, 'एकदम ऐंग्लो इंडियन लगती है तुम्हारी इला। देख लेना भाभी, बड़ी होने पर, एक दिन अप्पा साहब की सारी संपत्ति लेकर किसी दोगले इंजन ड्राइवर के साथ भाग जाएगी।'

'' 'भागेगी क्यों' गम्भीर स्वर में भाभी ने कहा था, 'घर का सोना घर ही में रहेगा अच्युत, इसे तुम्हारी बहू बनाने तो लाई हूँ।'

'' 'छिः भाभी', मैंने तड़पकर कहा था, 'ऐसा रिश्ता सुनने में भी पाप लगता है, चचेरे भाई-बहन का विवाह होता है कहीं!'

'' 'कैसे भाई-बहन? मूर्ख कहीं की!' कालिन्दी भाभी बोलीं, 'इसीलिए तो किसी अबोध लड़की को मैंने गोद नहीं लिया। वह खूब समझती है कि इस हवेली से, उसके रक्त-माँस का कोई रिश्ता नहीं है।'

“फिर तो, वे जैसे हाथ धोकर मेरे पीछे पड़ गईं। कभी अतुल से कहतीं, ‘जा, अपनी बहू से खेल।’ कभी कहतीं, ‘शुभ्रा, अपनी बहू को देख ज़रा! ठीक तेरी ही तरह अमरूद चुराकर कुतर रही है।’

“मैं मन ही मन बौखला उठती। इला अभी से ही इतनी सुन्दर थी, फिर भविष्य की उस सुलक्षणा स्वयंदूती के एक-एक लक्षण मुझे सहमाने लगे थे। बचपन से ही ऐसी पकी बातें सुनकर क्या यह सम्भव नहीं था कि पाल के पकाए गए पपीते की भाँति मेरा अबोध पुत्र भी अकाल-परिपक्व हो उठे? अतुल को अपनी सगी चचेरी बहन से कोई लगाव नहीं था, किन्तु इला के बिना उसका एक पल भी जैसे सार्थक नहीं रहता। एक तो, वह दुःसाहसी दस्युकन्या, पेड़ पर जंगली बिल्ली की ही फुर्ती से चढ़ सकती थी। उसके मित्रों के साथ क्रिकेट खेलती थी। लड़कों के प्रत्येक खेल में उसकी रुचि थी और लड़कियों के खेल से थी घोर अरुचि। ह्वील चेयर पर अवश बैठी मालिनी भाभी की बेटी अंजना, अपनी सुन्दर गुड़िया का उत्कोच देने पर भी जिसे अपनी सहेली नहीं बना पाई थी, वह मेरे बेटे की अंतरंग बाल्यसहचरी बन उठी थी।

“एक दिन कालिन्दी भाभी ने खाने की मेज़ पर मुझे फिर छेड़ दिया, ‘छोटी, कभी-कभी तो इला की शक्ल तुझसे इतनी मिलती है कि लगता है, तेरी ही बिटिया है।’ इस बार वे झूठ नहीं बोल रही थीं। उस अज्ञात कुल की अवैध बालिका के चेहरे की, मेरे चेहरे से सचमुच आश्चर्यजनक समानता थी। अपने बचपन की तस्वीरों से उसका मिलान कर मैं स्वयं दंग रह गई थी।

“उस इकतीस मार्च को प्रकृति भी मेरी परिहास-योजना में, स्वयं ही रस ले उठी। मुझे कालिन्दी भाभी की व्यंग्योक्ति उसी क्षण उकसा उठी। क्यों न अनुकूल परिस्थितियों का लाभ उठाकर, उनका मत्सर बाण उन्हीं की ओर मोड़ दूँ! फिर उसी दिन मालिनी भाभी भी मुझे जोश दिला गई थीं–‘क्यों री शुभ्रा, पिछली पहली अप्रैल को हमें तो खूब रुला चुकी है। इस बार बड़ी भाभी को रुला दे तो हम भी जानें।”

“पिछली पहली अप्रैल को मैंने मालिनी भाभी की माँ की बीमारी का झूठा तार भेज, उन्हें बिस्तर बँधवा स्टेशन भी भेज दिया था। कालिन्दी भाभी ने मुझे बाद में चीरकर धर दिया था, ‘यह भी कैसा मज़ाक है छोटी!’

“पर दोष मेरा नहीं था। रूप और वैभव के गर्व में फूली मालिनी भाभी, इधर गैस के गुब्बारे-सी पकड़ में ही नहीं आती थीं। एक दिन बोली थीं, ‘हमें कभी कोई बुद्धू नहीं बना सकता। इतनी पहली अप्रैलें आईं और गईं, मजाल है जो किसी को कन्धे पर भी हाथ धरने दिया हो हमने।’

“बस तीसरे ही दिन मैंने उनके कन्धे पर हाथ ही नहीं धरे, उन्हें झकझोर भी दिया। इसी से जब उन्होंने मुझे दुबारा ललकारा, तो मैंने हँसकर कहा, ‘अच्छा भाभी, इस बार भी मुझे तुम्हारी चुनौती स्वीकार है।’ और उसी क्षण, मेरे कौतूहलप्रिय मस्तिष्क में मेरी कुटिल योजना, बिजली बनकर कौंध गई। वर्षों से संचित हृदय की अव्यक्त कुढ़न प्रतिशोध लेने परिहास की बैसाखियाँ टेकती खड़ी हो गई।

“पहली अप्रैल की वह सुबह किसी किशोरी के अक्षत कौमार्योज्ज्वल स्मित-सी ही स्निग्ध थी। सोमवार को भाभी हम दोनों देवरानियों के साथ हवेली के शिवालय में जाती थीं। फिर उस दिन पार्थिव पूजन था। नहा-धोकर आठ बजे तैयार रहने का आदेश हमें मिल चुका था।

“कभी हमारे श्वसुर के अंतरंग मित्र, स्वयं जगद्गुरु ने उस शिवलिंग की स्थापना की थी। उस शिवलिंग की महिमा का इतिहास भी विशद था। कैसे उसके स्थापित होते ही, अप्पा साहब को सट्टे में अप्रत्याशित लाभ हुआ था, और गृह के दो-दो पुत्र एक साथ सिविल सर्विस में निकल आए थे, यह सब मैं सुन चुकी थी। गृहकलह के छोटे-मोटे मुकदमे भी बम बोले के उस अपूर्व न्यायालय में ही निबटाए जाते। शिवालय में ली गई झूठी शपथ तत्काल उस उग्र देवता का अभिशाप बनकर, अभियुक्त के सिर पर मत्त तांडव कर उठती।

“ ‘कालिन्दी भाभी, आज मैं आपके साथ अकेली ही चलूँगी।’ मैंने कहा।”

“ ‘क्यों?’ भाभी गरजीं।

“ ‘मुझे आपसे एकान्त में कुछ कहना है..’ मैंने कहा।”

“ ‘कौन-सी ऐसी बात है, जो तुम मालिनी के सामने नहीं कह सकतीं! वैशाख का पहला सोमवार है, उसे भी चलना होगा।’ ”

“ ‘नहीं भाभी,’ अपने स्वर की दृढ़ता से मैं स्वयं ही चौंक उठी, ‘वैशाख का पहला सोमवार है, इसी से चाहती हूँ कि आज की पुण्यतिथि में, आपकी और भोलानाथ की पावन उपस्थिति में, मैं अपना पाप स्वीकार कर लूँ।’ मेरे अस्वाभाविक रुंधे कंठस्वर की नम्रता ने भाभी को शायद उलझन में डाल दिया।

“ ‘मालिनी’, उन्होंने मालिनी भाभी को बुलाकर कहा, ‘आज तुम घर पर ही रहो। पार्थिव पूजन में शायद कुछ देर लगेगी। सोचती हूँ, एक आवृत्ति रुद्रि-पाठ की भी करवा लूँ...इतनी देर तक तुम्हारी लड़की का अकेली रहना ठीक नहीं। मैं प्रसाद-आरती के लिए तुम्हें बुलवा लूँगी।’ ”

“मालिनी भाभी ने आश्चर्य से मुझे देखा और मेरी मूक दृष्टि की कौतुकपूर्ण

चावनी से शायद समझ भी गई कि परिहास रंगमंच पर मेरे प्रहसन नाटक के अदृश्य सूत्रधार-नटी अवतरित हो चुके हैं।

"शिवालय के शीतल फर्श पर तीन कुशासन बिछाकर पुजारी ब्रह्मदेव हमारी प्रतीक्षा कर रहे थे।

" 'अरे मंझली बहूजी नहीं आईं?' उन्होंने पूछा।"

" 'नहीं, उसे घर का काम सौंप आई हूँ। आरती के समय बुला लूँगी।' भाभी बोलीं।"

"विधि-विधान से हमने पूजन किया। गोबर, मिट्टी और चावल के ग्यारह सौ नन्हें शिवलिंगों को दुग्ध-धवल धार से सिक्त कर, धरा पर लोट-पोट कालिन्दी भाभी क्या माँग रही हैं, यह मैं जान गई। न जाने कितनी व्यर्थ औषधियों, शल्यक्रिया, गंडे-तावीज़ों से लदा उनका फलहीन प्रौढ़ तरुवर, सूखी और मुरझाई पीली पत्तियों के साथ-साथ स्वयं भी सूखने लगा था; किन्तु अपनी वयस के पैंतालीसवें वर्ष में भी उन्होंने फल की आशा नहीं त्यागी थी। आरती के लिए मालिनी भी आकर न जाने कब हमारे पीछे बैठ गई थी। आरती हुई। पंडितजी ने अभिषेक की शीतल बूँदों से हमें भिगोया, फिर ओठों से विचित्र ध्वनि संगीत प्रस्तुत कर पूजन के लिए आवाहन कर, निमन्त्रित किए शिवजी को विदा दी, तो भाभी बोलीं, 'पंडितजी, आप मंझली के साथ हवेली चल भोजन पाएँ। हम दोनों थोड़ी देर में स्वयं ही एक आवृत्तिपाठ कर आ जाएँगी।'

"मालिनी भाभी ने ज़ोर से मुझे चिकोटी भरी, जैसे एक आवृत्ति पाठ की मिथ्या घोषणा के पीछे छिपा रहस्य समझ गई हों! चलते-चलते भाभी की नज़र बचा, मेरे कान के पास आकर फुसफुसा भी गईं, 'विश यू बेस्ट आफ लक!' "

"उन दोनों के जाते ही कालिन्दी भाभी मेरी ओर मुड़ीं, 'क्यों, क्या कहना है तुझे छोटी?' कुछ पलों के लिए मैं हवा में हिलती दीपशिखा को देखती ही रही। अगरबत्ती की सुगन्धित अवसन्न धूम्र-रेखा के बीच कैसा दिव्य सन्नाटा था! भव्य शिवलिंग पर लगा गोरोचन-अगरु-कुंकुम का तिलक और इधर-उधर बिखरे, शिवनामांकित हरे बिल्वपत्र! मुझे सहसा अपनी अल्पज्ञता डंक दे उठी। ऐसे पवित्र देवालय में क्या अपना ओछा परिहास कर पाऊँगी! जी में आया हँसकर सब कुछ उन्हें बतला दूँ। पर दूसरे ही क्षण अपनी गर्वीली मंझली जिठानी की चुनौती का स्मरण हो आया और मैं फिर तन गई।

" 'आपसे जो मैंने भाई-बहन के रिश्ते की बात कही थी, वह एकदम सच है भाभी,' मैंने कहा।"

“ ‘कैसे सच हो सकती है छोटी! तू जानती है कि दोनों में रक्त-मांस का कोई भी रिश्ता नहीं है,’ उनका स्वर मन्दिर के दमामे-सा गूँज गया।

“ ‘वही कहने तो यहाँ आई हूँ भाभी! इला मेरी बेटी है।’ ”

“कालिन्दी भाभी ने चौंककर मुझे देखा, ‘क्या तेरा दिमाग फिर गया है छोटी!’’

“ ‘ठीक कह रही हूँ भाभी, आपको याद होगा, विवाह के सात माह पूर्व मैं अचानक मौसी के पास बरेली चली गई थी। फिर वहीं एक अँधेरे बन्द कमरे में मैंने इला के जन्म की प्रतीक्षा की थी। ईश्वर की कृपा से समय से पूर्व ही इसके जन्म ने मुझे मुक्ति दे दी। आपको याद होगा, मेरा घूँघट उठाते ही आपने कहा था—अरे तेरा चेहरा इतना पीला कैसे पड़ गया!’ ”

“ओफ, कितना बड़ा झूठ बोल गई थी मैं! परिस्थितियों को मैंने किस अपूर्व छल-बल से तोड़-मरोड़ लिया था। फिर, जैसे कोई चतुर दस्यु, लोहे की मोटी-मोटी छड़ों को तोड़-मरोड़ भीतर घुसपैठ कर लेता है, वैसे ही मैंने सौ-सौ दलीलें पाकर भी कभी आश्वस्त न होने वाले भाभी के शक्की स्वभाव की अर्गला को लपककर खोल दिया। विवाह से पूर्व सन्निपात ज्वर का आभास पाते ही पिताजी ने मुझे मौसी के पास बरेली भेजा अवश्य था, किन्तु मेरी उस यात्रा के पीछे किसी कलंक की कालिमा नहीं थी।

“मौसी मिशन अस्पताल में डाक्टरनी थीं और मेरे पीले चेहरे के पीलेपन में, कुछ मामी-भाभियों द्वारा पोती गई हल्दी का कला-कौशल था, कुछ सन्निपातजन्य रक्तहीनता।

“ ‘बेशरम?’ भाभी बोलीं। उनका रक्तचाप उनके गोरे चेहरे पर अबीर बनकर फैल गया, ‘उसी आवारा से शादी क्यों नहीं कर ली तब? इस हवेली में आई किस दुस्साहस से?’

“ ‘क्योंकि...’ कैकेयी को मन्त्रणा देती कुब्जा मन्थरा ही जैसे उछलकर मेरे जिह्वा पर बैठ गई, ‘मैं उससे विवाह भी करती, तो इसी हवेली में आना पड़ता, फिर मैं उससे विवाह कर भी नहीं सकती थी।’

“ ‘क्यों?’ भाभी के प्रश्न की हिस्टीरिकल गूँज से मन्दिर का घन्टा भी हिल गया।

“ ‘क्योंकि उसका विवाह हो चुका था।’ उनके प्रश्न के तीव्र स्वर की मींड़ को, मेरे उत्तर का कोमल गांधार इस बार पागल बना गया।

“किसी दुर्दांत बालक द्वारा चिढ़ाई गई कोकिल के से खीझे स्वर की कुहू इस बार तीव्रतम हो उठी।

“ ‘किससे?’ उन्होंने साँस रोककर पूछा।

“ ‘आपसे,’ कहकर मैंने आँखें मूँद लीं। उस सफेद पड़ गए रोबदार चेहरे की क्षणिक दीनता देखने का मेरा दुःसाहस स्वयं ही दप् से बुझ गया।

“जब आँखें खुलीं, तो कालिन्दी भाभी पागलों की भाँति शून्य दृष्टि से मुझे घूर रही थीं। मेरे प्रति जेठजी का अनोखा लाड़, विवाह से पूर्व मुझे बचाने को थामी गई भाभी की भुजा, छुट्टियाँ बढ़ाने का दुलार-भरा आग्रह, और आज अचानक उनका जघन्य बन गया अपराध, मेरे अतुल के प्रति उनका अनन्य प्रेम, ये सब तथ्य, मेरे पक्ष को सबल बनाने, संभ्रांत परिवारों से आए शिष्ट गवाहों की भाँति मुझे घेरकर खड़े हो गए। ‘छोटी’...अथाह जलराशि में डूबती भाभी सहसा तिनका पा गईं। मेरा हाथ, अपनी गोरी गुदगुदी हथेली में थामकर, उन्होंने शीतल सद्यःअभिषिक्त शिवलिंग पर धर दिया, ‘इनकी शपथ खाकर कह छोटी, यह सब सच है!’

“मैं एक पल के लिए झिझकी। संस्कारशील चित्त ने हथेली हटाने की चेष्टा भी की’ किन्तु घाघ भाभी ने हाथ कसकर दाबा था।”

“ ‘हाँ, भाभी, सच है।’ मैंने कहा।”

“उन्होंने फिर एक शब्द भी नहीं कहा। घर पहुँचते ही जेठजी द्वार पर मिल गए।

“ ‘अरे छोटी, आज तुमने दुबारा चाय नहीं पिलाई, तो तृप्ति ही नहीं हुई। बनाओ तो एक प्याला बढ़िया चाय।’ उन्होंने हँसकर कहा। कालिन्दी भाभी उन्हें आग्नेय दृष्टि से भस्म करती भीतर चली गईं और फटाक् से अपने पलंग पर लेट गईं।

“मैं स्टोव को जलाकर जेठजी के लिए चाय बना ही रही थी कि हँसती-हँसती मालिनी भाभी आ गईं, ‘क्यों री छोटी, लगता है कुछ गहरा मज़ाक कर आई है! वाह भाई, मान गए तेरी बात। तूने बीरबल को भी हँसा दिया।’

“चाय उबली भी नहीं थी कि जेठजी भागते-भागते आए, ‘लगता है कालिन्दी को रक्तचाप का बेढब दौरा पड़ गया है, वह तो एकदम बेहोश-सी पड़ी है। आँखें ही नहीं खोलती।’

“उनकी आँखें फिर सचमुच ही नहीं खुलीं। देखते ही देखते, तीन-चार डाक्टर आए, उन्हें तत्काल अस्पताल ले जाया गया। किसी आकस्मिक उत्तेजना से दिमाग की नली फट गई थी। सेरिब्रल थ्रंबोसिस या तो अब प्राण हरेगा या वाणी!

“ ‘भगवान करे, ऐसा ही हो’ मैं मनाने लगी। मेरे कलमुँहे घातक मज़ाक की, मेरे देवतुल्य जेठजी से, भाभी कभी कोई कैफियत न माँग सकें।

“पर बिना किसी से कैफियत माँगे ही कालिन्दी भाभी मन का समस्त अव्यक्त आक्रोश मन ही में लिए रात के ठीक दस बजे चली गईं। ऐसी आकस्मिक मृत्यु के लिए मैं प्रस्तुत नहीं थी। पर सच पूछो तो वे गई नहीं हैं। तब से नित्य रात आधी रात, मेरी छाती पर चढ़कर कहती हैं—‘तूने झूठी शपथ खाकर मुझसे मेरा पति छीना, अब तुझे भी पति का सुख नहीं भोगने दूँगी।’ जब-जब अच्युत मेरे पास आते हैं, वे साथ रहती हैं। वह देख...वह देख...अब मैं कहाँ छिपूँ—कहाँ?”

व्याकुल होकर वह मुझसे लिपट गई। मैं घबड़ा गई, अभी तक तो यह अच्छी-भली थी। अब हज़रतगंज के भीड़-भरे चौराहे पर, कार में थर-थर काँपती मुझसे लिपटी अपनी इस विचित्र संगिनी को लेकर, मैं कब तक बैठी रहूँगी!

सहसा एक क्लान्त कंठस्वर सुनकर मैं चौंक उठी, “कितनी परेशान कर डालती हो तुम शुभ्रा!”

उसने शायद पहले मुझे नहीं देखा। फिर देखते ही नम्र स्वर में बोला, “क्षमा कीजिएगा, असल में घन्टे-भर से इन्हें ढूँढता-ढूँढता परेशान हो गया हूँ।”

“मैं चलूँ शुभ्रा!” मैंने कहा, पर वह तो जैसे काठ बन गई थी, कार के काँच पर खड़ी भावनाहीन दृष्टि और कठोर मुखमुद्रा! मैं सहमकर उतर गई।

“चलिए, आपको छोड़ दूँ।” उस सौम्याकृति प्रौढ़ ने कहा।

“नहीं, आप चिन्ता न करें। मैं रिक्शा कर लूँगी।”

पर वह कार को लॉक करके मेरे साथ-साथ चलने लगा, “आप शायद शुभ्रा को पहले से ही जानती हैं!”

“जी हाँ, हम दोनों एक-साथ पढ़ती थीं।”

“क्या उसने आपको पहचान लिया? आप देख ही रही हैं, चार साल से इसका यही हाल है। चार वर्ष पूर्व हमारे गृह में एक अप्रिय घटना हो गई थी। पहली अप्रैल को यह न जाने मेरी बड़ी भाभी से कैसा मज़ाक कर बैठी। वह रक्तचाप की मरीज़ थीं, हो सकता है उन्हीं के रोग ने उनके प्राण लिए हों, पर इसके मन में तो यही शैतान घुसा बैठा है कि इसी के मज़ाक ने उनके प्राण लिए हैं। देश-विदेश घुमा लाया हूँ। ऐन आर्बर के स्टोर फ्रंट क्लिनिक तक ले जा चुका हूँ, जहाँ के मनोविज्ञान के धुरंधर पंडित कैसे-कैसे विकट उन्माद-रोगियों को साध लेते हैं। यहाँ भी नूरमंज़िल का नाम सुनकर ही इसे लाया था, पर हर

विशेषज्ञ उसी मज़ाक का सूत्र पकड़ना चाहता है—कैसा मज़ाक था! क्यों किया था! आदि-आदि। मैं क्या बतला सकता हूँ! न मुझे कुछ पता है, न मालिनी भाभी को। यह तो कुछ बतलाती नहीं। जब-जब मुझे देखती है, ऐसी ही काठ बन जाती है। आपसे तो कुछ नहीं कहा इसने?''

मैं चुप थी।

अदृश्य शिवलिंग को साक्षी बना क्या इस बार मुझे झूठी शपथ खानी होगी! एक बार उस मज़ाक का रहस्योद्घाटन कर देने पर क्या यह सम्भव नहीं था कि कालिन्दी भाभी का छोटा देवर भी उसी निर्मूल सन्देह का शिकार बन जाए।

''नहीं,'' मैंने कहा, ''मुझसे तो उसने कुछ नहीं कहा।''

''ओह धन्यवाद, मैं उसे जानता हूँ, वह कभी कुछ नहीं बताती।'' और बेचारा सिर झुकाकर चला गया।

फिर एक बार मैंने मुड़कर देखा—कार का द्वार खोलकर वह चालक की सीट पर बैठ गया था। उसे देखते ही पीछे बैठी शुभ्रा एक बार फिर काठ बन गई थी, जैसे किसी ने उसकी गर्दन पकड़कर ऐंठ दी हो!

क्या पता, कालिन्दी भाभी की प्रेतछाया उसका मुँह दाब उस क्षण भी उससे कह रही हो—'तुझे पति-सुख नहीं भोगने दूँगी शुभ्रा, तूने झूठी शपथ खाकर मेरा पति छीना है न!'

# अपराधी कौन

अमला बार-बार बाहर आती और अपने सजे बंगले की अनूठी सज्जा देखकर स्वयं ही मुग्ध हो जाती। रंगीन नीली मद्धिम रोशनी के लट्टू, पेड़ की हर पत्ती पर जुगनूँ बने चमक रहे थे। शामियाने की रंगीन छाँह में कई सोफे और कुर्सियाँ मण्डलाकार घेरे में रखवाते श्यामबिहारी एक साथ कई निर्देशन देते किसी कुशल बैण्ड-मास्टर की भाँति हवा में दोनों हाथ उठा-उठाकर गिरा रहे थे। अमला को पति की हड़बौंग देख, हँसी आ गई। एक तो वैसे ही सामान्य-सी घटना से उत्तेजित हो उठते थे, उस पर आज पहली पुत्री का विवाह था। वह पति से कहीं अधिक मात्रा में आश्वस्त हो बारात की प्रतीक्षा कर रही थी। आखिर घबराती भी क्यों? सब ही कुछ तो दे रही थी, कनक को? फ्रिज, रेडियोग्राम, फियेट और फिर एक तगड़ा-सा चैक। बीसियों भूखी शेरनी-सी माताओं के मुख से वह अपने भावी जामाता का पुष्ट ग्रास लुभावने दहेज के बूते ही तो छीन पाई थी। उसकी कनक साँवली थी, पर इस युग में क्या जामाता भावी पत्नी का रंग देखता है? उसे तो अब भावी श्वसुर के ओहदे का रंग ही अधिक आकर्षित करता है। जहाँ तक इसका प्रश्न था, श्यामबिहारी अपने ओहदे के चोखे रंग से किसी भी सुपात्र को चुम्बक की भाँति खींच सकते थे। एक तो वे कमिश्नर थे, उसपर आई. सी. एस.।

"हम आई. सी. एस. अब रीवां के अलभ्य सफेद शेरों की भाँति, अपनी वंश वृद्धि की क्षीण सम्भावनाओं के कारण अनमोल हो उठे हैं।"—ये प्रायः ही हँसकर अमला से कहते रहते। आज तो उन्हें बात करने की भी फुर्सत नहीं थी। सुबह से जनवासे का ही प्रबन्ध देख रहे थे। नाऊ, तम्बोली, धोबी—सबके तम्बू तन चुके थे और तीनों किसी अन्तर्राष्ट्रीय प्रदर्शनी के से विभिन्न स्टॉल में खड़े अधिकारियों की ही तत्परता से मुस्कराते खड़े थे। यह भी इस अनोखे युग का एक अनोखा रिवाज चल पड़ा था। आएँगे छैला बाराती बनकर, पर दर्जनों घड़े से निकाले गए सूट इस्त्री करवाने कन्या के पिता के यहाँ ही लाएँगे। जिसे देखो

वही हजामत बनवाने बैठ जाएगा, चाहे घराती हों या बाराती! 'मुफ्त का चन्दन घिस मेरे नन्दन,' इसी को कहते हैं। कहीं बारातियों के आने के पहले ही सब पान निगोड़े घर ही के मेहमान न चर डालें—अमला मन ही मन भुनभुना रही थी। एक तो घर के ही मेहमानों ने चार दिनों से उसका पटरा बैठा दिया था। पाँच दर्जन तो बच्चे ही भिनभिना रहे थे, उस पर देवरानी-जेठानी और चचेरी-ममेरी ननदों के नखरे देख उसका खून खौल रहा था। इसी से भागकर बाहर आ गई थी। बरेली वाली ममिया सास को लहसुन-प्याज की बदबू से दिल के दौरे पड़ने लगते थे, उनका कमरा अलग करके उठी ही थी कि दो चचेरी ननदों में बच्चों को लेकर भयानक युद्ध छिड़ गया था। दोनों सगी बहनें थीं, पर आज आमने-सामने तनी रणचण्डी ही तो बन गई थीं। उन्हें छुड़ाकर अलग किया, तो उसकी स्विस भाभी एक ही पेटीकोट और बिना बाँहों का ब्लाउज़ पहने अर्धनग्नावस्था में अर्दली-चपरासियों के सामने ही उससे साड़ी पहना देने का अनुरोध करने आ धमकी। पिछले माह उसका छोटा भाई विदेश से एक लम्ब-तड़ंगी ब्याह लाया था। क्या करती बेचारी अमला, भाई को बुलाती और भाभी को कैसे छोड़ देती! उसकी ताड़-सी देह में साड़ी लपेटना आकाश में चन्दोवा टाँकना था। साड़ी पहनाते ही वह चटपट बाहर निकल आई थी। बारात भी तो आती ही होगी, उसने घड़ी देखी, अभी देर थी। पर बारात के आने से भी अधिक चिन्ता उसे एक और व्यक्ति के आने की थी और वह थी उसकी फ्रांस-प्रवासिनी ननद मीना, जो पूरे बीस वर्ष बाद मायके लौट रही थी।

कभी यह ननद उसकी प्राणप्रिया सखी थी, वही उसे सिर-आँखों पर बिठाकर इस गृह में लाई थी, उसकी सास ने तो दूसरी लड़की पसन्द की थी।

कुछ दिनों तक दोनों की मैत्री, मुहल्ले-भर की स्त्रियों के हृदयों में विष घोलती रही।

दोनों एक-से कपड़े पहनतीं हँसती, खिलखिलाती एक-दूसरी को बाँहों में लिए फिरती रहीं, फिर जैसा प्रायः ऐसी प्रगाढ़ मैत्री का अन्त होता है, वैसा ही हुआ। अचानक दोनों में ऐसी ठनकी कि आँखों ही आँखों में नंगी तलवारें लपलपाने लगीं और दो टूटे हृदयों की दरार, मीना की विदा तक नहीं जुड़ी। झगड़े का सूत्रपात हुआ था आभूषणों को लेकर। मीना की विधवा माँ का पूरा गहना, एक सामान्य-सी पोटली में बँधा काठ के बक्स में पड़ा रहता। कई बार पुत्र के समझाने पर भी, वे बैंक में रखने को राज़ी नहीं हुई, तो खीझकर श्याम बिहारी ने कहना ही छोड़ दिया, पर इधर उनका अधिकांश समय तीर्थयात्रा में ही निकलने लगा

था और वे एक-एक कर अपने आभूषण, कभी बद्रीनाथ चढ़ा आतीं, कभी रामेश्वरम्? एक दिन अमला और मीना ने मन्त्रणा की, जैसे भी हो, अम्मा के इस धार्मिक औदार्य के सैलाब को बाँधना ही होगा।

''अम्मा जी, अब मीना की सगाई हो गई है, आप ऐसे गहने मत लुटाइए,'' अमला ने एक दिन सास को टोक दिया।

''हाँ, अम्मा, आज फैसला ही कर दो, क्या मुझे दोगी और क्या भाभी को,'' मुँह-लगी मीना ने दोनों बाँहें अम्मा के गले में डाल दीं, ''कहीं ऐसा न हो कि कभी इसी करमजली पोटली के पीछे हम दोनों लड़ पड़ें।''

अमला हो-होकर हँस उठी थी।

तब तक दोनों ननद-भाभी, अटूट मैत्री के इस रस-सागर में आकण्ठ डूबी थीं। इसी से कलह की काल्पनिक सम्भावनाओं का प्रसंग भी हास्यास्पद लग उठा था।

''ला मरी, निकाल ला पोटली, आज ही बाँट-बूँटकर झगड़ा निबटा दूँ,'' अम्मा ने चाबी का गुच्छा हँसकर पटक दिया था और मीना चटपट पोटली निकाल लाई।

ओफ कैसे-कैसे भारी गहने थे, टोंक, मगर, अनन्त, जयपुरी झूमर, रामपुरी मछलियाँ, चन्द्रहार, बेसर और कुन्दन की पहुँची।

मीना के नाना सिविल सर्जन थे, अम्मा इकलौती पुत्री थीं, इसी से नाना ने गहनों से लाद दिया था : सबसे विलक्षण आभूषण था, एक लम्बी नीली मखमली डिबिया में बन्द, नागिन के आकार की लचकती करधनी।

उसकी जालीदार नक्काशी पहले भी कई बार ननद-भाभी को झुमा चुकी थी, पर तब ईर्ष्या का सर्प, फन फैलाकर दोनों में से एक को भी डसने नहीं दौड़ा था।

आज दोनों के कलेजे एक साथ धड़क उठे। पता नहीं अम्मा करधनी किसे देंगी।

मीना सोच रही थी, ''मैं तो अम्मा की इकलौती बिटिया हूँ, करधनी मुझे ही देंगी।''

अमला सोच रही थी, ''कितने अरमानों की बहू हूँ मैं! करधनी, हो न हो मेरे ही हिस्से में आएगी।'' अम्मा की खयाली हंडिया में उधर उबाल पर उबाल आ रहे थे। सब गहना मन ही मन बाँट चुकी थीं, पर दोनों की तृष्णा के प्राण उनकी करधनी पर ही अटके हैं, वे जान गई थीं। बेटी तो पराया धन है, कल-परसों

ब्याह होगा तो पराई हो जाएगी। ज़िन्दगी तो उसे बहू के साथ ही काटनी थी : फिर करधनी भी साधारण नहीं थी। एक चिररुग्ण जड़िया को, मीना के नाना ने उसका खोया पौरुष लौटा दिया था। अपनी मूक कृतज्ञता को उसी अनूठी करधनी की कारीगरी में वह सदा के लिए अमर कर गया था। कैसी लपलपाती जीभ थी नागिन की। आँखों में जगमगाती दो हीरों की कनियाँ जड़ी थीं। उस चमत्कारी करधनी का एक और आकर्षण था। एक पेंच घुमाते ही वह अपनी केंचुली छोड़ देती, जो क्षण-भर में सिमटकर, बाईं ओर चाबी का गुच्छा बनकर लटक जाती थी। अम्मा कहा करती थीं, जब करधनी बनकर आई तो उसे देखने लाट साहब की मेम भी आई थीं। वही करधनी आज किस भाग्यशालिनी को मिलेगी!

अम्मा ने एक-एक कर गहनों की दो ढेरियाँ बना दीं।

टोंक, बेसर, चन्द्रहार अमला का।

कंकण, झूमर, सतलड़ी मीना की।

राजस्थानी बोरला अटर-बटर आया अमला की ढेरी में।

कुन्दन की चम्पाकली, उड़ीसा की कटकी, सोने की कंघी मीना की।

दोनों ढेरियाँ ऐसी न्यायपूर्ण सूझबूझ का प्रतीक थीं कि किसी में भी घट-बढ़ का प्रश्न ही नहीं उठता था।

अकेली करधनी बच गई।

मीना अचानक मचल गई, ''अम्मा, चाहे हमारी ढेरी के दो-तीन गहने भाभी की ढेरी में डाल दो, पर हम तो करधनी ही लेंगी।'' उसने करधनी सचमुच उठा ली।

सास ने बहू की गम्भीर मुखमुद्रा देखी, तो बड़े चातुर्य से बिगड़ती स्थिति संभाल ली।

''अच्छा-अच्छा, देखा जाएगा, अभी तो तू दोनों पोटलियाँ बक्से में डाल दे। करधनी अलग रख दी है मैंने, पुर्ज़ी डाल दें। क्यों, है ना बहू?''

पर अम्मा की पुर्ज़ी के पहले ही नियति की पुर्ज़ी पड़ गई।

मीना के विवाह की तिथि निश्चित हुई तो गहने झलवाने सुनार बुलवाया गया। दोनों पोटलियों के गहने ज्यों-के-त्यों धरे थे, अकेली करधनी ही नहीं थी।

अम्मा तो पागल ही-सी हो गई थीं। एक तो शुभकार्य के पहले सोना खो गया था, महा-अपशकुन, उसपर उनका सबसे प्रिय आभूषण। अम्मा ऐसा फूट-फूटकर बाबूजी की मृत्यु पर भी नहीं रोई थीं।

पर यह हो कैसे गया, चाबी तो निरन्तर उन्हीं के पास रहती थी, कभी-कभी बहू माँग लेती और कभी बिटिया। शीशम का वह बक्सा उन्हीं के कमरे में धरा रहता और वे दिन-रात उसी कोठरी में खज़ाने पर बैठे सर्प की भाँति कुण्डली मारे बैठी रहतीं।

भोली अम्मा, भागती-भागती भृगुसंहिता के पंडितजी के पास भी गई थीं।

"खोयी वस्तु का चोर घर ही में है, पर मिलेगा बीस साल में।"

"भाड़ में जाए करधनी," मीना के आँसू टपकने लगे थे। बीस वर्ष तक क्या उसकी कमर ऐसी ही लचीली रह जाएगी! क्या करेगी करधनी का जब कमर ही नहीं रहेगी!

फिर बेचारी रिक्त कमर लेकर ही ससुराल चली गई थी। श्वसुर फ्रांस में इत्र के प्रसिद्ध व्यवसायी थे। पति के साथ मीना ने स्वदेश त्याग दिया, धीरे-धीरे वह माँ, भाई-भाभी सबको भूल गई, पर करधनी को नहीं भूल सकी।

इतना वह खूब समझती थी कि चतुरा नटिनी-सी भाभी की फुर्तीली उंगलियों ने ही भोली अम्मा की चाबी तिड़ी कर रात ही रात में करधनी गायब कर दी थी।

आज पूरे बीस वर्ष पश्चात् वह भाई का पत्र पाकर स्वदेश लौट रही थी। अम्मा अब नहीं रही, पर फिर भी मायका मायका ही था। भैया को देखा, तो वह रही-सही पूर्व-शत्रुता भी बिसर गई। भैया ने मूँछें रख ली थीं, कनपटी के बाल सफेद हो गए थे और क्षण-भर को उसे लगा जैसे बाबूजी ही हँसते खड़े हो गए हैं और मौसी! कितना बुढ़ा गई थी मौसी, सामने के दो दाँत टूट गए थे, ठीक जैसे अम्मा की पोपली हँसी का नक्शा फिर से उतारकर रख दिया था विधाता ने?

वह तो आँसू ही नहीं रोक पाई, "क्यों री मुनिया, दामाद को नहीं लाई?" मौसी ने पूछा।

"अरी मौसी, उन्हें क्या अपने कारोबार से फुर्सत रहती है!" उसने बड़े गर्व से कहा और भाभी की ओर बाँहें फैला दीं।

उसकी तन्वी भाभी बेहद फूल गई थी। करधनी धरी भी होगी तो इस विराट परिधि को कहाँ घेर पाएगी। उसे मन-ही-मन गहरा सन्तोष हो गया। उसकी कमर तो अभी भी विदेशी कौर्सेट के बन्धन में कसी, उसकी कौमार्यावस्था का इक्कीस इंची घेरा निभा रही थी।

"तुम तो मीना वैसी की वैसी ही धरी हो," भाभी का कण्ठस्वर भी शरीर के साथ-साथ माँसल हो उठा था।

''भतीजी कहाँ है मेरी?'' मीना ने बड़े लाड़ से पूछा और भाभी ने एक साँवली-सी लड़की को उसकी ओर ठेल दिया।

मीना ने भतीजी का माथा चूमकर कहा, ''मेरी दिव्या से सवा महीने बड़ी है तू।''

''उसे क्यों नहीं लाईं बुआ?'' भतीजी ने पूछा।

''उसे अपनी दुकान सौंप आई हूँ रानी, एक दिन भी बन्द रहती तो लाखों का नुकसान हो जाता, क्रिसमस आ रहा है,'' बुआ ने दर्प-पूर्ण उक्ति से महिला वृन्द को घायल किया और धम्म से कुर्सी पर बैठ गई।

मीना की दुकान 'भारती' वास्तव में फ्रांसीसी सुन्दरियों के लिए एक बहुत बड़ा आकर्षण थी। भारतीय गहने, साड़ियाँ, आलता, नकली चोटियाँ, झूमर, यहाँ तक कि माँग भरने का सिन्दूर और बिछुए का जोड़ा भी मिल सकता था वहाँ। कभी फ्रांस में इक्के-दुक्के भारतीय विवाहों के लगन खुलते तो मीना की दुकान ही सोहाग-पिटारी जुटाती।

काश, अम्मा की करधनी होती तो वह टिकट लगाकर प्रदर्शनी से ही माला-माल हो जाती। ऐसी व्यावसायिक खटकेबाज़ी में उसकी कल्पना बेजोड़ थी।

''कुल जमा तीन दिन के लिए आई हूँ भाभी, इधर तुम्हारी रानी विदा हुई और मैं उड़ी फ्रांस को।''

अपने तीक्ष्ण, रंगे नखों को उसने चिड़िया के उड़ जाने की मुद्रा में चमकाकर भतीजी को बुरी तरह प्रभावित कर दिया। जयमाला का समय हुआ तो अतिथियों की दृष्टि सलोनी दुल्हन के चेहरे पर टिकने के बजाय उसकी प्रौढ़ा बुआ की साँवली गर्दन पर जम गई।

मीना, एक अद्वितीय हीरों का हार पहने द्वार पर खड़ी मुस्करा रही थी।

फुसफुसाहट तीव्र हो उठी।

''कैसे जगमगा रहे हैं!''

''असली हीरे हैं।''

''चल हट, विदेशी नकली हार भी ऐसे ही जगमगाते हैं। पिछले साल मेरा छोटा भाई मॉण्ट्रीयल से लाया था।''

''नहीं-नहीं, फ्रांस में इनके श्वसुर का लाखों का व्यापार है, इनकी भी तो दुकान है।''

''क्या बेचती हैं!''

ही-ही-ही—ईष्यालु स्त्रियों का अशिष्ट स्वर उनके कानों के पास ही सरक आया, पर उस जगमगाती बुलन्द इमारत के सामने, छोटे-मोटे आभूषण पहने भड़कीली नारियों की आभा सहसा तुच्छ हो उठी, जैसे झोंपड़ियों पर धरे दिए टिमटिमा रहे हों।

''क्यों री मुनिया, हार तो असली लगै है, आठ-दस हज़ार का तो होगा ही,'' मौसी

ने बड़ी ललक से, हार के लोलक को हाथों में ले लिया।

"अस्सी हज़ार का है मौसी," मीना ने कुछ ऊँचे ही स्वर में कहा। अपने दामी आभूषण का मूल्य बताने में क्या कभी नारी चूकती है। फिर तो दूल्हे को देख ही कौन रहा था! आँखों ही आँखों में हार की आलोचना चल रही थी।

"कहा था ना मैंने, अस्सी हज़ार का है।"

"ऊँह, सूरत तो सवा सौ की भी नहीं है।" पर एक-एक कर झोंपड़ियों के टिमटिमाते दिए बुझ गए, बुलन्द इमारत जगमगाती रही। दूसरे दिन बारात विदा हो गई और अतिथियों के बिस्तर बंधने लगे। एक तो लड़की के विवाह की रौनक, विद्युत्-छटा-सी क्षण-भर में ही लुप्त हो जाती है, उस पर गृहस्वामिनी भी अतिथियों को रोकने के मूड में नहीं थी। मीना ने भी भाभी के तुच्छ स्वभाव को परख लिया था, उसने जाने का प्रसंग उठाया, तो अमला ने औपचारिक स्नेह की सामान्य दलीलें दीं, फिर मान गई।

"बाज़ार से तुम्हारे लिए मेवे और ताज़ी मिठाई लेती आऊँ," कह वह झोला लेकर चली गई, तो मीना विवाह के भब्भड़ के बाद पहली बार घर में अकेली रह गई।

जाने के पहले मायके की ममता और घनेरी हो आई। घूम-घामकर वह अम्मा का बचा-खुचा सामान देख रही थी और स्मृतियों के पट खुलते जा रहे थे।

बाबूजी की आरामकुर्सी, अम्मा का पीढ़ा, उसका बोर्डिंग का सहचर काला स्टील का बक्सा! सहसा वह ठिठक गई।

शीशम का वही बक्सा, जिसके अभेद्य ताले को बिना खोले ही किसी कुशल हुडूनी ने करधनी गायब कर दी थी।

बड़े लाड़ से उसने ताले को हाथ में लिया और न जाने किस ममता के अदृश्य स्पर्श से ताला खट से खुल गया।

शायद बाज़ार जाने की हड़बड़ी में भाभी टीक से बन्द नहीं कर पाई थी।

देखूँ, भाभी इसमें अब क्या रखती हैं, मीना ने दोनों हाथों से भारी ढकना उठाया। पर क्या केवल इसी कौतूहल ने उसे प्रेरित किया? पुराना किनारी-गोटा, टूटे प्लग और अम्मा का फुलवरी दुपट्टा। कैसी प्यारी-प्यारी कस्तूरी की सी महक थी, ठीक अम्मा की देह-परिमल की-सी परिचित लपट।

बड़े लाड़ से भावुकता के आवेश में उसने दुपट्टे को गालों से लगाने को उठाया, तो एक भारी-सी पोटली भी उसी के साथ-साथ उठ आई।

उसका कलेजा उछलकर बाहर आ गया। वही चमक-दमक और वे ही चमकती आँखें! अनुभवी हाथों के अनुभूत स्पर्श ने पेंच घुमाया, क्षण-भर में सर्पिणी की केंचुल

चाबी का गुच्छा बनकर लटक गई। कुछ देर तक वह सोचती रही, फिर एक तड़प से करधनी लेकर उठ गई।

काठ का बक्सा, फिर ज्यों का त्यों ताला लटकाए निर्जीव बन गया।

भाभी लौटी तो मीना अपनी साड़ियाँ तह कर रख रही थी। भोले चेहरे पर एक शिकन भी तो नहीं उभरी।

''हाय मीना, तुमने अभी से सामान बाँध लिया?'' अमला ने पूछा और हाथ का बैग ज़मीन पर पटक, ननद के गले में बाँहें डाल धम्म से वहीं बैठ गई, ''हाय, मत जाओ मीना, इतने सालों में तो लौटी हो,'' वह रुंआसे स्वर में बोली। मन ही मन वह जानती थी कि ननद का एयर-पैसेज भी बुक हो गया है और वह रुक नहीं सकती, इसी से वह दुलार-भरा बनावटी आग्रह कर रही थी। ''मैं जानती हूँ,'' उसने रूमाल से आँखें पोंछीं, ''तुम अभी भी हमसे रूठी हो। उस सड़बिल्ली करधनी का सत्यानाश हो, जिसने हमें चीरकर धर दिया, तुम्हारे भैया की कसम खाकर कहती हूँ मीना, मैंने उस हरामखोर महाराजिन को रात के दो बजे अम्मा के कमरे से निकलते अपनी आँखों से देखा था।''

''सच भाभी?'' मीना को बड़ा आनन्द आ रहा था। साँप का पैर आखिर साँप ही पहचानता है, ''फिर तुमने पकड़ क्यों नहीं लिया, बदज़ात को?''

''हाय, मेरा कलेजा तो तुम जानती हो, एकदम पिद्दी का है। सोचा, एक तो अम्मा के गौने में महाराजिनी आई थी, उतना मानती थीं अम्मा, कहीं करधनी नहीं निकली तब?'' भाभी के चेहरे पर ऐसा बचपना खेलने लगा जैसे दूध के दाँत भी न टूटे हों।

''हाय रे मेरी पिद्दी,'' मीना ने बड़े लाड़ से भाभी को बाहुपाश में कस लिया, ''अब खबरदार जो उस करधनी का नाम लिया, मुझसे बुरी कोई नहीं होगी, हाँ, सामान बाँध लूँ, फिर रात को खूब आराम से बातें करेंगे।''

करधनी सबसे नीचे धरी फ्रेंच शिफौन की साड़ी के नीचे, हीरों के हार के साथ कुण्डली मारे पड़ी थी।

उस रात को बारह बजे तक ननद-भाभी बतियाती रहीं।

हार सहेजकर रख लिया ना मीना, कहीं बटुए में ही धरकर तो नहीं भूल गईं? बड़ी लापरवाह हो तुम,'' भाभी ने पूछा तो मीना अँधेरे ही अँधेरे में मुँह फेर कर मुस्करा ली।

''हाँ भाभी, वह तो मैंने कल ही सूटकेस में बन्द कर लिया था।''

''मैं तो आज तुम्हारे ही साथ सोऊँगी, पता नहीं फिर कब मिलना हो!'' वह कूदकर मीना के साथ लिपट गई।

सुबह उठी तो भाभी उठकर, उसके साथ धरी जाने वाली पकवानों की टोकरी सजा रही थी।

भाई-भाभी दोनों उसके साथ स्टेशन भी आए पर तीनों ऐसे ठीक समय पर पहुँचे कि सामान लगाते ही गार्ड ने झण्डी हिला दी। बड़ी हड़बड़ी में मीना द्वार पकड़कर ही खड़ी रह गई। अपने वातानुकूलित डिब्बे में वह अकेली थी।

''दामी चीज़ लेकर सफर कर रही हो मीना, सूटकेस को सिरहाने धर लेना,'' भाभी उसके पास ही आकर फुसफुसाई तो मीना का चित्त पश्चात्ताप से खिन्न हो गया।

कितनी नीच थी वह! बीस वर्ष पहले भाभी ने उसकी गर्दन पर छुरी फेरी थी, आज वह उसी जघन्य अपराध को दुहरा रही थी। अब तो उसके जी में आ रहा था, वह करधनी निकालकर भैया-भाभी के चरणों में लोट, अपना अपराध स्वीकार कर ले। विदा की वेला पुनः अम्लान हो उठेगी।

पर गाड़ी स्टेशन छोड़ रही थी, किसी भी भावुकता के लिए अब समय नहीं था। भाई और भाभी की आँखें गीली हो आई थीं, अमला बुरी तरह नाक झिझोड़ती सिसक रही थी।

मीना भी अब अपने को नहीं रोक सकी और बच्चों की भाँति सुबक उठी।

एक घण्टे बाद तूफान मेल धड़धड़ाती पटरियों का कलेजा रौंदती चली जा रही थी और मीना दोनों हाथों से माथा पकड़े, शून्य दृष्टि से अपने चारों ओर बिखरे साड़ियों के अम्बार को अविश्वास से देख रही थी। वह बार-बार एक-एक साड़ी को झटक रही थी, यही क्रम वह पिछले एक घण्टे में बीसियों बार दुहरा चुकी थी।

नहीं, कहीं नहीं थीं—आखिर सुई तो थी नहीं।

रात-भर भाभी उसे गलबहियों में घेरकर सोई थी, चाबी का गुच्छा पार करने में उन अद्वितीय उँगलियों ने फिर अपनी प्रतिभा का प्रदर्शन कर दिया था। करधनी तो गई ही, साथ में उसके हीरों का हार भी ले गई।

अब वह अतुल को क्या मुँह दिखलाएगी। जल्दी-जल्दी में बीमा भी तो नहीं करा पाई थी। फिर मायके में गहने की चोरी क्या कुछ कम लज्जास्पद घटना है!

अब क्या करे? क्या फिर मायके लौट जाए? क्या कहेगी भाभी से? यही ना कि भाभी, तुमने मेरे हीरे का हार चुरा लिया!

पर भाभी तो पलटकर जिह्वा का घातक प्रहार सिद्ध कर सकती थी—''मीना, तुम क्या मेरी करधनी चुराकर नहीं भागीं?''

उसके हीरे के हार का केवल लोलक ही बेचने पर, भाभी के पूरे खानदान की बेटियाँ ब्याही जा सकती थीं। हाय! कितने छोटे अपराध की, कितनी बड़ी सज़ा दे गई भाभी।

●●●

www.ingramcontent.com/pod-product-compliance
Lightning Source LLC
LaVergne TN
LVHW090410160726
843469LV00038B/595

* 9 7 8 9 3 5 0 6 4 1 0 6 4 *